GUSTAVE LANSON

L'Art de la Prose

DEUXIÈME ÉDITION

PARIS

LIBRAIRIE DES ANNALES
Politiques et Littéraires

51 ET 43, RUE SAINT-GEORGES

1909

Lacération pp. 189 à 194
constatée le 26-09-80
ci-joint photocopies de
remplacement le 8-01-81

1.

GUSTAVE LANSON

L'Art de la Prose

DEUXIÈME ÉDITION

PARIS

LIBRAIRIE DES ANNALES

Politiques et Littéraires

51 ET 43, RUE SAINT-GEORGES

1909

AVERTISSEMENT

Les réflexions qu'on va lire ont paru, sauf le dernier chapitre, dans les Annales Politiques et Littéraires du 25 mars 1905
au 3 novembre 1907.

Le volume qui les présente au public n'a rien d'une étude
scientifique et rigoureuse du riche sujet qu'annonce le titre. Il
vaudrait la peine qu'un professeur d'Université s'y attaquât et
y mît ses étudiants, pour nous faire sur l'Art de la Prose chez
les écrivains français le livre savant, approfondi, méthodique
dont nous avons besoin, un livre où toutes les impressions se
contrôleraient et se préciseraient par tous les dépouillements
toutes les comparaisons et toutes les vérifications nécessaires.
Peut-être, si je viens à bout de quelques autres travaux que j'ai
entrepris, mettrai-je cette grande question d'esthétique littéraire
à l'ordre du jour d'une de mes conférences de la Faculté des
lettres.

En attendant, j'ai voulu en amorcer l'étude par ces essais où
j'ai rassemblé et coordonné ce que j'avais, à l'heure présente, de
connaissances et d'impressions. Mon principal but a été de
fournir un guide et une excitation à la classe nombreuse des personnes de moyenne culture qui ont reçu la formation secondaire
ou primaire, et qui continuent, après l'école ou le lycée, de
s'intéresser à la littérature. Je voudrais que ce livre les aidât
à raffiner leur sensibilité littéraire, à aiguiser leur goût et à
multiplier leurs jouissances en les nuançant. Le merveilleux

trésor de notre prose vaut surtout par l'élément intellectuel qu'il offre aux esprits, par la forme de sens droit et prompt qu'il leur donne : cependant n'y pas voir la valeur d'art, négliger la richesse d'émotions esthétiques que cette prose, et souvent la plus alerte ou la plus dépouillée, contient, serait, en même temps que juger bien grossièrement, se priver d'une grande quantité de plaisirs fins. Nous avons, dans notre littérature d'idées, une prose d'art qui est analogue à l'art industriel de nos dessinateurs et sculpteurs, et qui, souvent, n'est pas moins exquise. Et ici, sentir mène à mieux comprendre. Celui qui ne laisse perdre aucune grâce d'un style est bien près d'avoir saisi toutes les finesses d'une pensée.

Si j'ai pensé d'abord au grand nombre des gens instruits qui ne lisent que par plaisir, j'espère pourtant que cette esquisse rapide d'un grand sujet ne sera pas inutile aux étudiants qui s'appliquent spécialement à l'histoire de la littérature française. Ils pourront trouver ici des suggestions, des idées de recherches à faire, d'impressions et d'hypothèses à vérifier, des directions à suivre et à dépasser, des cadres à remplir, des points de départ, en un mot, et des bases pour leur travail personnel. Et peut-être ces réflexions les aideront-elles à prendre une conscience plus claire de ce que peut être l'étude proprement littéraire, le pur exercice du goût, aujourd'hui que nous avons renoncé à tout dogmatisme, et qu'on n'apporte plus, pour louer ou condamner les œuvres, des règles impérieuses dont on recherche ingénieusement les applications. Je souhaiterais qu'ils vissent bien qu'à côté de l'impressionnisme, il y a place pour une distinction des styles fondée sur la connaissance historique des époques, des milieux et des écoles, et qu'il faut se livrer, pour bien faire cette distinction, à toute sorte d'analyses délicates qui exigeraient un goût aussi pénétrant et une faculté d'émotion aussi riche que

pouvaient en avoir ces lettrés dogmatiques du vieux temps,
qu'on s'imagine parfois avoir emporté avec eux la pure étude
littéraire. Toutes les méthodes exactes, érudites et patientes dont
médisent volontiers les gens qui ne les comprennent point ou
ne sont pas capables de les manier, ne vont pas à supprimer le
sentiment littéraire, mais à lui donner une nouvelle activité, un
jeu plus sûr et plus large, et des possibilités inépuisables de
jouissance.

21 janvier 1908.

GUSTAVE LANSON.

L'Art de la Prose

CHAPITRE PREMIER

Y A-T-IL UN ART DE LA PROSE ?

Il y a un art des vers : personne n'en doute. Mais y a-t-il un art de la prose ? Il n'est pas superflu de se le demander, et il ne serait pas absurde d'en douter.

Peut-il y avoir un art de ce qui n'a pas de réalité positive ? La prose se définit négativement : c'est tout ce qui n'est pas vers. M. Jourdain demandant à Nicole ses pantoufles; Nicole, à la Halle, marchandant un poisson ; la dame de la Halle aux poissons versant, sur la cliente, son vocabulaire aussi salé que la marée, font de la prose, parce qu'ils ne font pas des vers, parce qu'ils n'insinuent pas, dans l'échange des paroles, un souci d'art.

Mais on peut tout de suite restreindre le sens du mot par une distinction : on peut, excluant le langage pratique des négoces humains, réserver le nom de prose à la parole, écrite ou oratoire, dont les monuments constituent, avec la poésie, ce qu'on appelle la littérature d'une nation. Là encore, la définition

1.

première est négative : la littérature en prose est
celle dont la forme n'est pas soumise aux lois du vers ;
on ne trouvera pas un autre caractère universel que
cette négation, qui convienne à toutes les proses.

Historiquement, la prose littéraire n'est pas,
comme on pourrait le croire, antérieure au vers, mais
postérieure : ce qui est avant le vers, c'est le langage
naturel et pratique, émotif et utilitaire. Mais on
peut tenir pour une loi générale de l'histoire littéraire, que toute littérature commence par la poésie
et descend à la prose par suppression et rejet des
entraves qui lient le langage poétique, c'est-à-dire
par un renoncement à toutes les obligations, sinon à
tous les effets de l'art.

Cependant, la prose revêt des formes diverses, et,
dès qu'on se trouve en présence d'une certaine masse
de documents littéraires, on n'est pas embarrassé pour
établir une classification, pour distinguer des *genres*
et des *styles*. Or, les genres et les styles ont des lois
et des règles. Toujours on a tiré des lois de la comparaison des œuvres déjà réalisées ; presque toujours
on a imposé des règles aux écrivains qui prétendaient
réaliser des œuvres.

Lois et règles ont eu toujours pour fonction d'indiquer les moyens les plus sûrs d'exécuter le travail
littéraire, de façon que chaque effort ait son *maximum* de rendement. Il y a donc un *art* de la prose,
et l'on n'en saurait douter.

Il y a un art de la serrurerie, et toute serrurerie,
pourtant, n'est pas serrurerie d'art. De même, il y
a un art d'écrire en prose, sans que, pour cela, toute
prose écrite selon cet art doive être de la prose d'art.

Les règles du style et les lois des genres, quand il
s'agit de la prose, s'établissent d'abord par rapport

à l'action ou à l'idée qui est la fin de l'exercice oratoire ou écrit. La perfection de la forme, la beauté de la structure, se définissent, avant tout, par rapport au contenu qu'il s'agit d'exprimer.

Le mot, élément premier, cellule de la prose comme du vers, peut n'être traité par un prosateur excellent que comme un signe, indifférent en soi, intéressant par sa valeur intelligible. Ce qu'on entend communément par l'*art d'écrire*, est, pour la partie essentielle, pour la plus solide comme la plus utile, une instruction sur l'utilisation des signes pour les idées : *propriété, clarté, brièveté, netteté, ordre*, etc., etc. ; tous les préceptes généraux les plus certains ont pour objet la juste et complète traduction de l'activité interne de l'esprit ; il s'agit d'obtenir l'adéquation de la forme et du fond, de réaliser le groupement de signes qui correspondra, sans déchet ni supplément, au tissu des idées.

D'autres règles ont rapport aux propriétés de certaines matières ou bien aux besoins de certains publics : elles enseignent les tours de main par lesquels on vient à bout des difficultés qui naissent des choses dont on parle ou des hommes à qui l'on parle. Ce sont les règles spéciales des genres.

En ce sens, assurément, il y a un art de la prose. Il y a un art d'écrire, et l'on en trouvera cent traités ; je m'y suis essayé jadis, comme bien d'autres (1). Il y a un art de faire des discours, un art d'écrire l'histoire, et l'on en a écrit souvent : on a même codifié l'art épistolaire ; et si nul, que je sache, n'a réglé l'art de faire un roman, il ne manque pas

---

(1) *Conseils sur l'Art d'écrire*, 6ᵉ éd., librairie Hachette et Cⁱᵉ.

d'écrits, critiques ou préfaces, dans lesquels la technique du genre est discutée et des recettes sont proposées pour observer, construire, ou narrer.

Mais tous ces *arts* ont ceci de commun, qu'on peut les mettre en pratique fidèlement, exactement, excellemment, sans que la prose en prenne une valeur d'art. L'œuvre pourra être une œuvre d'art par d'autres endroits ; elle ne le sera pas par la qualité intrinsèque de sa prose.

Voici quelques lignes du bon Perrault :

C'était elle qui nettoyait la vaisselle et les montées, qui frottait la chambre de Madame et celle de Mesdemoiselles ses filles ; elle couchait tout au haut de la maison, dans un grenier, sur une méchante paillasse, pendant que ses sœurs étaient dans des chambres parquetées, où elles avaient des lits des plus à la mode, et des miroirs où elles se voyaient depuis les pieds jusqu'à la tête ; la pauvre fille souffrait tout avec patience et n'osait s'en plaindre à son père, qui l'aurait grondée, parce que sa femme le gouvernait entièrement. Lorsqu'elle avait fait son ouvrage, elle s'allait mettre au coin de la cheminée et s'asseoir dans les cendres, ce qui faisait qu'on l'appelait communément, dans le logis, Cucendron ; la cadette, qui n'était pas si malhonnête que son aînée, l'appelait Cendrillon ; cependant, Cendrillon, avec ses méchants habits, ne laissait pas d'être cent fois plus belle que ses sœurs, quoique vêtues très magnifiquement.

Ce style est d'une propriété, d'une propreté exquises, net, limpide, lumineux : par lui, nous prenons le contact des objets dont il expose les signes ; nous percevons les choses en lui, et notre perception ne s'arrête pas un instant à lui. Il s'abolit pour nous par sa justesse même. C'est un style excellent : aucune sensation d'art ne s'y attache ; ce n'est pas un style d'artiste.

Je pourrais prendre, après *Cendrillon*, la *Princesse de Clèves* ou *Manon Lescaut* : nous recevrions la même impression ; il y a là deux styles de très haute qualité intellectuelle, sans puissance artistique.

Et, maintenant, lisons cette page de *Madame Bovary* (1) :

Alors, on vit s'avancer, sur l'estrade, une petite vieille femme de maintien craintif et qui paraissait se ratatiner dans ses pauvres vêtements. Elle avait, aux pieds, de grosses galoches de bois et, le long des hanches, un grand tablier bleu. Son visage maigre, entouré d'un béguin sans bordure, était plus plissé de rides qu'une pomme de reinette flétrie, et des manches de sa camisole rouge dépassaient deux longues mains à articulations noueuses. La poussière des granges, la potasse des lessives et le suint des laines les avaient si bien encroûtées, éraillées, durcies, qu'elles semblaient sales, quoiqu'elles fussent rincées d'eau claire ; et, à force d'avoir servi, elles restaient entr'ouvertes, comme pour présenter d'elles-mêmes l'humble témoignage de tant de souffrances subies. Quelque chose d'une rigidité monacale relevait l'expression de sa figure. Rien de triste ou d'attendri n'amollissait ce regard pâle. Dans la fréquentation des animaux, elle avait pris leur mutisme et leur placidité. C'était la première fois qu'elle se voyait au milieu d'une compagnie si nombreuse ; et, intérieurement effarouchée par les drapeaux, par les tambours, par les messieurs en habit noir et par la croix d'honneur du conseiller, elle demeurait tout immobile, ne sachant s'il fallait s'avancer ou s'enfuir, ni pourquoi la foule la poussait et pourquoi les examinateurs lui souriaient. Ainsi se tenait, devant ces bourgeois épanouis, ce demi-siècle de servitude.

_____

(1) Page 165.

Ce n'est plus la glace sans tain : les choses nous apparaissent, ici, dans un imitation artistique analogue à celle de la peinture et de la musique. Il ne suffit plus, pour écrire cette page, de savoir la propriété des mots et de les construire avec aisance : elle est un travail d'art.

Que faut-il pour qu'on puisse parler de prose artistique et, en un sens restreint et précis, d'un art de la prose ? Il faut qu'on traite les mots de la prose comme on traite les mots des vers. Dans les vers, le mot est considéré comme une matière artistique, c'est-à-dire susceptible d'une beauté formelle. Le poète ne travaille pas seulement l'expression pour l'idée, en vue d'une coïncidence exacte : il travaille le mot pour lui-même, dans la poursuite du rythme et de l'harmonie.

Dès lors, nous concevons la possibilité d'une technique nouvelle qui ne sera plus seulement logique ou psychologique, mais encore formelle. Elle aura pour effet ou pour but que le mot, dans l'œuvre littéraire, n'opère plus seulement, comme signe, par la vertu du sens défini dans les dictionnaires, et la phrase comme groupe de signes, par la vertu des rapports grammaticaux et syntaxiques : le mot opérera comme matière sonore et colorée, qui éveille des harmoniques, éparpille des reflets ; la phrase opérera comme matière mobile, onduleuse et vivante, dont les éléments lient leurs mouvements particuliers dans un mouvement d'ensemble. Un groupe de mots dont toutes les propriétés esthétiques sont exploitées devient, à la fois, tableau, symphonie et farandole.

Evidemment, ces propriétés ne sont jamais exploitées sans référence à l'idée, indifféremment, et pour leur pur effet sensible : elles servent à l'idée, mais en un sens large. Elles enrichissent l'idée autant qu'elles l'expriment ; elles ne sont pas les *signes* directs de certains éléments intelligibles. Aucune relation constante et définie n'unit telle valeur sensible d'un mot à telle idée précise, et l'on pourrait, à la rigueur, déshabiller une phrase de Chateaubriand ou de Michelet de sa beauté formelle, la réduire à la substance amorphe de la phrase de Bartram ou Charlevoix, de Cambry ou Millin dont elle est la sublimation, sans rien retrancher du sens qu'elle offre à l'analyse de l'esprit. Toutes ces puissances esthétiques de mots et de groupes de mots correspondent à ce que l' « idée » ne contient pas, à toute cette inconcevable activité de l'âme à la surface de laquelle surnage le réseau ténu de nos conceptions claires. En même temps qu'elles nous apportent des richesses imprévues de sens par leurs suggestions illimitées, leur beauté formelle crée, pour nous, de la joie sensuelle, une qualité de plaisir que la plus parfaite des proses exactes ne fournira jamais, et qui n'a rien à voir avec celui que la justesse logique et l'énergie pathétique nous transmettent.

Il y a donc une prose d'art et, par conséquent, un art de la prose dont la fin propre, clairement distincte de celles que s'assignent les traités de style et de composition littéraire, est le développement des valeurs esthétiques des mots. On les fait jaillir, ces valeurs, dans le vocabulaire, selon qu'on utilise le vocabulaire commun ou les vocabulaires spéciaux, dans les mots qu'on choisit, plus ou moins sonores ou évocateurs, dans les images qu'on forme par des transpositions métaphoriques ; on les fait jaillir dans la phrase, par les réactions réciproques des mots qu'on y groupe et par les résonances ou les reflets que leur rapprochement détermine, par les proportions plus ou moins également équilibrées des groupes, par les dessins mélodiques et rythmiques qui s'y forment. Le traitement de toutes ces valeurs est, pour le prosateur, un travail très analogue à celui du poète.

Mallarmé avait donc raison, et, en son obscurité d'oracle, il énonçait une évidente vérité, un fait qui crève les yeux, lorsqu'il distinguait, dans sa *Divagation première*, les deux états de la parole, qu'il appelle : l'un, *brut ou immédiat* ; l'autre, *essentiel* ; l'un, borné au commerce pratique et dont la fin est la communication de la pensée pour l'utilité de la vie ; l'autre, attribué à l'exercice esthétique dont la fin est la jouissance que donne l'art. Il est très vrai que, dans notre littérature, nous trouvons deux qualités de prose et deux catégories de prosateurs : il y a la bonne prose et la belle prose ; il y a l'écrivain qui sait s'expliquer et l'artiste qui peut créer une forme. Nous dirons, de la prose de Descartes, que c'est une bonne prose, et nous dirons, de la prose de Chateaubriand, que c'est une belle prose. Nicole est le bon écrivain, et La Bruyère est l'artiste, etc., etc.

Mais il n'est pas toujours aussi facile de faire le partage et de fixer la limite. On sait ce qui doit se cataloguer comme vers : et encore n'est-il plus toujours facile de le savoir, depuis les récents efforts des « vers-libristes ». On ne sait pas, on ne peut pas dire ce qu'il faut recevoir ou rejeter, quand on fait l'inventaire des proses. Il y a des artistes de la prose d'art qui ont voulu créer une belle forme et qui l'ont créée ; il y en a d'inconscients, dont la phrase s'illumine ou s'orchestre spontanément ; il y en a de sournois, qui se donnent tout bas le plaisir de loger des effets d'art dans une prose pratique, de destination utilitaire ou mondaine. Il y en a d'incomplets, de capricieux, d'intermittents, qui entremêlent de belles phrases une prose courante, exacte et amorphe.

Il y a des genres qui se prêtent plus ou moins à la phrase artistique. L'élément musical et rythmique semble inséparable de l'usage oratoire de la parole : que de bons discours où il manque ! En revanche, la lettre semble refuser le travail artistique : nous en avons, pourtant, où la forme épistolaire est traitée comme un genre d'art. Balzac et Courier, toujours, Doudan, souvent, la sincère et vivante Sévigné, plus d'une fois, ont filé le français de leurs lettres en virtuoses.

Voici plus encore : il y a un art fait de renoncement à l'art. Il y a une prose exacte qui devient belle par le refus des moyens qui produisent la beauté formelle : elle a l'élégance géométrique de l'exactitude, elle donne à l'esprit cette sensation d'art que peut procurer l'abjuration décidée de toute intention artistique. La nudité (esthétique,) sévère ou légère, à un certain degré, reprend une valeur esthétique. Nous vérifierons cette remarque, dans la suite de ces études, sur certaines proses du XVIIe et du XVIIIe siècle.

Mais il faut nous rendre compte d'une illusion que le lecteur, souvent, se donne à lui-même : il nous arrive à tous, dans certaines œuvres anciennes, de placer des effets où l'écrivain n'a pas mis d'intention. Nous associons notre vision esthétique du XVIIIe siècle à telles pages de l'abbé Prévost ou de Restif de la Bretonne, nous les en enveloppons, et cette prose qui en soi, et pour son immédiat et naturel public, n'était qu'une série d'idéogrammes sans rayonnement esthétique, se colore, pour nous, de toutes sortes de reflets. La prose dépouillée d'un nécrologe janséniste,

évoquant pour nous, aujourd'hui, tout un milieu et
des formes singulières de conscience et de vie, ne
nous apparaît plus comme terne et flasque : elle
rayonne, pour nous, de mortification et vibre d'ascé-
tisme. Nous y réintégrons, en la savourant, toutes les
concupiscences que l'écrivain avait bannies, et nous
en convertissons le logique et l'abstrait en sensible
pour nous :

Quand la nécessité le contraignait à faire quelque chose
qui pouvait lui donner quelque satisfaction, il avait une
adresse merveilleuse pour en détourner son esprit, afin
qu'il n'y prît point de part; par exemple, ses continuelles
maladies l'obligeant de se nourrir délicatement, il avait
un soin très grand de ne point goûter ce qu'il mangeait;
et nous avons pris garde que, quelque peine qu'on prît
à lui chercher quelque viande agréable, à cause des dé-
goûts à quoi il était sujet, jamais il n'a dit : *Voilà qui
est bon;* et encore, lorsqu'on lui servait quelque chose de
nouveau, selon les saisons, si l'on demandait, après le repas, s'il l'avait trouvé bon, il disait simplement : *Il fallait m'en avertir avant, car je vous avoue que je n'y ai
pas pris garde.* Et, lorsqu'il arrivait que quelqu'un admirait la bonté de quelque viande en sa présence, il ne
le pouvait souffrir; il appelait cela être sensuel, encore
même que ce ne fût que des choses communes, parce qu'il
disait que c'était une marque qu'on mangeait pour contenter le goût, ce qui était toujours mal. (*Vie de Pascal,*
par sa sœur GILBERTE.)

Voilà une page assez négligée, écrite uniquement
pour témoigner sur Pascal, pour faire connaître sa
manière de penser. Mme Périer n'entendait pas offrir
un régal à la sensualité intellectuelle de ses lecteurs ;
mais, au contact de sa prose insouciante, se lèvent en
nous les images de Port-Royal et toutes ces sensa-

tions d'un passé aboli, d'une humanité autre, dont un lecteur artiste (et qui ne l'est, aujourd'hui, en quelque degré ?) se compose une vision intense où le son neutre, le son mat de cette prose fait sa partie.

Même cette représentation des temps lointains, cette évocation des goûts et des âmes d'autrefois, peuvent faire que ce qui en soi, et par rapport à nous, nous choquerait et nous ennuierait et serait rejeté comme médiocre ou manqué, prend, par relation, un certain caractère esthétique. La note fausse de l'emphase sentimentale du dix-huitième siècle, la fade image du style troubadour du premier Empire, prennent un charme spécial, lorsqu'elles nous apparaissent comme des valeurs justes, des valeurs nécessaires dans l'harmonie générale de leurs époques ; nous les situons, pour en jouir, l'une dans un décor de boiseries claires et de glaces surmontées de trumeaux, l'autre dans un mobilier d'acajou aux lignes froides, éclairé d'applications en cuivre doré, devant une pendule dont le sujet est tiré d'Ossian, et ces mauvais styles, sous les reflets dont notre imagination historique les illumine, se parent d'une grâce vieillotte de romance de nos aïeules.

Je me propose d'étudier les caractères d'art qui se remarquent dans la prose française et les procédés qui sont employés pour les obtenir.

Ce n'est pas que je prétende donner la recette de la prose artistique : la prétention serait puérile et vaine. Ceux qui se flattent de l'enseigner sont des charlatans ou des naïfs. Il y a autant de proses artistiques que de prosateurs artistes ; la sensation d'art que donne une prose tient à l'élément le plus individuel du style. En relevant, étiquetant, numérotant les procédés observables des grands artistes de notre prose, en s'essayant à les combiner dans une page qu'on écrit, on n'obtiendra jamais qu'un pastiche in-cohérent et criard.

Mettons les choses au mieux : l'observation aura été arbitraire, dirigée par une idée préconçue, et la théorie de la prose d'art ne correspondra tout juste qu'au goût, au tempérament de celui qui la fait. D'ailleurs, en est-il autrement de la théorie de l'art des vers ? Dès qu'elle n'est pas la simple description du procédé des maîtres, elle est la déclaration des pré-férences du critique.

Je n'ai pas, pour moi, de préférences. Je me suis hasardé, et me hasarderai encore, à dire ce qu'il faut faire pour écrire raisonnablement. Je n'ai point de théorie artistique de la prose à offrir. Mais j'essaierai de découvrir à nos lecteurs quels effets d'art ont été cherchés à certaines grandes époques, quelles inten-tions d'art les plus grands maîtres ont réalisées, quel idéal chaque grande époque et chaque grand maître ont poursuivi, et par quelle technique. On verra peut-être, dans ces analyses, se dessiner certaines direc-tions principales, ressortir certaines indications géné-rales. Dans la diversité des goûts et des métiers, peut-être certaines pratiques apparaîtront plus communes, et certaines réussites plus sûres. Mais nous laisserons ces leçons se dégager de l'expérience et des faits.

CHAPITRE II

LE PREMIER DES GRANDS ARTISTES FRANÇAIS

RABELAIS

I

La prose d'art apparaît chez nous à l'aube de la Renaissance. Au moyen âge, on écrit des chefs-d'œuvre de prose claire, alerte, énergique, même pathétique, même colorée. Je n'ai qu'à nommer Villehardouin, Joinville, Froissart. On écrit alertement des nouvelles. On prononce des sermons et des discours efficaces, ardents, passionnés, touchants. Mais le mot, à parler en général, ne fait que son office de signe : mettre dehors un sentiment, exposer un objet, à l'aide des sens communs et publics que l'usage attribue aux mots, voilà la visée des écrivains. Même un artiste de tempérament comme Froissart — ce Flamand dont la sensualité visuelle se soûle joyeusement de tous les spectacles que la vie sociale lui offre, fêtes et batailles — n'emploie pas d'autres valeurs des mots que les communes valeurs de signification directe : il exprime tout ce qu'il a dans l'esprit, par le sens des mots et des phrases ; rien par leur forme ni par leurs vibrations évocatrices. Sa prose, à lui aussi, est une glace sans tain, non une toile chargée de couleur : la vision intense qu'elle procure, c'est à travers elle, de l'esprit du peintre, non en elle, du jeu des valeurs et pour ainsi dire de la pâte même du style, que nous la recevons.

A la fin du quatorzième siècle et au début du quinzième, un art s'ébauche qui n'a plus seulement pour but l'énergie intellectuelle et sentimentale, mais une beauté formelle, une joie du sens esthétique. Cela vient par l'influence de la poésie ; cela vient aussi par l'influence des peintres, enlumineurs, tailleurs d'images. Cela vient, enfin, par l'influence de l'antiquité, dont les ouvrages abondent en effets rythmiques ou plastiques.

Voici un échantillon de cette manière nouvelle de traiter la prose :

Après que j'eus édifié, à l'aide et par le commandement des trois Dames de Vertus, — c'est assavoir : Raison, Droicture et Justice, — la *Cité des Dames*, par la forme et manière qui, au contenu de la dite *Cité* est déclairée,

Je comme personne travaillée de si grand labeur avoir accompli et mis sus mes membres et mon corps, lasse pour cause du long et continuel exercice, estant enoyseuse et quérant repos,

S'apparurent les dessus dictes trois glorieuses, en disant, toutes trois, parolles d'une mesme substance en telle manière :

. . . .

Lors moy, Christine, oyant les voix séries de mes très vénérables maistresses, remplie de joye, en tressaillant tost me dressay, et agenoillée devant elles, m'offry à l'obéissance de leurs dignes vouloirs. (*Le Trésor de la Cité des Dames*, édit. de 1496.)

L'allégorie est un des instruments familiers de l'invention scolastique. Mais, ici, l'allégorie n'est pas conçue abstraitement comme un procédé logique, elle est sentie comme vision, à laquelle sciemment, avec application, Christine de Pisan accommode la couleur et le mouvement de sa prose : elle voit l'image que l'enlumineur verrait, et elle fait effort de ses mots comme lui de ses couleurs pour la reproduire ; elle écrit une miniature de primitif. Les adjectifs sont choisis curieusement, quelques-uns pour leur son harmonique à leur sens ; la première phrase se développe en trois temps, d'un mouvement continu pourtant ; elle ondule, s'élargit, se repose, s'attriste, s'éclaire. On sent le labeur attentif à créer une forme suave et colorée, correspondante à l'idée et à l'émotion de l'écrivain.

Un contemporain de Christine de Pisan, Alain Chartier (1), a compris aussi les joies de l'invention verbale : il a tâché de couler son parler français dans les moules amples ou délicats de la phrase latine. Il aiguise l'antithèse, presse la sentence, à la manière de Sénèque :

Si tu me demandes ce que c'est que vie curiale, je te réponds, frère, que c'est une pauvre richesse, une abondance misérable, une hauteur qui choit, un estat non stable, ainsi comme un pilier tremblant et une moureuse vie.

Nous achetons autruy, et autruy nous, par flatterie et corruption. (*Le Curial*.)

« Ils (les grands) vivent de moy et je meurs par eux », dit le peuple. (*Quadriloge invectif*.)

----

(1) Voyez Delaunay, *Etude sur Alain Chartier*, pages 107, 110, 165, 166.

Il balance la période en homme qui a savouré dans Salluste, Tite-Live et Cicéron, autre chose que la *sapience* et la *doctrine*. Ecoutez-le invectiver les Français :

> O François, François ! Vous avez, par une damnée et accoutumée blasphème, despité le nom de celui à qui tout genouil se doit fléchir, et il vous a, par l'avance de sa justice, mis en blâme et en reproche des nations, et fait ployer vos corps et incliner vos têtes devant vos ennemis. (*Le Livre de l'Exil*, p. 319.)

Il y a encore de la gaucherie dans cette rotondité si neuve alors ; mais le dessin du rythme périodique est net ; les deux membres s'équilibrent, avec une petite surcharge, comme il convient, au profit du second : sur la fin de chaque partie, est posée la lumière d'une vive image, et les deux visions, de l'agenouillement devant Dieu et du prosternement devant le vainqueur, font comme un diptyque où se réalise symboliquement l'idée morale.

Franchissons le XV⁰ siècle. Dans l'extravagant épanouissement de cette « rhétorique » bourguignonne et flamande qui règne un temps à la cour de France et dans les cours de Bretagne et du Bourbonnais, tout n'est pas fou ni faux : à travers le fouillis des vanités féodales et des puérilités littéraires, parmi les magnificences creuses et les amphigouris niais, un sentiment vrai de l'art jette, parfois, un éclair. La conscience littéraire s'enrichit ; du moins, ces *grands rhétoriqueurs* savent le prix du travail et réalisent leur idéal par un long effort, obstinément, douloureusement. Le malheur est qu'ils sont contemporains du gothique flamboyant, et ils en imposent, du

premier coup, toutes les folies à une architecture littéraire qui n'en était pas encore à la beauté trapue du
roman. Ils torturent les mots, ils gonflent, étirent,
tarabiscotent la phrase baroquement ; du moins, ils
sentent qu'il y a quelque chose à faire avec les mots
et la phrase.

Ils ont des réussites imprévues : aucun plus que ce
Jean Lemaire de Belges, ce Flamand, élève de Moli-
net, qui mêle à la tradition des rhétoriqueurs l'impression de l'humanisme et celle de la poésie italienne,
ouvert à la peinture et à la musique, et sensible aux
somptueuses tapisseries, original artiste d'une première Renaissance encore toute chargée de l'esprit de
la civilisation qui finit. Ecoutons-le un instant :

Pâris Alexandre, tout lassé de la course d'un cerf,
lequel il avait longuement suivi en la forest Ida, à cor et
à cri, et en le poursuivant, s'était éloigné de ses compa-
gnons, — s'endormit en l'ombre des lauriers toujours
verdoyants, auprès d'une fontaine nommée Creusa, laquelle est au fond d'une plaisante vallée des montagnes
Idées, là où le fleuve Xanthus ou Scamander prent son
origine. — La délectation du val plaisant et solitaire, et
l'aménité du lieu coy, secret et taciturne, avec le doux
bruit des claires ondes argentines sortant du roc, — in-
citèrent le beau Pâris à sommeiller et s'étendre sur
l'herbe épaisse et drue, et sur les fleurettes bien flairans,
— faisant chevet du pié du rocher, et ayant son arc et
son carquois sous son bras dextre. — Après ce qu'il eut
pris le doux repos de nature recréant les labeurs des
hommes, il s'éveilla, — et, à son réveil, en étendant ses
forts bras, et torchant ses beaux yeux clers comme deux
étoiles, getta son regard en circonférence : — si vit, tout
alentour de lui, un grand nombre de belles nymphes gen-
tilles, et gratieuses Fées, qui le regardèrent par grand
attention : — Mais, sitôt qu'elles l'aperçurent remouvoir
et entrebriser sa plaisant somnolence, toutes ensemble en

2

un moment se disparurent, et tournèrent en fuite. (*Illustrations des Gaules.* L. I, ch. 23.)

Ce n'est plus le rythme oratoire, c'est la douceur mélodieuse qui est trouvée ; cette prose chante, en notes claires, d'une mesure lente. La musique des mots, — *la délectation du val plaisant et solitaire, le lieu coy, secret et taciturne, le doux bruit des claires ondes argentines,* — cette musique évocatrice de tout un cortège d'images rustiques et d'impressions fraîches opère plus sur nous que l'intelligence du sens. Toute la fuite envolée des nymphes est dans le glissement, le frôlement léger de la dernière phrase. C'est aussi la phrase plastique, dont la ligne dessine un beau corps, un geste élégant, un groupe harmonieux. Voyez comment est traité le motif des trois déesses devant Pâris ; j'abrège, car il y a de la luxuriance :

Lors, elles se présentèrent toutes trois... telles que l'aube du jour, blanche et claire, colorée de splendeur vermeille, se montre à l'œil du pèlerin qui beaucoup l'a désirée. — A ce divin spectacle, le cler soleil, faisant son cours naturel parmy son cercle, s'arrêta tout court, pour avoir plus longue fruition de leur regard. — Les nymphes des fontaines, revestues de mousse et de cresson, jetèrent leurs tresses mouillées hors du parfond (*du fond*) de leurs sources... — Les chèvres et brebisettes du berger Pâris en laissèrent le pâturer ; et ses chiens se tinrent tous cois sans bouger ; et les taureaux en levèrent leurs têtes... Les daims et les chamois, reposans en l'ombre des pins de la montagne, dressèrent leurs cornes... Les vents retirèrent leurs haleines... Les feuillettes épaisses et drues, qui faisaient ombrage aux déesses, ne se remouvaient, à fin de ne faire bruit. Les ruisselets argentins, décourans au long des herbages, continrent leurs douces noises. Et, bref, toute chose terrestre fit silence, et se tint en grande paix et admiration pendant l'ostentation des corps divins... (*Ibid.* L. 1, ch. 33.)

Oui, amplification, extrait ou décalque de poésie antique ; énumération monotone ; vocabulaire pédantesque : je sais tout ce qu'on peut dire sur ce morceau. Mais, dans ce décalque, ce n'est plus l'idée, le thème, c'est la beauté formelle de la poésie antique qui est saisie. Dans ce vocabulaire pédantesque, c'est une suggestion neuve, par des mots non encore usés, qui est recherchée. La splendeur des chairs divines est indiquée par une comparaison qui a l'éclat lumineux des comparaisons dantesques. Le groupe incolore *faisant son cours naturel parmy son cercle*, allonge le sujet *le cler soleil*, pour retarder le verbe et l'adverbe, *s'arréta tout court*, et, par la disproportion des deux membres, la brièveté suspendue du second, donner la sensation de l'arrêt brusque ; après quoi, le fait, complément explicatif, traduit la longueur du regard posé sur le corps des trois déesses. Dans la série descriptive de l'émotion universelle de la nature, il n'y a pas un terme qui ne dessine un coin de paysage ou une attitude avec une précision fine et nette, une phrase qui n'enveloppe les images visuelles d'une harmonie douce et claire. Et c'est un instinct d'artiste qui avertissait Jean Lemaire de ramasser toute l'impression de la scène dans la dernière phrase, si large et si grave : *toute chose terrestre fit silence*, etc. C'est une trouvaille de grand artiste que d'avoir fait aboutir tout le développement à cette expression qui remplit le grand silence universel d'une émotion religieuse : *pendant l'ostentation des corps divins*. Mot pédant ? Non pas, mot suggestif, bien propre pour un artiste qui voit les associations évoquées et ressent la sonorité ample des syllabes. Artiste incomplet, d'ailleurs, car, après cette trouvaille géniale, il met une virgule et continue : *corps divins, lesquels*, etc. Heureusement, s'il affaiblit son effet, il ne le détruit pas, et la pause, même légère, suffit à le faire saillir.

II

Mais je me hâte vers Rabelais : encore un primitif, le dernier des primitifs, le plus grand, et aussi grand que n'importe quel maître moderne.

Plus populaire et plus érudit que Jean Lemaire, moins néologue et plus moderne, c'est un esprit clair et mesuré qui fait ce qu'il veut. Il a une imagination puissante, fougueuse, exubérante : il s'en sert, elle ne l'emporte qu'où il va. Il rend ce qu'elle lui montre avec une maîtrise sereine, choisissant de sang-froid les moyens de ses effets ; la peinture est ivre de couleur et de vie, mais la tête et la main sont calmes.

Je n'ai pas à l'étudier tout entier : sa philosophie naturaliste, sa connaissance encyclopédique, sa jovialité grasse de paysan français, sa fantaisie débridée d'étudiant ou de carabin, je suppose qu'on a présent à l'esprit tout ce qui fait l'originalité de ce tempérament littéraire. Ce qui m'intéresse, c'est de voir comment il travaille la matière de la langue pour exprimer tout cela.

Certes, il est l'héritier de toute une lignée de lestes et limpides conteurs, et il sait, comme eux, mettre les choses sous les yeux :

A Paris, en la rôtisserie du petit Châtelet, au devant de l'ouvroir d'un rôtisseur, un faquin mangeait son pain à la fumée du rôt, et le trouvait, ainsi parfumé, grandement savoureux (1).

Ou, encore, regardez :

Le vieil bonhomme Grandgousier..., qui, après souper, se chauffe... à un beau, clair et grand feu, en attendant griller des châtaignes, écrit au foyer avec un bâton brûlé d'un bout, dont on écharbotte (2) le feu, faisant à sa femme et famille de beaux contes du temps jadis (3).

On ne saurait montrer les choses plus nettement et plus simplement. Mais ce n'est plus par transparence que cette prose-là les montre, laissant oublier le signe interposé, comme on oublie la vitre claire derrière laquelle se déroule un paysage. Notre vision ne dépend plus de notre aptitude à traduire les signes : l'artiste la force en nous telle qu'il la veut, par sa manipulation des mots, et nous n'en jouissons plus comme de l'objet même, mais comme nous faisons d'une œuvre de Rubens, où notre jouissance, par delà la ressemblance exacte, est faite de certaines sensations attachées à la manière dont la chose est peinte.

Dans Rabelais, dès que nous analysons notre impression, nous nous apercevons que, pour une partie notable, la manière dont la chose est dite y entre, à côté de l'intérêt que nous prenons à la chose : nous jouissons du style de Rabelais en tant que combinaison de mots, comme Fromentin jouissait de la peinture de Rubens en tant que vibration de couleurs.

_____

(1) L. III, ch. 27.
(2) Remue (pour faire flamber).
(3) L. I, ch. 28.

Cette part propre du mot, ou, si vous voulez, de la manière de l'écrivain dans le plaisir que donne Rabelais, quelques exemples la feront aisément saisir. Contemplez le bon seigneur de Candale :

Car, de sa nature, il est doux, joyeux et ébaudi, quand il tient une épaule de mouton en mains, bien séante et advenante, *comme une raquette gauchère*, et avec un couteau bien tranchant, Dieu sait comment il s'en escrime (1).

Comme une raquette gauchère, voilà le mot qui enrichit le simple dessin du modèle ; ce mot, qui superpose une image de luxe à l'image nécessaire, nous communique à l'instant le sentiment de l'étreinte vigoureuse, dont la main gauche du bon seigneur brandit la triomphale éclanche.

Et voici un nez, le plus beau nez bulbeux que peintre ait montré :

Aux autres tant croissait le nez qu'il semblait la flûte d'un alambic, tout étincelé de bubelettes, pullulant, purpuré, à pompettes, tout émaillé, tout boutonné, et brodé de gueules (2).

C'est un nez bourgeonnant et rouge : dans l'idée, il n'y a que cela. Nous le voyons ; mais Rabelais nous le ferait voir à moins de frais, s'il ne prenait tant de joie à accrocher la lumière par des épaisseurs de couleur, à faire tinter aux oreilles le cliquetis amusant des syllabes. Et cette joie paraît aux déplacements, élargissements, transpositions de sons, — *pul-*

---

(1) L. IV, ch. 7.
(2) L. II, ch. 1er.

lulant, pompettes, émaillé, — qui font comme jaillir tous les feux des mots, à ce flamboiement du terme héraldique — *gueules* — qui confère à ce nez la majesté du blason. N'est-ce pas, ce nez, le blason de l'ivrogne ?

Tout ce qu'on peut faire avec des mots, il le fait. Tout ce qu'on peut donner de sensations, il le donne. Sur sa palette d'écrivain, il étale tous les vocabulaires, et il en fait, dans son œuvre, d'étourdissants mélanges : les vocabulaires de toutes les sciences et de tous les métiers, à l'occasion celui de toutes les langues, le vocabulaire savant, le vocabulaire populaire, le vocabulaire de tous les accents et de toutes les pensées, sérieux, bouffon, obscène. Il s'amuse à faire passer une idée à travers plusieurs vocabulaires, celui de l'humaniste, par exemple, et celui du paysan :

> Pour ce que, selon le dict de Hésiode, d'une chacune chose le commencement est la moitié du tout, et, selon le proverbe commun, à l'enfourner on fait les pains cornus (1)...

Un tel style est l'orchestration des idées : le même thème est repris par des instruments divers.

Dans ces vocabulaires multiples qu'il exploite, l'artiste est, d'abord, frappé des sons ; ce sont eux qui font aux mots des physionomies :

> A un des recors fut le bras droit défocillé, à l'autre fut démanché la mandibule supérieure, de mode qu'elle lui couvrait le menton à demi, avec dénudation de la luette, perte insigne des dents molaires, masticatoires et canines (2).

---

(1) L. IV, ch. 3.
(2) L. IV, ch. 15.

Est-ce Diafoirus donnant une consultation à grand renfort de jargon technique ? Non pas : l'éclat truculent des trois épithètes dentaires, ce large et splendide *masticatoires* qui emplit la bouche du lecteur, surtout, nous avertit que les mots savants ne sont ici appelés que pour la beauté de leur figure expressive.

Rabelais sait aussi la saveur des mots concrets, usuels et populaires, la verdeur odorante des noms et des locutions qui ont passé spontanément dans le parler riche et gras du paysan, de l'artisan. Il ne se lasse pas de les faire sonner. Il les aligne, il les entasse en des énumérations prodigieuses. Il a des chapitres qui ne sont que des listes de mots ; ce sont comme des carillons, des volées de cloches dont il emplit son oreille.

Le calembour a pour lui, comme pour Victor Hugo, un attrait puissant : c'est que, dans le signe de l'idée, il garde toujours la perception du son. De là ces facéties rabelaisiennes : *Dis, amant faux — diamant faux ; jeunesse — jeu n'est-ce ; à propos — âpre aux pots ; service divin — service du vin*, et mille autres. Le calembour est la forme la plus basse du sentiment des sonorités verbales : voilà pourquoi il lui arrive de rapprocher les grands artistes et les imbéciles.

Rabelais choque les mots comme des castagnettes et s'amuse à produire des roulements et des rebondissements de sons fantastiques : *vray moine, si oncques en fut depuis que le monde moinant moina de moinerie ?* (1) Il ne se refuse, on le sait, aucune création ; et si, à la mode érudite de son temps, il sait

---

(1) L. I, ch. 27.

fabriquer, à coups de racines grecques et latines, des vocables signifiants, il se réjouit aussi maintes fois à sa mode en fabriquant des mots extravagants dont le bruit fait le sens. Il y en a de toutes les façons, chez lui : depuis la simple racine d'un mot connu — qu'il affuble d'un préfixe et d'un suffixe comme d'un faux nez et d'une bosse au dos : *empaletocqué comme une huppe* (1), dira-t-il d'un ecclésiastique habillé de noir et de blanc dont le *paletot* fait songer à la huppe — jusqu'aux invraisemblables roulades de syllabes drôlatiques dont il se gargarise à plein gosier :

Désincornifistibuler l'épaule ;
Le bras mocquaquoquassé, ou *engoulevezinemassé,* *l'œil morrambouzevezangouzequoquemorguatasachac- quevezinemaffressé, tout esperruquancluzelubelouze- rirelu du talon,* etc. (2).

La phrase de Rabelais est un orchestre où chaque mot éclate et se fond comme un instrument qui fait sa partie. Il ne cherche pas la douceur musicale ni la cadence rythmique de la phrase poétique.. Il n'ignore pas le nombre oratoire ni l'ampleur cadencée de la période romaine : il est trop bon humaniste pour ne pas être capable et trop du siècle de l'humanisme pour ne pas être tenté de s'essayer aux rotondités majestueuses de Cicéron ou du *Conciones :*

Plus juste cause de douleur naître ne peut entre les humains, que si du lieu, dont par droiture espéraient

---

(1) L. I, ch. 21.
(2) L. IV, ch. 15.

grâce et bénévolence, ils reçoivent ennui et dommage, etc., etc. (1).

Ou bien sur le mode du *Panégyrique de Trajan :*

Nos pères, aïeux et ancêtres, de toute mémoire, ont été de ce sens et de cette nature ; que des batailles par eux consommées ont pour signe mémorial des triomphes et victoires plus volontiers érigé trophées et monuments ès cœurs des vaincus, par grâce, qu'ès terres par eux conquêtées, par architecture, etc., etc. (2).

Il est capable, comme un autre, de rhétoriser, de faire, en simple français, ce qu'on admire dans le latin de Bembo ou de Muret. Mais ce balancement périodique est un art d'emprunt, il a son art à lui ; non plus rythme, mais mouvement ; non plus ordonnance symétrique dégageant à l'esprit les rapports rationnels, mais ligne brisée dont les inégalités, les cassures, les détours, les arrêts, les reprises, suggèrent les sursauts, les halètements, l'effervescence, toute la trépidation de la vie. Rappelez-vous la jument (ou *poutre*) du frère Etienne Tappecouë, le sacristain des Cordeliers de Saint-Maixent :

La poutre, tout effrayée, se mit au trot, à pets, à bonds, et au galop, à ruades, fressurades, doubles pédales et pétarades : tant qu'elle rua bas Tappecouë, quoiqu'il se tînt à l'aube du bât de toutes ses forces. Ses étrivières étaient de corde : du côté hors le montoir son soulier fenêtré était si fort entortillé qu'il ne le put oncques tirer. Ainsi était traîné à échorche-cul par la poutre,

---

(1) L. I, ch. 31.
(2) L. I, ch. 50.

toujours multipliante en ruades contre lui, et fourvoyante
de peur par les hayes, buissons et fossés. De mode qu'elle
lui cobbit toute la tête, si que la cervelle en tomba, près
la Croix Osannière, puis les bras en pièces, l'un ci, l'autre là ; les jambes de même ; puis des boyaux fit un long
carnage, en sorte que la poutre au couvent arrivante, de
lui ne portait que le pied droit et soulier entortillé (1).

Ou bien les *coups de poing des noces* tombant sur
l'huissier, le *chicanous*, qui est venu citer le bon
seigneur de Bosché :

Et de dauber chicanous, et de frapper chicanous ; et
coups de jaunes gantelets de tous côtés pleuvoir sur chicanous.
— Des noces, disaient-ils, des noces, des noces ; vous
en souvienne (2).

Là, toutes les saccades et soubresauts de la jument,
tout le dépècement, l'éparpillement progressif du
sacristain, ici, le rythme des poings en danse, deviennent sensibles par les allures de la phrase ; là, plus
irrégulière et désordonnée ; ici, plus égale et équili-
brée, avec une répétition uniforme du tour, qui traduit l'uniforme va-et-viént des gantelets.
Et, sans doute, tout cela, — mélange de vocabulaires, énumération de mots et de phrases, proverbes
populaires, mots forgés, phrase ou rythmée ou tré-
pidante, — tout cela est au service du sens et de
l'amour de la vie, qui est la caractéristique du génie
de Rabelais. Mais, pour rendre ainsi la vie, il faut
aimer le mot, le sentir comme une partie de la vie.

(1) L. IV, ch. 13.
(2) L. IV, ch. 14.

Et c'est ce que fait Rabelais ; nous le voyons par l'attention joyeuse qu'il a à recueillir tous les bruits de la vie, tous les accents humains ; il ne lui suffit pas de les suggérer, il faut qu'il les reproduise.

Le recors joignant les mains semblait lui en requérir pardon, marmonnant de la langue : *mon, mon, mon, vrelon, ron, von,* comme un marmot (1).

Il *marmonnait :* ce n'est pas assez pour Rabelais ; il se donne et nous donne, en vrai neveu de Rameau, l'audition, les onomatopées du marmonneur. Toute son œuvre éclate de rires, de cris, de jurements, d'exclamations, chants et psaumes, propos de buveurs, geignements de Panurge, jovialités de frère Jean, toussements de maître Janotus de Bragmardo, clabauderies du marchand de bestiaux, clameurs de pillards égorgés dans le clos de Seuillé, etc. Chaque voix humaine est dans ce livre avec son accent ; d'une foule, Rabelais entend, non la vocifération confuse, mais chaque voix individuelle, comme un musicien qui distingue, dans l'harmonie d'un orchestre, le timbre de chaque instrument : et il nous rend la confusion de la clameur de foule par l'accumulation et l'entre-croisement des voix individuelles. Ce n'est pas un psychologue qui choisit les intonations significatives du moral : c'est un artiste que le verbe humain réjouit physiquement, et qui nous le fait entendre comme le musicien fait, parfois, les bruits du vent et de la forêt.

Dans ses descriptions, il aime mieux donner l'impression des ensembles par l'entassement précipité

---

(1) L. IV, ch. 15.

que par le sacrifice calculé des détails. Sa plume est un cinématographe où chaque geste des acteurs, chaque moment de l'action est vu, rendu à part, lié et fondu dans le reste par l'élan vertigineux qui est imprimé au style. **Voyez frère Jean défendant la vigne du couvent contre les gens de Picrochole :**

Il choqua donc si roidement sur eux sans dire gare qu'il les renversait comme porcs, frappant à tort et à travers à la vieille escrime. Es uns escarbouillait la cervelle, es autres rompait bras et jambes, es autres disloquait les spondiles du col, es autres demollait les reins, avalait le nez, pochait les yeux, fendait les mandibules, enfonçait les dents en la gueule, descroulait les omoplates... (*J'en supprime ; on voit assez le frère se trémousser, se retourner, taper à tour de bras de tous côtés.*) Si quelqu'un se voulait cacher entre les ceps plus épais, à icelui froissait toute l'arête du dos, et l'érenait comme un chien.

Si aucun sauver se voulait en fuyant, à icelui faisait voler la tête en pièces par la commissure lambdoïde. Si quelqu'un gravait en un arbre, pensant y être en sûreté, icelui de son bâton empalait par le fondement.

Si quelqu'un de sa vieille connaissance lui criait :

— Ola ! frère Jean, mon ami, frère Jean, je me rends.

— Il t'est, disait-il, bien force. Mais, ensemble, tu rendras l'âme à tous les diables.

Et, soudain, lui donnait dronos...

Les uns criaient : sainte Barbe, les autres, saint George ; les autres, sainte N'y Touche ; les autres, Notre-Dame de Cunault, de Lorette, de Bonne Nouvelle, de la Lenou, de Rivière. Les uns se vouaient à saint Jacques les autres au saint Suaire de Chambéry, etc., etc. (1).

Ce train endiablé est mené d'une main si sûre

---

(1) L. I, ch. 27.

que, les grandes lignes se dégageant, la cohue des
détails se distribue par grandes masses ; et tout ce
fracas fait une claire harmonie.

Rabelais est inépuisable : on n'en finirait pas, si on
voulait le caractériser complètement. En voilà assez
pour indiquer quel artiste de la prose il a été, et comment, à tous ses dons de penser et de voir, il a ajouté
un don spécial de rendre, un *faire* singulier qui tenait au goût qu'il avait de pétrir et manipuler la
matière de la langue. Je ne connais pas de style —
celui de Victor Hugo excepté — où vibre, de façon
plus intense, la joie du mot.

CHAPITRE III

L'ART DE MONTAIGNE : L'ART DE « SE DIRE »

I

Le XVIᵉ siècle compte deux grands artistes de la prose : Rabelais et Montaigne. Auprès d'eux, s'effacent les efforts divers qui sont tentés pour constituer en art l'exercice du langage non mesuré.

Il y en a, d'abord, — des lettrés nourris d'éloquence romaine, des magistrats qui ressentent les besoins et les lois de la parole publique, — il y en a qui s'évertuent à créer une phrase française organique, articulée, distribuée en membres symétriques ou proportionnés, mesurée par une cadence sensible. Ils oscillent entre la nervosité antithétique de Sénèque, qui ramasse les idées en oppositions vibrantes, et l'ampleur périodique de Cicéron et Tite-Live, qui les étalent en larges nappes ; ils combinent volontiers les deux manières et piquent des sentences aiguës dans des péroraisons pathétiques.

Rabelais, on l'a vu, n'avait pas dédaigné de faire la phrase oratoire ; Calvin, par habitude de latiniser, puis par la nécessité de la prédication, y était arrivé ; L'Hospital également, parce que son goût de lettré ne voyait pas de forme plus adéquate aux grands sentiments. Du Vair, plus consciemment et avec plus de souci littéraire, travailla à organiser l'éloquence française. Le modèle connu et souvent cité de l'art du XVIᵉ siècle, en ce genre, c'est la harangue de d'Aubray pour le Tiers Etat aux Etats de la Ligue, dans la *Satyre Ménippée*.

O Paris qui n'es plus Paris, mais un spélunque (repaire) de bêtes farouches, une citadelle d'Espagnols, Wallons et Napolitains; un asile et sûre retraite de voleurs, meurtriers et assassinateurs, ne veux-tu jamais te ressentir de ta dignité et te souvenir qui tu as été au prix de ce que tu es? Ne veux-tu jamais te guérir de cette frénésie, qui, pour un légitime et gracieux roi, t'a engendré cinquante roitelets et cinquante tyrans?...

Voilà l'interrogation pathétique, encadrant des antithèses vigoureusement détachées. Et voici l'instance chaleureuse du raisonnement, la marche cicéronienne en échelons qui, graduellement, force l'auditeur à céder :

Tu n'as pu supporter une légère augmentation de tailles et d'offices, et quelques nouveaux édits qui ne t'importaient nullement; mais tu endures qu'on pille tes maisons, qu'on te rançonne jusques au sang, qu'on emprisonne tes sénateurs, qu'on chasse et bannisse tes bons citoyens et conseillers, qu'on pende, qu'on massacre tes principaux magistrats; *tu le vois et tu l'endures; tu ne l'endures pas seulement, mais tu l'approuves et le loues,* et n'oserais, et ne saurais faire autrement. Tu n'as pu supporter ton roy débonnaire, si facile, si familier, qui s'était rendu comme concitoyen et bourgeois de ta ville, qu'il a enrichie, qu'il a embellie de somptueux bâtiments, accrue de forts et superbes remparts, ornée de privilèges et exemptions honorables. *Que dis-je? Le supporter? C'est bien pis : tu l'as chassé de sa ville, de sa maison, de son lit. Quoi? chassé? Tu l'as poursuivi. Quoi? poursuivi?*

Tu l'as assassiné, canonisé l'assassinateur, et fait des feux
de joie de sa mort.

L'auteur de la harangue pratique, moins que d'autres, il est vrai, le facile procédé qui consiste à chercher l'ampleur dans le redoublement de l'expression ;
chasse et bannisse, concitoyen et bourgeois. Il a la
candeur de mettre, au début de son discours, le grand
fracas oratoire que Cicéron réservait pour la fin, et
neutralise, ensuite, l'impression de ce pathétique
morceau par quatre-vingts pages de discussion historique que concluent de maigres quatrains satiriques
en petits vers de huit syllabes. Il ne sait faire que la
phrase et le morceau, pas encore le discours.

D'autres, surtout à la fin du siècle, retrouveront,
sous une influence italienne, la phrase poétique à
laquelle le *rhétoriqueur* Jean Lemaire s'était essayé :
ils nous offriront une phrase mélodieuse, un peu
molle, piquée d'images plastiques ou pittoresques,
enluminée et décorée dans un goût mignard et miè-
vre. Ce sera le style de l'*Astrée*, enrubanné et pom-
ponné comme ses bergers et bergères ; ce sera, souvent aussi, le style de saint François de Sales qui ne
pratique guère son propre précepte, qu' « il ne faut
ni blanc ni vermillon sur les joues d'une chose telle
que la théologie ». Il brode toute l'histoire naturelle
— celle d'Elien et de Pline — sur le fond de ses
pieuses instructions : il les symbolise en anecdotes et
comparaisons de toute nature :

Plusieurs voyageurs, environ l'heure de midi, au jour
d'été, se mirent à dormir à l'ombre d'un arbre ; mais,
tandis que leur lassitude et la fraîcheur de l'ombrage les
tient en sommeil, le soleil, s'avançant sur eux, leur porta
droit aux yeux sa plus forte lumière, *laquelle, par l'éclat*

*de sa clarté, faisait des transparences, comme par de
petits éclairs,* autour de la prunelle des yeux de ces dor-
mans, et, par la chaleur qui perçait leurs paupières, les
força d'une douce violence de s'éveiller ; mais les uns,
éveillés, se lèvent et, gagnant pays, allèrent heureusement au gîte ; les autres, non seulement ne se lèvent pas,
mais, tournant le dos au soleil et *enfonçant leurs chapeaux sur leurs yeux,* passèrent là leur journée à dormir, jusqu'à ce que, surpris de la nuit et voulant, néanmoins, aller au logis, ils s'égarèrent qui çà qui là dans
une forêt, à la merci des loups, sangliers et autres bêtes
sauvages (1).

Que cela est dit joliment, d'un style fluide et
clair qui répand la gaieté dans l'esprit. De sobres
notes réalistes, — *enfonçant leurs chapeaux sur
leurs yeux,* — un ingénieux et efficace effort pour
rendre l'impression du jour sur la paupière fermée,
relèvent ce que la douceur égale de la phrase aurait,
autrement, d'un peu fade. Il s'agissait, pour le saint
écrivain, de dire que Dieu appelle tous les hommes,
et que quelques-uns seulement répondent à l'appel
de Dieu ; il voulait le dire sans abstraction rebutante :
il a résolu le problème presque trop bien ; il a si
agréablement peint son symbole qu'on n'est presque
pas tenté d'y chercher un sens au delà de la lettre du
conte.

D'autres encore — et c'est le grand nombre —
marchent dans la grande voie de Rabelais. Ils aiment
la vie, ils veulent rendre leur sensation de la vie,
et ils emploient pour cela, toutes les qualités sensibles
des mots. Ils vont à la chasse des termes concrets, savoureux, évocateurs ; ils font tinter les syllabes ; ils
rendent, par les mots, tous les timbres et les accents,

---

(1) Traité de l'Amour de Dieu, l. IV, ch. 5.

par les associations attachées aux mots, toutes les
couleurs et formes qui sont dans la nature ; ils dessinent, par le mouvement de leur phrase, moins des
rythmes abstraits et généraux que les allures de leur
modèle ou de leur pensée. Ils sont plus peintres que
logiciens et idéologues, et prétendent raisonner sans
perdre le contact et la jouissance des choses particulières qui emplissent leurs sens.

Ecoutez Despériers, dans le conte du *Pot au Lait*,
équivoquer sur *Alquimie — art qui mine* ou *art qui
n'est mie*, — imiter le hennissement du poulain *qui
sauterait et ferait hin*. Ce n'est qu'un Rabelais
moins puissant. De Palissy, qui ne sait pas le latin,
jusqu'à l'helléniste Amyot, le problème du style,
pour la plupart des prosateurs du xvie siècle qui
en prennent conscience, consiste à dégager l'idée sans
perdre la sensation. Saisissant, dans Plutarque, la
vie, Amyot lui laisse son style artificiel et ses habile-
tés de rhéteur d'une époque de décadence, et il lui
rend le charme du naturel par son style dru, direct
et vivant.

Beaucoup, manque d'un idéal ferme, ou incapa-
bles de choisir entre les modèles divers, sont ballottés
curieusement d'un style à l'autre, et l'on voit alter-
ner, se mêler, se choquer dans leurs ouvrages, — non
plus par art, dans une orchestration au total harmonieuse, comme chez Rabelais, mais au hasard et
confusément, — les grasses locutions concrètes du
peuple, les rythmes majestueux et la grandiloquence
verbale de Cicéron, les mollesses enluminées de l'ita-
lianisme. Montchrestien, par exemple, en cet intéressant *Traité d'Economie Politique* qui paraît au début
du xviie siècle, nous donne le spectacle un peu
comique de ce chaos. Mais je n'ai besoin que de re-

prendre la harangue de d'Aubray : elle prélude à la prosopopée cicéronienne, dont j'ai cité un passage, par des éclats populaires : « Par Notre-Dame, messieurs, vous nous l'avez baillé belle ! » et autres choses de ce goût. Elle entremêle les figures pathétiques et les larges phrases générales de suggestions concrètes comme celle-ci :

Nos banquets sont d'un morceau de vache pour tous mets : bien heureux qui n'a point mangé de chair do cheval et de chien, et bien heureux qui a toujours eu du pain d'avoine, et s'est passé (*contenté*) de bouillie de son, rendue au coin des rues, aux lieux qu'on vendait, jadis, les friandises de langues, caillettes et pieds de mouton.

L'auditeur, au milieu de la joie intellectuelle qu'éveillait en lui la forme antique, se pourléchait à ces précisions savoureuses, sentant soudain le fumet des bons dîners d'autrefois passer sous ses narines.

II

Seul, peut-être, de son temps, Montaigne n'hésite pas. Il se trace sa voie et la suit sans dévier. C'est un paradoxe que de vouloir réduire Montaigne à n'être qu'un pur artiste, et à vouloir dériver toute sa philosophie, toute sa morale du jeu du sentiment artistique : M. Ruel s'est épuisé dans ce paradoxe sans parvenir à achever son livre. Mais il est très vrai que la riche nature de Montaigne est, pour une part, artiste, et qu'un sentiment d'art a coopéré puissamment à la façon de son style.

Montaigne, à le prendre dans l'idée banale qu'on s'en fait couramment, est un nonchalant qui couche toutes ses fantaisies par écrit, comme elles lui viennent. Ses *Essais* sont la causerie abandonnée d'un charmant esprit vif et paresseux, qui aime le jeu et fuit l'effort. Il ne veut que *niaiser et fantastiquer*, sans se donner de mal pour mettre un ordre dans ce *fagotage*, cette *galimafrée*, cette bigarrure de diverses pièces. Il ne semble pas plus se troubler pour les mots que pour les idées : ceux-là jaillissent, comme celles-ci, de la spontanéité de sa nature ; il ne cherche ni ne corrige, indifférent au bon style : « Que le gascon arrive, si le français n'y peut aller ».

C'est là le Montaigne de la légende, à placer entre l'ivrogne Rabelais et le bonasse et sensible Henri IV. Ce n'est pas le vrai Montaigne. Sans parler de l'effort sérieux, puissant de pensées que la richesse et la profondeur des *Essais* révèlent, — on ne va pas si loin en s'amusant, sans le vouloir, — le style n'est pas une causerie négligemment improvisée. Les négligences sont voulues, du moins acceptées avec réflexion. Montaigne a choisi sa forme. Il l'a corrigée On a montré qu'il avait fait, d'une édition à l'autre, non pas seulement des rectifications d'idées, mais souvent de pures corrections de style, c'est-à-dire des retouches d'artiste. Il s'était donné un idéal de style, qu'il a tâché, avec réflexion et avec énergie, de réaliser.

Il savait ce qu'il ne voulait pas, d'abord. Comme tous les hommes de la Renaissance, il avait la haine de la scolastique, de la logique épineuse, du style barbare des maîtres ès arts et docteurs, du *baroco* et du *baralipton* ; la haine des ergotismes épineux et des jargons fantastiques qui dégoûtent le peuple de la philosophie et des sciences. Il voulait qu'on parlât de tout humainement, simplement, en langage clair :

Si j'étais du métier, je traiterais l'art le plus naturellement que je pourrais (1).

Il avait senti, comme tout son siècle aussi, la beauté de l'élocution antique. Cette éloquence *nerveuse et solide*, ces *braves formes de s'expliquer, si vives, si profondes*, cette *gaillardise de l'imagination qui élève et enfle les paroles* (2), le ravissaient. Mais il ne tombe pas, pour cela, dans le travers des humanistes : ils sont artificiels aussi dans leur poursuite du beau style arrondi, et pas assez populaires. « Laissons là Bembo (3). » Il laisse là aussi Cicéron et toute sa magnifique rhétorique, et toute sa dialectique compliquée. Les *subtilités grammairiennes*, les *ordonnances logiciennes et aristotéliques*, l'ennuient et l'impatientent. Cicéron est lâche, flasque : ses discours *languissent autour du pot* (4).

En un mot : scolastique médiévale ou logique antique, argumentation farouche ou éloquence brillante, tous les *arts* de raisonner et d'écrire lui déplaisent, comme artificiels et comme généraux. Il rejette pareillement les idées générales et les formes générales d'exposition : les unes ne sont pas vraies et les autres ne rendent pas la vérité. Il ne veut pas d'un procédé que tout le monde peut appliquer et qui glisse sur tout le monde. Le style efficace, c'est celui

---

(1) L. I, ch. 5.
(2) L. III, ch. 5.
(3) *Ibid.*
(4) L. II, ch. 10

qui s'individualise conformément à l'auteur et se par-
ticularise conformément à l'auditeur. C'est pour cela
qu'il aime la forme libre, souple, abandonnée des
dialogues de Platon, le discours familier de Socrate
qui parle musique aux musiciens, économie rurale à
l'agriculteur, corroirie aux corroyeurs, et, à tous, le
langage de son humeur et de sa pensée personnelle.

Il n'imitera pourtant pas Platon ni Socrate : il ne
veut pas de modèle, qui influencerait *sa condition
singeresse et imitatrice.* Il craint que les bons auteurs *n'interrompent sa forme* (1). Son modèle, c'est
lui : il veut s'exprimer tout entier et n'exprimer que
lui. Il avait commencé avec l'intention de faire la
revue de ses lectures et connaissances, le contrôle de
ses idées et opinions. Il a bientôt élargi son dessein et
s'est pris lui-même pour sujet de son livre : « Je veux
qu'on m'y voie en ma façon simple, naturelle et ordinaire, sans étude et artifice : car c'est moi que je
peins... » (2). Il se peindrait volontiers, si la *révé-
rence publique* ne s'y opposait, *tout entier et tout nu.*

Et voici le principe et la règle de son art. Il se
regarde vivre, agir, penser, être dans toutes les pos-
tures et à tous les moments ; et il se dessine comme
il se voit, comme il a l'idée qu'il se voit. Tel Rembrandt fait son propre portrait en divers costumes,
sous divers éclairages.

Il a été le premier créateur de sa figure de légende ;
c'est lui, d'abord, qui nous a fait un Montaigne nonchalant et paresseux, amoureux de ses aises, mené
par sa fantaisie, ne voulant *se ronger les ongles* pour
rien, sauf pour *la santé et la vie.* Et c'était cette non-

------

(1) L. III, ch. 5.
(2) *Au lecteur.*

chalance, d'abord, qu'il fallait que son style rendît.

Comme il se considérait des pieds à la tête et dans toutes ses façons et habitudes, il ne pouvait manquer de s'écouter parler, de remarquer les allures naturelles de ses propos. Et voilà ce qu'il croit de lui :

Il a de la gaieté naturelle, qui le porte à se *gausser* et *gaudir* avec des amis ; il a le langage assez libre et *effronté*, franc surtout et direct, primesautier, un peu brusque. « Je ne sais ni plaire, ni réjouir, ni chatouiller : le meilleur conte du monde se sèche entre mes mains et se ternit... De toute matière, je dis volontiers les plus extrêmes choses que j'en sais... Mon langage n'a rien de facile et de fluide ; il est âpre, ayant ses dispositions hardies et déréglées, et me plaît ainsi... Je suis la forme de dire qui est née avec moi, simple et naïve autant que je puis (1) ».

Il fait beaucoup de gestes en parlant, il a l'accent périgourdin, et ses expressions, même, sont *altérées par la barbarie de son cru.*

D'ailleurs, il se tient pour bon gentilhomme, et un gentilhomme ne doit pas s'expliquer comme un grammairien. En sa *forme de parler*, il a volontiers « imité cette débauche qui se voit en notre jeunesse, au port de leurs vêtements : un manteau en écharpe, la cape sur une épaule, un bas mal tendu qui représente une fierté dédaigneuse de ces paremens étrangers et dédaigneuse de l'art » (2). Il sied à un gentilhomme de *gauchir un peu sur le naïf et le méprisant.*

Puisque c'est comme cela qu'il parle dans la vie, c'est comme cela qu'il écrira dans son livre. Il n'aura d'autre idéal de style que de donner la sensation de

_____

(1) L. II, ch. 17.
(2) L. I, ch. 26.

ce parler *succulent et nerveux, non tant délicat et peigné que véhément et brusque, décousu et hardi,* gascon, puisqu'il est Gascon, et *soldatesque,* parce qu'il a été robin : en un mot, *tel sur le papier qu'à la bouche* (1). Il se moque qu'on lui dise :

Tu es trop épais en figure. Voilà un mot du cru de Gascogne. — Est-ce pas ainsi que je parle partout? Me représenté-je pas vivement? Suffit. J'ai fait ce que j'ai voulu (2).

Ainsi, ses négligences sont son art même. Il se défend, comme Molière plus tard, par la vérité dramatique : il a, comme Molière, un personnage à faire parler selon son caractère, et, ce personnage, c'est lui-même. Il s'y étudie de son mieux.

Voilà pourquoi il ne plie pas sa forme aux rythmes de Cicéron et de Tive-Live, trop solennels et pas assez vifs. Voilà pourquoi il y accueille volontiers le trait et l'antithèse de Sénèque, les tours ramassés qui donnent du nerf à un style. Rabelais, par la ligne de sa phrase, suit toutes les saillies des objets, tous les soubresauts des actions qu'il dépeint : Montaigne, par la sienne, enregistre toutes les saillies et tous les soubresauts de sa pensée, de son humeur, de son accent.

Son désordre, son décousu, peuvent être des *défauts* (il faudrait voir) de sa pensée ; dans son style, c'est fidélité au modèle, qui est son esprit, bien ou mal fait :

Je m'en vais faire une galimafrée. — Je m'en vais bien

---

(1) *Ibid*
(2 L. III, ch. 5

à gauche de mon thème. — Mais je reviens à mon thème (1).

Loin de masquer, de corriger cette incohérence, il l'accuse :

Est-ce pas ainsi que je parle (2) ?

Il se répond, se coupe, se reprend, dans son livre, comme il ferait en sa tour de Montaigne, conversant avec ses amis.

Comparant Alexandre et César (3), il énumère chaleureusement les grandes qualités d'Alexandre, puis il en vient à ses vertus. Ici, une hésitation qui coupe la phrase. Première parenthèse : pour écarter l'objection qui surgit et justifier le caractère d'Alexandre. Cependant, un scrupule le saisit. Deuxième parenthèse, attachée à la première : *Il a, pourtant, fait quelques actions mauvaises. Mais, après tout, elles peuvent s'excuser.* Troisième parenthèse. Cependant, voyons quelles sont ces actions : énumération qui continue la seconde parenthèse. Mais il ne faut pas parler de Clitus : ce fut bien réparé. Quatrième parenthèse. Il ne faut pas, non plus, parler de son orgueil et de ses susceptibilités : c'est bien véniel. Cinquième parenthèse. Et, après tous ces propos qui s'entrecoupent ou se défilent, il reprend posément son cadre de phrase qu'il avait déposé pour ses digressions. Il renoue son énumération par une reprise du tour initial : *Qui considérera,* etc., et il finit par arriver au

---

(1) Ed. Garnier, in-8°, l. III, p. 15, etc.
(2) L. III, ch. 5.
(3) L. II, ch. 36.

bout de sa phrase : elle a trois pages. C'est mal écrit,
si vous voulez, mais c'est bien causé. Ces phrases sauvages, qui abondent dans les *Essais*, indéfinies, inor-
ganiques, dix fois arrêtées et reprises, ce ne sont pas
les maladresses d'une prose encore mal formée, pas
même l'engorgement d'une pensée trop riche et trop
vive; c'est l'image réfléchie d'une manière d'être naturelle : « Est-ce pas ainsi que je parle ? »

Tous les accords et tous les gestes qui colorent sa
conversation s'inscrivent dans sa phrase. On entend
la voix monter et descendre, s'égayer en notes claires,
ou s'émouvoir en tons graves. Le voici qui imite, par
l'allure sautillante de sa parole, la trépidation insou-
cieuse des hommes :

Ils vont, ils viennent, ils trottent, ils dansent : de mort
nulles nouvelles.

Mais, aussitôt, l'idée de leur effroi devant la mort
rend l'accent sérieux ; le mouvement de la phrase,
plus lent, s'élargit ; le timbre s'assombrit :

Tout cela est beau; mais aussi, quand elle arrive à eux
ou à leurs femmes, enfants et amis, les surprenant en
dessous et à découvert, quels tourments, quels cris, quelle
rage, et quel désespoir les accable (1).

Comme il tire son discours de choses communes
et familières, et comme il philosophe du même ton
dont il traite les affaires de son ménage, il fait sa
phrase avec les mots de tous les jours, d'abord « le
généreux jargon de nos chasses et de notre guerre » :

---

(1) L. I, ch 19.

cela sent son gentilhomme ; et puis tous les mots des
rues françaises, voire des Halles, voire les plus vulgaires, les plus rustiques, les plus crus. Il y jette ces
façons de parler excellentes dont use le peuple : *acheter chat en poche, languir autour du pot, mettre
en place marchande, se ronger les ongles, jouer à
cornichon va devant, brider l'âne par la queue, le
terme vaut l'argent,* etc. :

> Toute cette *fricassée* que je *barbouille* ici n'est qu'un
> registre des essais de ma vie.
> Quand les vignes gèlent en mon village, mon prêtre
> en argumente l'ire de Dieu sur la race humaine, et juge
> que la *pépie* en tienne déjà les cannibales (1).

Comme on entend souvent, dans la phrase rabe-
laisienne, l'éclat de rire énorme de l'auteur, ainsi au
coin de la phrase de Montaigne est logé son sourire
amusé et ironique. Dans un mot vulgaire passe l'éclair
de l'œil malicieux. Qu'est-ce que notre raison ? *Un
pot à deux anses* (2). Pourquoi nos gens de l'Europe
chrétienne méprisent-ils la sagesse des cannibales ?
Ceux-ci *ne portent point de hauts-de-chausses* (3).
Les malades d'une ville d'eaux sont tout le jour *à gre-
nouiller* dans leur bain (4).
Il crible de trivialités la grandeur royale. Qu'est-ce
qu'un roi? Regardez-le *en chemise;* c'est *un homme
pour tous potages.* Il est sur le trône, mais « au plus
élevé trône du monde, si ne sommes-nous assis que sur

---

(1) L. I, ch. 26.
(2) L. II, ch. 12 (t. II, p. 391, éd. Garnier, in-8°).
(3) L. I, ch. 31.
(4) L. II, ch. 37.

notre c... ». Il agite, aux oreilles du roi les mots bas, les mots crus qui déshabillent la majesté :

Ce ciel de lit, tout enflé d'or et de perles, n'a aucune vertu à y apaiser les tranchées d'une verte colique (1).

On entend le timbre de la voix qui fait sonner, avec gaieté, ces *tranchées d'une verte colique.*

Il aime à débiter tout le vocabulaire familier en métaphores qui ajoutent à leur couleur propre son accent personnel. Il se *couve* de ses pensées. Il est disposé à se mettre à l'abri des coups partout où il pourra, *sous la peau d'un veau.* L'homme doit être *toujours botté,* prêt à partir pour l'autre monde. L'honnête homme, en temps de désordre civil, doit *couler en eau trouble sans vouloir y pêcher ;* mais la plupart suivent leur intérêt et *pelotent les raisons divines,* jouent du prétexte de religion comme d'une balle de paume qu'on se renvoie d'un camp à l'autre. Les gens *s'enferrent* souvent en discutant, et il a eu, lui, parfois, des *revirades* (des ripostes : voilà le Gascon qui perce) qui ne lui ont pas toujours réussi. Il saute d'une image à l'autre ; il les mélange, il les bariole avec indifférence : sa phrase est un habit d'Arlequin, chaque pièce a sa couleur.

Tout cela est si aisé qu'on serait tenté de croire que c'est le feu naturel de l'imagination de Montaigne qui produit son style, que cette verdeur savoureuse, ce pétillement perpétuel de l'expression, ne sont qu'une création spontanée. Il nous suffit, pour nous détromper, de lire ses réflexions sur l'usage du français, sur l'art d'exploiter le vocabulaire du peuple,

---

(1) L. I, ch. 43.

ses *phrases excellentes* et ses *métaphores*, dont la couleur, un peu *ternie*, peut se raviver, sur l'art d'*étirer* et *ployer* la langue, d'approfondir la signification et l'usage des mots, d'apprendre des mouvements inaccoutumés à la phrase, *prudemment* et *ingénieusement*. Ce sont là propos d'un homme qui a médité sur l'art du style.

Et la preuve qu'il a joint la pratique à la théorie, nous la trouvons dans les corrections de ses *Essais*. L'homme qui, ayant écrit de ses ouvrages : « Il s'en faut tant qu'ils me plaisent », efface *plaisent* pour mettre *rient* ; l'homme qui, ayant dit de l'asservissement du monde aux caprices de la mode : « C'est une vraie manie qui lui roule ainsi l'entendement », se ravise pour changer *roule* en *tourneboule* dans une édition ultérieure, celui-là aura beau se défendre d'être un artiste de la prose. Ses corrections le dénoncent comme sensible à la beauté du mot, à la physionomie de l'image et du son.

Si Rabelais, dans ses charges énormes, avait créé la phrase objective, pittoresque, miroir souvent déformant de l'univers sensible, Montaigne, par sa causerie abandonnée, crée la phrase subjective, dramatique, accent toujours surveillé d'une personnalité morale. L'un a voulu nous amuser des formes innombrables des choses reflétées en sa fantaisie ; l'autre, du timbre infiniment souple de sa voix parcourant toutes les gammes des idées. Le naturel charmant des *Essais* est l'imitation artistique, très étudiée et consciente, du naturel vécu, si je puis dire, et vivant, de l'homme qui a écrit ce livre : il entre beaucoup d'art dans ce naturel littéraire, comme dans celui de La Fontaine.

CHAPITRE IV

LA PHRASE DU GRAND SIÈCLE

LE STYLE « LOUIS XIII »

Taine et Victor Cousin se moquent de nous, je veux dire se trompent, quand ils nous peignent un dix-septième siècle figé dans la grandeur et la délicatesse. Le bon Dumas, qui lisait Tallemant plus que Mlle de Scudéry et Bossuet, a mieux vu quand il a raconté les aventures de M. d'Artagnan : les *Trois Mousquetaires* contiennent plus de vérité historique que les études des deux grands critiques.

Le xviiᵉ siècle, regardé dans la réalité, et non dans l'image qu'il a donnée de lui-même ou l'idéal qu'il s'est flatté d'exprimer, est tout débordant de vie, de vie énergique, fougueuse, brutale, même encore grossière : il est raffiné sans doute, et non pas délicat : il contraint sa fougue et sa brutalité à des cérémonials compliqués dont l'outrance même a quelque chose de violent. Il va, c'est certain, se simplifiant, se polissant, s'adoucissant, s'amollissant, s'appauvrissant aussi, se refroidissant, se vidant de sa sève, s'étalant en façade pompeuse, s'amincissant en sécheresses distinguées. Mais, jusqu'au bout, le fond vigoureux et un peu rude persiste, et affleure par endroits. Il y a aussi loin, dans l'ordre littéraire, de la délicatesse précieuse à la grâce de 1780, que du

style Louis XIII au style Louis XVI dans l'ameu-
blement.

La phrase du grand siècle en reflète exactement
l'âme, la vie, et inscrit, dans son évolution, tous les
changements de mœurs. Cependant, et cela n'a rien
de surprenant, ce qu'elle exprime le plus fidèlement,
et le plus complètement, c'est l'intelligence du siècle,
qui est en avance sur les mœurs ; c'est l'effort vers
l'ordre rationnel et clair ; c'est la volonté qui tâche
de discipliner la spontanéité violente des émotions et
des idées ; c'est l'élément raisonnable dépossédant,
peu à peu, l'élément sensible dans la conception esthétique. Mais la nature résiste à l'esprit, et le conflit se traduit dans la forme de la prose.

I

Regardons d'abord la phrase qu'écrivent, avec plus
ou moins d'application, les gens qui ne pensent pas
à l'art, et qui ne veulent que s'énoncer. Elle a, pour
nous, un dessin qui l'assortit à l'architecture ou au
costume du temps ; elle est « Louis XIII », parce
qu'elle procède du même tempérament physique et
moral, parce qu'elle obéit, à l'insu de l'écrivain
même, à une certaine idée, diffuse dans le milieu, du
noble, ou du beau, ou de l'agréable. En voici divers
échantillons :

DESCARTES, dans le *Discours de la Méthode* :

Ainsi, ces anciennes cités = qui, — n'ayant été au commencement que des bourgades, — sont devenues, par
succession de temps, de grandes villes, = sont ordinai-

rement si mal compassées — *au prix* de ces places régulières *qu'un* ingénieur trace à sa fantaisie dans une
plaine, = qu' = *encore que*, — considérant leurs édifices chacun à part, — on y trouve souvent autant et plus
d'art qu'en ceux des autres, = *toutefois*, = *à voir* comme
ils sont arrangés, — ici un grand, là un petit, — et
comme ils rendent les rues courbées et inégales, = on
dirait -- *que* c'est plutôt la fortune — *que* la volonté de
quelques hommes usant de raison — *qui* les a ainsi disposés.

Mais c'est peut-être un effort de philosophe ajus-
tant son argument. Voici le cardinal de Richelieu,
écrivant une lettre à M. de Toiras, au nom du roi :

Monsieur de Toiras, je ne puis ajouter foi aux avis *que*
l'on me donne, — *qu'il* y ait des gens assez lâches dans le
fort de Saint-Martin pour parler de se rendre, — *tant
qu'il* y aura de quoi manger et se défendre ; = et *tout
ainsi qu'il* n'y a ni honneur, ni gratification *que* je ne
fasse à ceux *qui* endureront courageusement les incommo-
dités d'un long siège, — *aussi* n'y a-t-il point de châti-
ment — *que* ne méritent ceux — *qui* seraient cause —
que je reçusse une aussi grande injure — *que* de voir
prendre à ma vue une place — *qui* ne court aucune fortune par la force de mes ennemis, — et *qui* a des vivres
assez pour s'empêcher de mourir de faim (1).

Et voici une de ces charmantes femmes qui tournèrent la tête à Victor Cousin, le modèle de l'esprit et
de l'urbanité, l'incomparable Arthénice, Mme la
marquise de Rambouillet ; elle badine avec Mme la
comtesse de Maure, son amie :

Si ce n'était, madame, *que* je craindrais — *que* vous

_____

(1) *Choix de lettres du* xviie *siècle*, p. 36. (Hachette et Cie.)

croiriez peut-être — *que* ce serait mon intérêt *qui* me
ferait parler, = *sachant* bien *que* je ne puis espérer au
mariage *que tant que* vous ne serez point veuve, = je
vous conseillerais de faire bien prendre garde *que* l'on
n'empoisonnât monsieur votre mari (1).

Le philosophe, le ministre d'Etat, la femme du
monde, construisent la même phrase, lentement dé-
roulée, solidement étayée, la phrase d'une pensée qui
travaille à se mettre en ordre et prétend, avant tout,
manifester son enchaînement. Les mots sont serrés
dans le cadre logique que construisent les relatifs, conjonctions et participes présents, comme la pierre de
taille encadre la brique dans les hôtels de la place
Royale. On sent un esprit robuste qui se contraint à
une discipline nouvelle, à une marche posée et régulière : il se crée une forme un peu lourde, claire et
sérieuse.

La passion, la souffrance, l'emportement, soulèvent, secouent, sans la rompre, cette carapace logique.
Ecoutez Jacqueline Pascal, la religieuse de Port-
Royal, se révolter contre ce Formulaire qu'on voulait l'obliger à signer :

Je sais bien *que* ce n'est pas à des filles à défendre la
vérité, — *quoique* l'on peut dire, par une triste rencontre,
— *que*, — *puisque* les évêques ont des courages de filles,
— les filles doivent avoir des courages d'évêques ; = *mais*,
— *si* ce n'est pas à nous à défendre la vérité, — c'est à
nous à mourir pour la vérité, — et à souffrir plutôt toutes
choses *que* de l'abandonner... (2).

Ce qu'elle énonce ainsi à grand renfort de *si*, de

(1) V. Cousin, *La Soirée française au* xviie *siècle*, t. II, p. 336.
(2) *Choix de lettres du* xviie *siècle*, p. 175.

mais et de *quoique*, c'est une douleur qui, bientôt,
la tuera.

Voilà la phrase brute à laquelle s'appliquera le
travail artistique des littérateurs.

Mlle de·Scudéry, comme les autres romanciers, la
modifie à peine. Elle se plaît visiblement à la faire
marcher de cette allure compassée, en déroulant une
lourde traîne ; cela fait, à ses yeux, une manière
noble de parler. Aussi, nous dépeint-elle en ces termes
l'agrément de la voix de la princesse Clarinte :

Cette princesse — *outre* ces rares qualités — a *encore*
la voix douce et charmante ; et — *ce qu'il* y a de plus
louable, *c'est que*, = quoiqu'elle chante d'une manière
passionnée — et *qu'on* puisse dire effectivement *qu'elle*
chante fort bien, = elle chante *pourtant* en personne de
condition, — *c'est-à-dire* sans y mettre son humeur, sans
s'en faire prier, et sans façon ; = *et* elle fait cela si galamment, *qu'elle* en devient encore plus aimable, — principalement *quand* elle chante certaines petites chansons
africaines (*c'est-à-dire* espagnoles), — *qui* lui plaisent
plus *que* celles de son pays, — *parce qu'*elles sont plus pas-
sionnées (1).

Ici, outre les étais logiques, remarquons ces adverbes trapus : *effectivement, galamment, principalement*, sur lesquels la voix se pose et pèse. Il appar-
tenait à ce monde précieux de trouver de la grâce à
remplacer de discrets monosyllabes, *très* et *bien*, par
d'épais adverbes comme *constamment, furieusement,
terriblement, extraordinairement*. Et savez-vous qui
c'est, cette princesse Clarinte, dont la grâce nous est
rendue engoncée dans une lourde phrase cérémo-

_____

(1) *Clélie*, t. VI, p. 1325.

nieuse ? C'est la toute vive, pétulante, rieuse et naturelle marquise de Sévigné. Même à Versailles, et
pour saluer le grand roi, elle n'a jamais dû marcher
de ce pas.

Passe pour Mlle de Scudéry : que la complimen-
teuse Sapho habille ses phrases de vertugadins qui
les font bouffer, cela n'est pas pour nous étonner.
Mais Voiture, le sémillant Voiture, n'écrit pas d'un
autre style.

Voici le dessin d'un compliment raffiné à une de-
moiselle qui a perdu un frère :

Mademoiselle, — n'ayant pas moins d'admiration de
votre courage et de votre bon naturel *que* de ressentiment
de votre douleur, — je suis si fort touché de l'un et de
l'autre — *que* = *si* j'étais capable de vous donner les
louanges qui vous sont dues, et la consolation dont vous
avez besoin, = j'avoue *que* je serais bien empêché *par
où* commencer : = *car*, etc., = *mais*, etc., — *puisque*. .
— *que*... — *et que*... etc., etc. (1).

Et voici le badinage charmant en faveur de la conjonction *car*, que l'Académie veut supprimer :

En un temps où la fortune joue des tragédies par tous
les endroits de l'Europe, — je ne vois rien si digne de
pitié — *que quand* je vois *que* l'on est prêt de chasser et
faire le procès à un mot — *qui* a si utilement servi la mo-
narchie, — et *qui*, dans toutes les brouilleries du royaume,
s'est toujours montré bon Français (2).

C'est avec cette architecture de style, avec ces

_____

(1) Ed. Ubicini, I, 59.
(2) *Choix de lettres du* XVII*e* *siècle*, p. 80.

phrases cimentées de tous les termes de coordination, subordination et comparaison que le magasin
de la langue contenait, que M. de Voiture a donné à
tout son siècle la sensation de la grâce légère, et s'impose encore à nous comme un nom évocateur de la
préciosité fine, de tout un art évaporé de manières
exquises.

La caractéristique de ce style Louis XIII, — et il
nous peint bien, par là, la tension des cerveaux appliqués à bien penser, — c'est que les mots de valeur
y sont, très souvent, les termes de relation qui manifestent l'ordre du discours ; l'esprit semble plus occupé de se définir les rapports des choses que de se
suggérer la représentation des choses.

II

Il y a pourtant, dans ce monde intempérant des
précieux et des burlesques qui s'évertue toujours à se
placer en deçà ou au delà du simple vrai, dans l'emphatique ou dans le trivial, il y a des artistes qui ont
encore des yeux et des oreilles. Ceux qui se plaisent
encore, entre Descartes et les Jansénistes, aux impressions des choses corporelles ; ceux qui, à côté des ido-
lâtres de justesse abstraite, ont encore la sensation
du mot comme son et comme image ; ceux qui, laissant le jargon distingué des précieuses, se grisent de
la saveur âpre du langage populaire, tous ceux-là se
divertissent à faire éclater, à travers les enchaînements logiques, les représentations sensibles ; et dans
leur phrase, derrière la grille épaisse de l'ordre syntaxique, se promène, bondit, hurle toute la canaille
des mots concrets et pittoresques.

4

Le curé de Domfront voyage en brancard ; et voici le tableau de son équipage :

Un paysan, nommé Guillaume, conduisait par la bride le cheval de devant, par l'ordre exprès du curé, de peur que ce cheval ne mît le pied à faux ; et le valet du curé, nommé Julien, avait soin de faire aller le cheval de derrière, qui était si rétif, que Julien était souvent contraint de le pousser par le c... Le pot de chambre du curé, qui était de cuivre jaune reluisant comme de l'or, parce qu'il avait été écuré dans l'hôtellerie, était attaché au côte droit du brancard ; ce qui le rendait bien plus recommandable que le gauche, qui n'était paré que d'un chapeau dans un étui de carte, que le curé avait retiré du messager de Paris, pour un gentilhomme de ses amis, qui avait sa maison auprès de Domfront (1).

C'est un petit Téniers, de facture moins fine. Le reflet du vase en cuivre met sa lumière au centre du tableau. Mais l'auteur ne se laisse pas oublier, il intervient de sa plaisanterie, il fait de l'esprit dans la comparaison des deux côtés du brancard. Cet art ne vise pas à donner l'image des choses, mais celle, plutôt, de l'intelligence qui se fait valoir en se jouant des choses. Cette prétention de l'homme, d'abuser de la nature au gré de son idée et d'asservir l'objet à l'esprit, éclate encore mieux dans l'excentricité très raisonnée de Cyrano de Bergerac ; il dépeint l'hiver :

Le barbare ne s'est pas contenté d'avoir ôté la langue à nos oiseaux, d'avoir déshabillé nos arbres, d'avoir coupé les cheveux à Cérès (*la terre*) et d'avoir mis notre grand'-mère (*la terre encore*) toute nue... S'il neige, les hommes

---

(1) *Le Roman Comique*, 1ʳᵉ p., ch. 14.

s'imaginent que c'est peut-être, au firmament, le chemin
de lait qui se dissout, que cette perte fait de rage écumer
le ciel, et que la terre, tremblant pour ses enfants, en
blanchit de frayeur. Ils se figurent que l'univers est une
tarte, que l'hiver, ce grand monstre, sucre pour l'ava-
ler (1).

Il y en a plusieurs pages de ce goût. Ce goût, précieux ou burlesque, résulte de l'effort de l'esprit pour
discipliner l'imagination et les sensations. Les impressions des choses affluent au cerveau de l'écrivain,
mais son ambition est l'idée, non la peinture ; elle est
de donner à connaître son esprit, non l'univers : il
s'applique à trouver, dans la comparaison de ses sensations et de ses images, des rapports surprenants,
subtils ou comiques ; et, avec de la couleur, il fait de
l'esprit. Le mot a un rôle essentiel dans cet exercice :
chargé encore de réalité concrète, il est contraint,
par la réflexion de l'artiste, à doubler la suggestion
première d'une signification d'idée, à porter, à la
fois, la représentation sensible et le sens moral.

La *blancheur* de la terre sous la neige sert de passage à l'idée de l'effroi qui *blanchit* le visage. Ainsi,
Voiture écrira au prince de Condé, après une vic-
toire :

Quoique vous ayez été excellent, jusqu'ici, à toutes les
sauces où l'on vous a mis, il faut avouer que la sauce
d'Allemagne vous donne un grand goût, et que les lauriers qui y entrent vous relèvent merveilleusement (2).

S'autorisant d'un divertissement de société, où le

(1) *Lettres diverses*, I, 1.
(2) *Choix de lettres du* xviie *siècle*, p. 80.

prince de Condé avait figuré le *brochet*, et lui-même la *carpe*, Voiture écrit la lettre de la carpe à son compère le brochet. Toutes les images s'appliqueront directement au poisson ; mais toutes aussi auront un sens métaphorique relatif à l'homme : les *sauces* sont familièrement les occasions, et les lauriers, outre leur emploi culinaire, font poétiquement des couronnes pour les héros.

Ce jeu sur les propriétés évocatrices des mots, qu'on appelle proprement la *pointe*, est un des traits marqués du style du temps, dans la prose comme dans le vers.

CHAPITRE V

LA PHRASE DU GRAND SIÈCLE

BALZAC ET PASCAL

Voilà donc la phrase « Louis XIII » : ample, à longue queue, empanachée superbement, ou gracieusement enrubannée, ou grotesquement enluminée. d'une architecture solide, un peu lourde, irrégulière souvent et parfois symétrique ; capable encore de se charger de sensations et de donner des fêtes aux yeux et aux oreilles. Comment va-t-elle évoluer ?

Tout l'effort de la société qui exerce sa pression sur les écrivains, va tendre, d'abord, à réprimer l'opulence sensuelle de cette phrase. Gens du monde, amis du langage discret, d'un demi-mot, du ton neutre. de la finesse qui sous-entend, plus occupés de se donner, par le style, des jouissances d'esprit que des émotions d'art ; philosophes appliqués à l'analyse des idées, à la recherche des formules qui contiendront l'univers, et ne demandant d'autre service, aux mots, que d'être l'algèbre de la pensée : les beaux et les grands esprits sont d'accord pour débarrasser la phrase des éléments sensibles qui, précisément, contribuent surtout à lui donner un caractère esthétique. Les images s'éteignent, s'espacent ; les sonorités s'apaisent. La raison, le bon goût, ôtent le panache et font taire le cliquetis de la prose. La perfection qu'on poursuit est le style juste, le style exact.

I

Dans la première moitié du XVIIe siècle, un homme fut salué comme le maître de la belle prose ; considérons-le un instant, et demandons-lui compte de son procédé.

Balzac fut, en prose, ce que Malherbe avait été en vers, un pédagogue, un professeur de phrase, qui n'avait pas toujours quelque chose à dire, mais qui disait toujours bien. Ce n'est qu'un rhéteur, mais, justement, c'est sa rhétorique qui le recommande à nous : il a enseigné à ses contemporains à faire la phrase qui leur plaisait. Il a gardé l'enluminure italienne, la subtilité espagnole, la pointe, l'image concrète, la composition raisonneuse et argumenteuse. Mais il a ordonné magistralement la forme des défauts comme des qualités de son temps. Retournant aux anciens, dont il exploitait les lieux communs de morale, il a voulu costumer à l'antique sa phrase française. Il lui a donné le ton, le mouvement oratoires. Evidemment, ce costume antique est très moderne : c'est le costume romain des carrousels, agrémenté, à la mode du jour, de plumes, de rubans, de frisures. Balzac vise à la noblesse et la fait consister surtout dans la régularité. Il admet l'image même chargée de couleur, mais taillée, ajustée, alignée. L'ordonnance générale décide de la place des fleurs comme de l'étendue des feuillages : le discours a la beauté sérieuse d'un parterre ou d'un quinconce.

On n'a qu'à feuilleter l'*Aristippe* ou le *Socrate*

Chrétien pour se donner le spectacle de cette éloquence pompeuse, devant laquelle s'inclina même Descartes.

Balzac enseignait l'art de faire passer la pensée à travers des formes de plus en plus nerveuses et colorées, de résoudre l'idée abstraite en une vision de chose particulière, tableau ou métaphore, et de faire tomber la phrase sur le mouvement, trait ou image qui saisit le plus fortement l'esprit. Il a recommandé à Pascal l'évocation de la *Mariée de Village* pour représenter le mauvais style trop orné, à Bossuet l'évocation du *château de cartes* des enfants pour symboliser l'écroulement soudain des grandeurs mortelles. Il a limé des interrogations chaleureuses, des exclamations ironiques ou indignées, des antithèses fortes, des parallélismes symétriques, des constructions amples, des cadences arrondies, qui ont fait dire à Boileau que, jamais, personne n'avait mieux connu la *juste mesure des périodes*. Ecoutons-le (1) :

Je vous déclare, de la part de Dieu, qu'il ne demande point de harangues étudiées, qu'il se contente de l'éloquence de nos cœurs et de nos soupirs ;

[Reprise par inversion de l'idée : il ne *demande pas, il se contente* ; redoublement d'expression, *cœurs* et *soupirs*, la première, morale, la seconde, concrète.]

que les barbarismes des gens de bien

[Rappel, sous une forme plus particulière, de la deuxième proposition.]

le persuadent mieux que les figures des hypocrites.

_____

(1) *Socrate Chreslien*, disc. 6ᵉ

[Rappel, sous une forme plus particulière, de la première proposition, si bien que la troisième proposition est la synthèse, à la fois, des deux premières et en rapproche les symboles.]

Il est de ces Pères

[Suggestion du développement et des images par le mot dont la prière chrétienne salue Dieu.]

qui prennent plaisir au jargon et au bégaiement de leurs enfants, qui se délectent de leurs équivoques et de leurs méprises.

[Redoublement de l'idée dont la forme seule est variée. Mais progression d'énergie verbale : *se contenter, prendre plaisir, se délecter*.]

Il entend le silence de ceux qui l'adorent,

[Antithèse.]

et, par conséquent, il exauce leurs signes et leurs pensées. Devant lui, les muets mêmes sont orateurs,

[Rébus, dont l'explication est dans la phrase précédente : c'est une antithèse plus ramassée où la même idée se renouvelle.]

à plus forte raison, ceux qui n'ont que la langue empêchée, et qui sont de Balbut en Balbutie, comme disait de soi-même le bonhomme M. de Malherbe,

[La première expression donne la clé de la seconde, qui est une trivialité piquante, dont Balzac utilise 'agrément en en laissant la responsabilité à son auteur.]

à plus forte raison, ceux qui manquent seulement d'éloquence, et qui n'ont point appris des *Institutions* de Quintilien

[Nom représentatif de toute rhétorique.]

à parler régulièrement et avec art. N'en déplaise à l'art et aux artisans, Dieu écoute plus volontiers ces gens-là que les beaux parleurs, que les faiseurs de *suasoires* et de *controverses.*

[La deuxième expression est équivalente à la première ; mais elle substitue, à la généralité du terme *beaux parleurs*, les noms particuliers des exercices de rhétorique dans les écoles romaines.]

Il ne les exclut point de sa communication, quoiqu'ils soient excommuniés de vos académies d'Italie.

[Chute antithétique sur deux mots, — communication, excommuniés, — dans lesquels l'identité du son fait saillir l'opposition de l'idée.]
Un peu plus loin, il indique ainsi son idée :

Plus nous sommes vides de nous-mêmes, plus nous sommes remplis de Dieu.

Idée claire dans une forme déjà symétriquement antithétique. Mais il la tourne et retourne jusqu'à ce qu'il puisse faire jaillir un contraste plus saillant du choc de deux mots concrets.

Il choisit l'heure de nos éclipses pour nous communiquer ses lumières.

Il appellera Dieu de la large et mystérieuse expression, l'*Ancien des Jours*, pour rendre plus incompatible avec Sa Majesté « le langage des cercles et des
cabinets », que certains emploient à expliquer l'Ecriture ; et, comme l'Ecriture est le livre inspiré, il appellera cet abus « vouloir polir et civiliser le Saint-
Esprit ». Mais on peut encore exprimer autrement
le défaut de ceux qui prétendent parer la simplicité
de l'Ecriture :

Les huiles vierges sont les véritables huiles. Le baume
n'est baume que tel qu'il coule de l'arbre qui le produit.

[Aphorisme général suivi de l'exemple particulier.]

Ce qui passe par les mains des distillateurs, par l'alambic des apothicaires,

[Répétition purement verbale ; mais *alambic*
amuse l'œil plus que ne ferait *main.*]

est quelque autre chose, ce n'est plus cette première et
précieuse liqueur. Ce sont des drogues sophistiquées.

[Pendant symétrique à la phrase du début et composé de trois propositions de sens équivalent qui font
une ordonnance régulière : les deux dernières déve-
loppent parallèlement, l'une négativement, l'autre
affirmativement, la première.]

Ce n'est plus l'ouvrage de la Nature, ce sont les inventions et les changements de l'art.

[Retour à l'expression générale, toujours avec antithèse et parallélisme, pour faciliter l'application de l'image.]

Voyez-le, encore, amplifier un thème de Montaigne, que j'ai cité dans un chapitre précédent, convertir la notation énergique et aisée en cantate solennelle :

Regardez, au delà de ces balustres d'argent, ces grands lits de drap d'or en broderie de perles. Il vous semble qu'on n'y saurait être malade : vous vous imaginez qu'on n'y devrait faire que de beaux songes. Néanmoins, c'est là-dedans où les plus vilaines des maladies et les plus sales des animaux ont attaqué les rois et les dictateurs, ont triomphé de l'orgueil des sceptres et des couronnes. C'est là-dedans où les nuits sont pleines de spectres et de fantômes ; où un pauvre prince s'éveille en sursaut et crie qu'on le tue, où les remords du passé viennent agiter une conscience effrayée, et faire des plaintes et des reproches à celui qui n'a ouï, tout le jour, que des acclamations et des louanges.

C'est de la peinture décorative, noble certes, mais d'une noblesse théâtrale et boursouflée ; peinture d'un élève habile de Rubens, à qui manquerait tout ce qui rapproche Rubens de Rabelais, et qui n'aurait regardé de l'œuvre du maître que la vie de Marie de Médicis.

II

Presque aussitôt après ce grand rhéteur, un grand artiste surgit, Pascal. Il a trois raisons de n'être pas

artiste. Il est logicien, et il considère d'une attention spéciale les rapports abstraits des idées ; l'exactitude de leur transcription dans les groupes de mots
doit, avant tout, le préoccuper. Il est mathématicien
et physicien, et, comme homme de science, il doit opérer sur les mots comme sur des chiffres ou des notations algébriques, indifférent à la forme de ces signes,
occupé seulement des valeurs intelligibles que la convention humaine leur a assignées. Enfin, il est janséniste et condamne toutes les joies humaines dans les
trois concupiscences : il devra se garder de satisfaire,
en écrivant, chez lui ou chez autrui, la *libido sen-
tiendi*, la sensualité toujours excitée chez les enfants
d'Adam, et qui se glisse dans toutes nos opérations,
en quête d'un assouvissement ou d'un dérivatif ; il
devra craindre, pour son âme et pour celles de ses
lecteurs, les voluptés du style. En effet, MM. de Port-
Royal écrivent d'un style mortifié : les plus tendres
à la tentation n'y sont pas mis en danger.

Je pourrais me contenter de dire : il a écrit avec
art, parce qu'il était artiste. Le tempérament a neu-
tralisé tous les freins de l'éducation, de la profession,
de la religion. Mais Pascal n'a pas été un artiste
inconscient qui s'échappait ; il a légitimé son art
devant sa conscience.

Il n'écrivait que pour le service de son Dieu, contre les jésuites et contre les athées. Il voulait que sa
parole fût efficace. M. Arnauld et M. Nicole consen-
taient à employer, au service de Dieu, l'art de la
grammaire, l'art de la dialectique : pourquoi refuser
l'art du style? C'est un moyen humain : mais les
autres ne le sont-ils pas?

Si on parle à l'homme pour agir sur l'homme, il
faut accepter l'homme, le prendre tel qu'il est pour

le faire autre qu'il n'est. Traiter l'homme en pur esprit, et ne lui appliquer que le pur raisonnement, c'est se condamner à l'impuissance, puisque l'homme a un corps, et un corps qui, dans l'état de la nature déchue, altère et tyrannise l'esprit. Il faut donc s'adresser à l'homme tout entier, raison et volonté, intelligence et sens.

De là découle l'*art de persuader* qui, pour Pascal, contient l'*art de convaincre*, et l'*art*, non moins essentiel, d'*agréer.*

Le style est l'instrument de la conviction : il doit donc présenter les signes et les assembler, de façon à manifester dans une pleine évidence tous les rapports et toutes les valeurs des idées. D'où les conditions indispensables de propriété rigoureuse du mot, de structure logique de la phrase.

Mais le style est non moins nécessairement l'outil de l'agrément. Il y a, d'abord, un plaisir négatif (si jamais un plaisir est négatif) qui consiste en l'absence de peine : la clarté intellectuelle de la phrase, résultant de l'emploi exact et du jeu habile des signes, produit, chez le lecteur, une aisance d'activité et de compréhension qui s'accompagne d'une joie allègre. Mais certaines qualités du style procurent des plaisirs positifs. L'homme a des sens et une imagination. Il a des affections, des passions. L'agrément du style consiste dans la satisfaction que les mots donnent à la nature sensible de l'homme. Je laisse, comme ne m'intéressant pas ici, l'agrément qui se tire de la correspondance du discours aux intérêts du public. Je ne prends, dans la théorie de Pascal, que les éléments esthétiques qui y sont renfermés.

La pensée abstraite fatigue l'homme, parce que l'homme n'est pas un pur esprit. En touchant ses yeux par des images, ses oreilles par des harmonies, on lui agrée : on lui fait agréer, du même coup, les idées qu'on exprime. La couleur et le son font passer le sens avec eux.

La pensée impersonnelle et désintéressée répugne à l'homme parce qu'il a de l'amour-propre. Il aime qu'on lui parle de ce qui lui est familier, de ce qui le touche : « La manière d'écrire d'Épictète, de Montaigne et de Salomon de Tultie (c'est-à-dire de Louis de Montalte, donc de Pascal lui-même), est la plus d'usage, qui s'insinue le mieux, qui demeure plus dans la mémoire et qui se fait le plus citer, parce qu'elle est toute composée de pensées nées sur les entretiens ordinaires de la vie (1). » Les phrases chargées de réalité concrète, pleines d'humanité journalière, sont les phrases efficaces.

Et l'homme aime la vie avant tout : il aime à avoir devant lui des vivants. Et voilà pourquoi, « quand on voit le style naturel, on est tout étonné et ravi, car on s'attendait de voir un auteur et on trouve un homme ». Un auteur, ce n'est pas quelque chose de vivant : c'est un canon abstrait, une figure artificielle construite pour manifester des règles.

Donc, point de rhétorique, point de procédés universels. Toutes les règles sont fausses un certain jour, dans certain cas : il n'est pas vrai qu'il faille éviter les répétitions de mots ; il faut répéter les mots nécessaires. Il n'est pas vrai que la périphrase soit une beauté ; pas davantage un défaut. « Il y a des lieux où il faut appeler Paris, Paris, et d'autres où il le faut appeler capitale du royaume. (2) » Tout ce

(1) *Pensées*, éd. Brunschvicg, sect. I, n° 18, p. 327.
(2) *Ibid.*, sect. I, n° 49, p. 336.

qu'on recherche comme beauté en soi, en vertu de la théorie, indépendamment de l'occasion, est une fausse beauté : c'est ce que tant de gens admirent en Cicéron. L'éloquence même n'est pas toujours à chercher, car « l'éloquence continue ennuie », et, en un mot, la « vraie éloquence se moque de l'éloquence (1) ».

La vraie beauté, comme l'agrément, est indéfinissable. Elle varie selon le sujet, l'heure et le but du discours, selon l'auteur et selon le public. Libéré, donc, des rhétoriques et des arts d'écrire, Pascal ne recevra de loi que de son objet, de son public et de son esprit. Il se renfermera dans le simple naturel, qui est ce qui agrée le plus au lecteur honnête homme. Mais, ce simple naturel, il consiste à faire passer, dans le style, tout ce qu'on peut des choses, et tout ce qu'on peut de soi-même. Vérité et passion, objectivité et personnalité, voilà justement l'art du style qu'on trouve au bout de la réflexion de Pascal sur les moyens de persuader. Une forme esthétique devient possible.

Et si l'on songe que ce *moi* qui va se montrer, au lieu de montrer un auteur, dans ce discours naturel, c'est le *moi* d'un observateur aigu dont les yeux se collent ardemment sur tous les phénomènes de la vie naturelle et sociale ; que ce *moi*, c'est un *moi* passionné, têtu, superbe, irascible, travaillé de tant de concupiscences qui peuvent se dériver en formes artistiques, le *moi* d'un Auvergnat violent, le *moi* d'un janséniste enflammé, un *moi* qui ne se renonce qu'en se donnant tout entier, tel qu'il est, à son Dieu, et pour qui la mortification ne consiste pas à s'abolir,

---

(1) *Ibid*, n° 1, p. 321.

mais à se soumettre, on comprendra mieux que ce logicien, ce savant, ce chrétien, par delà tout idéal de justesse exacte et spirituelle, ait tramé de tant de réalité et de passion sa chaîne de pures idées, et qu'il ait fait, pour exprimer toute son âme sensible, un tel usage des propriétés sensibles du mot et de la phrase.

Ce que j'ai dit, jusqu'ici, s'applique surtout aux *Pensées*. Car, dans les *Provinciales*, Pascal se cache derrière Louis de Montalte : et Montalte n'est pas un simple pseudonyme, c'est un caractère, une création dramatique. Montalte est l' « honnête homme », l'homme du monde, qui n'entend rien à la théologie, qui n'est, d'abord, pas plus janséniste que jésuite, le curieux impartial qui veut savoir la cause de tout le bruit qu'on mène autour de l'affaire de M. Arnauld. Le rôle est écrit, en conséquence, sur le ton de raillerie enjouée qui caractérise l'homme du monde, avec, de place en place, les éclats d'âpreté et d'indignation que comportent le sérieux du sujet et le scandale des révélations.

Mais, dans la véhémence irritée comme dans la plaisanterie malicieuse, le personnage de Montalte impose à Pascal la phrase parlée, non oratoire : un homme du monde, même soulevé par la passion, ne *cicéronianise* jamais ; il cause sur un mode plus ou moins grave. Et voilà le premier trait bien apparent de l'art des *Provinciales :* la froideur de la phrase géométrique, où les rapports d'idées sont mis en équations rigoureuses, s'anime de l'accent, du mouvement de la parole vivante. Ce n'est pas un rythme d'orateur, c'est un timbre de voix, chaude et nuancée. Il faudrait trop citer ; on m'en dispensera : il est aisé de vérifier combien la prose des *Provinciales* est faite pour la lecture à haute voix, imposant au lecteur la variété de ses mouvements et de ses accents. On s'assurera aisément aussi, en prenant les grands morceaux pathétiques, comme la fin de la dixième ou la fin de la douzième lettre, que l'éloquence de Pascal monte au plus haut point, sans prendre, un seul instant, la forme de la période oratoire.

Les effets de ponctuation sont fréquents et sensibles ; c'est que la ponctuation de Pascal correspond à des inflexions de voix en même temps qu'à des intervalles logiques :

Et les auteurs d'un écrit diffamatoire, qui ne peuvent prouver ce qu'ils ont avancé, sont condamnés par le pape Adrien à *être fouettés*, mes Révérends Pères : *Flagellentur* (1).

On sent, dans l'apostrophe aux *Révérends Pères*, le geste du corps, l'accent de la parole, qui font tomber sur eux le décret du pape Adrien et leur appliquent le fouet des diffamateurs.

Cette vie de la phrase qui, dans l'imprimé, garde tous les frémissements de la prose parlée, est le secret principal de la beauté des *Provinciales*. Mais Pascal ne s'est refusé aucun des procédés qui élargissent ou renforcent l'action du style.

Il sait l'effet d'une périphrase bien placée : le duelliste tue un homme pour un soufflet ; non, pas *un homme*, c'est sec et incolore ; mais « il tue et damne celui pour lequel Jésus-Christ est mort ».

Ce n'est pas l'humanité, c'est la religion que Pascal veut montrer blessée par le duel, et sa périphrase fait voir le duelliste qui tue son adversaire en

---

(1) *Prov.* XVI.

état de péché mortel, contrariant, et comme annulant
à son égard, l'intention du Rédempteur.

Il sait qu'il faut suivre l'usage ; mais il sait le
relief que prend l'idée dans un mot inusité :

> Point de ces pécheurs à demi qui ont quelque amour
> pour la vertu; ils seront tous damnés, ces *demi-pé-*
> *cheurs* (1).

Mais comme il est prudent ! Avant de risquer ce
demi-pécheurs, il le prépare par une expression régulière : *pécheurs à demi ;* il l'explique par la proposition relative qui suit. Et l'esprit du lecteur est ainsi
tourné de façon à ne rien perdre de la locution neuve,
pittoresque, qui vient au bout de la phrase.

Pour éviter le circuit qu'impose le défaut de la
langue usuelle, il crée (car il ignorait sûrement qu'il
avait, au moins, un devancier), il crée le mot *tuable :*

> Hé quoi, mon Père, la vie des jansénistes dépend donc
> seulement de savoir s'ils nuisent à votre réputation? Je
> les tiens peu en sûreté, si cela est. Car, s'il devient tant
> soit peu probable qu'ils vous fassent tort, les voilà *tuables*
> sans difficulté (2).

L'usage ignore le mot *tuables*, parce que la conscience universelle n'admet pas la légitimité générale
de l'homicide. Mais les casuistes, eux, établissent des
cas et catégories où l'homicide est permis ; il y a
donc, pour eux, des gens *tuables ;* l'union d'un tel

---

(1) *Prov.* IV.
(2) *Prov.* VII.

suffixe et d'un tel radical souligne l'odieuse absurdité de leur décision.

Remarquez encore cette assonance : *probable, tuable*. Le sens, peut-être, l'a amenée ; mais Pascal ne s'y est pas dérobé. Visiblement, il s'y complaît :

Et je ne sais même si on n'aurait pas moins de dépit de se voir tuer *brutalement* par des gens emportés que de se sentir poignarder *consciencieusement* par des gens dévôts (1).

Mais il y a, ici, mieux qu'une assurance : il y a un parallélisme sensible des deux propositions, dont tous les termes se répondent deux à deux : *voir-sentir, tuer-poignarder, brutalement-consciencieusement, gens emportés-gens dévots.*

On n'a pas besoin de feuilleter longtemps Pascal pour reconnaître quel parti il a tiré des constructions parallèles et antithétiques. C'est un des procédés fondamentaux de son style. Et, dans ces symétries et ces oppositions, le jeu des sons tient sa place : rapprochement des mots de même racine et de même désinence, répétition des mêmes mots pour marquer, par le retour des mêmes sons dans la phrase, la permanence des mêmes éléments dans l'idée.

On n'a que le choix des exemples :

O qu'heureux sont les gens qui ne veulent pas souffrir les injures, d'être instruits de cette doctrine ! Mais que malheureux sont ceux qui les offensent (2) !

Tous ces excès me faisaient croire leur perte assurée ;

---

(1) *Prov.* VII.
(2) *Prov.* VII.

mais, mon Père, vous m'apprenez que tous ces mêmes
excès rendent leur salut assuré (1).

Tous les efforts de la violence ne peuvent affaiblir la
vérité, et ne servent qu'à la relever davantage ; toutes les
lumières de la vérité ne peuvent rien pour arrêter la violence, et ne font que l'irriter encore plus (2).

Et dans les *Pensées* :

Que l'homme, étant revenu à soi, *considère ce qu'il est*
au prix de ce qui est (3).

La nécessité de prononcer distinctement fixe l'attention de l'esprit sur le sens : l'opposition des idées
ressort de l'analogie des sons.

Une des marques sûres de l'artiste, dans le maniement de la langue, c'est le goût des noms propres,
l'exploitation de leurs physionomies et de leurs sonorités. On sait ce que Hugo en a fait. Pascal s'en pré-
vaut pour réaliser l'idée que les jésuites substituent,
à la religion de l'Evangile et des Pères, une religion
nouvelle sans autorité :

— Qui sont-ils, ces nouveaux auteurs ?
— Ce sont des gens de bien, habiles et bien célèbres,
me dit-il. C'est Villalobos, Coninck Llamos, Achokier,
Dealkoser, Dellacruz, Veracruz, Ugolin, Tambourin, Fer-
nandez, Martinez, Suarez, Henriquez, Vasquez, Lopez,
Gomez, Sanchez, de Vechis, de Grassis, de Grassalis, de
Pitigianis, de Graphœis, Squilanti, Bizozeri, Barcola,
de Bobadilla, Simancha, Perez de Lara, Aldretta, Lorca

---

(1) *Prov.* IV.
(2) *Prov.* XII.
(3) Ed. Brunschvicg. sect. II, nº 72, p. 343.

de Squarcia, Quaranta, Scophra, Pedrezza, Cabrezza, Biste, Dios, de Clavasio, Villagut, Adama Manden, Iribarne, Binsfeld, Volfangia Vorberg, Vostheny, Strevosdorf...

— O mon Père ! lui dis-je tout effrayé, tous ces gens-là étaient-ils chrétiens ? (1).

Ce n'est pas par hasard que les séries, les cascades de désinences en *er*, en *uz*, en *is*, en *a*, se font formées, que *de Grassis* et *de Grassalis*, *Pedrezza* et *Cabrezza* se sont rapprochés, et que dans ce formidable alignement de noms rébarbatifs, les plus rébarbatifs se sont placés en queue. Et toute cette kyrielle de sonorités baroques et inouïes, en s'opposant aux doux noms familiers, pleins de suggestions pour des oreilles chrétiennes, d'Augustin, Ambroise et Chrysostome, traduit, par une image auditive, l'idée de l'insolente entreprise des jésuites.

Mais, plus sûr encore et plus universel est le critérium que fournissent les images : on peut dire qu'aux images se mesure la puissance artistique d'un écrivain.

Celles des *Provinciales* sont sobres et claires. Est-ce nudité janséniste ? Est-ce plutôt attention à rester dans la vraisemblance du langage de l'homme du monde que doit être Montalte ? Je le croirais ; car, en faisant parler le jésuite, Pascal lui donne le goût mignard et rococo de sa compagnie ; il le caractérise par de délicieuses images, d'une vérité psychologique qui ferait honneur à une pièce de théâtre. « Voyez ces lignes que j'ai marquées avec du crayon : *elles sont toutes d'or.* » Montalte ne s'amuse pas à ces fan-

---

(1) *Prov.* V.

taisies : il parle avec une netteté directe. L'image,
chez lui, est comme le dernier assaut qu'il livre à
l'idée pour la saisir tout entière ; elle est le suprême
jet de clarté dont il inonde sa matière, ou bien elle
est le produit et l'enregistreur du mouvement de sa
sensibilité, qui se contient pour ne pas rompre le
progrès logique du développement, mais s'échappe
pourtant, çà et là, dans le choix d'une métaphore
intense :

J'avais toujours pensé qu'on péchait d'autant plus
qu'on pensait le moins à Dieu ; mais, à ce que je vois,
quand on a pu, une fois, gagner sur soi de n'y plus penser du tout, toutes choses deviennent pures pour l'avenir.
Point de ces pécheurs à demi, qui ont quelque amour
pour la vertu : ils seront tous damnés, ces demi-pécheurs.
Mais, pour ces francs pécheurs, pécheurs endurcis, pécheurs sans mélange, pleins et achevés, l'enfer ne les tient
pas : *ils ont trompé le diable à force de s'y abandonner* (1).

L'image intense résume énergiquement le développement tout entier, elle en est le raccourci ; mais elle
est aussi l'éclat de rire indigné du chrétien devant la
plus scandaleuse absurdité. D'autres fois, quand
l'écrivain apprécie surtout la lumière que l'expression
concrète porte dans les esprits, il préfère la comparaison développée à l'image concentrée.

Mais, pour voir tout Pascal, ce sont les *Pensées*
qu'il faut considérer : là, il n'a plus de masque et
nous montre l'homme qu'il est, sans scrupule. Ce sont
les mêmes procédés de style ; mais, ici, avec une fougue, une violence, une vibration, que le caractère du

---

(1) *Prov.* IV.

sujet et peut-être aussi la maladie expliquent : parallélismes, antithèses, consonances, répétitions et reprises, tout cela se retrouve à chaque page des *Pensées*. Mais, ici, Pascal ne craint pas le rythme : il le cultive, quand son objet ou son émotion le font naître. Je ne puis que renvoyer à ce beau morceau, d'une phrase si large et si puissamment rythmée : « Que l'homme contemple donc la nature entière, dans sa haute et pleine majesté... (1) » Et tant d'autres.

De même l'image est plus fréquente et plus intense dans les *Pensées* que dans les *Provinciales*. Elle a le caractère de n'y être jamais ni ornement plaqué, ni jeu de fantaisie : toujours, elle est illustration de l'idée, projection du sentiment. Elle n'est pas cherchée : elle est prise de la réalité environnante, de la vie quotidienne, des choses quotidiennes, des études favorites de l'écrivain.

Tantôt ces images sont *visions* directes des choses. Voici les magistrats avec « leurs robes rouges, leurs hermines dont ils s'emmaillotent en chats fourrés ». Voici les docteurs en théologie avec « des bonnets carrés et des robes trop amples de quatre parties ». Et voici la garde des rois : « ces *trognes* armées qui n'ont de mains et de force que pour eux, les trompettes et les tambours qui marchent au-devant (2) ».

Tantôt ces images sont métaphoriques : l'*enceinte de ce raccourci d'atome*, le *roseau pensant*, etc. « L'entrée de Saturne au Lion vous marquera l'origine d'un tel crime. Plaisante justice qu'une rivière borne (3). »

La vision et la métaphore, souvent, se mêlent, se

---

(1) *Pensées*, éd. Brunschvicg, sect. II, n° 72, p. 347.

(2) *Pensées*, éd. Brunschvicg, sect. II, n° 82, p. 366, 367.

(3) *Ibid.*, sect. V, n° 294, p. 465.

pénètrent, et l'impression est d'une puissance
étrange :

Le dernier acte est sanglant, quelle que belle que soit
la comédie en tout le reste. On jette enfin de la terre sur
la tête, et en voilà pour jamais (1).

L'image — métaphore ou vision — est toujours
d'une précision lumineuse. Et souvent, comme ici,
elle s'entoure ou s'accompagne de mots évocateurs
d'indétermination, d'immensité, d'éternité, d'inconnaissable, d'infini. « On jette enfin de la terre sur
la tête, et en voilà pour jamais. » La prose de Pascal
fournit des effets qui la rapprochent du vers de
Dante, si étonnant pour contenir l'infini de l'idée
dans le fini de l'image.

Rarement, Pascal développe le tableau. Il suggère
plus qu'il ne peint, et jamais il ne décrit. L'image est
un *raccourci*, toujours vigoureux, parfois violent.

Jamais dans les *Pensées*, ni dans les *Provinciales*,
il n'y a luxe ni jeu. Ici et là, Pascal veut faire sa
preuve : il agrée par ce qui prouve. Son style géométrique, serré, plein, s'illumine de reflets du réel,
est traversé d'éclairs de passion. Toute la carcasse
logique est frémissante et comme secouée du sentiment qui remplit l'écrivain. Il n'y a pas de fissures
par où se perde l'énergie, de marécages où stagne le
courant de la pensée. C'est une beauté sobre et fière ;
on sent une richesse intérieure plus grande que ce
que le style étale. L'expression ramasse et concentre
l'idée ; rien de flasque ni de bouffi, point de décou-
pures ni de rondeurs. Tout est chargé de sens, \

---

(1) *Ibid.*, sect. III, n° 210, p. 428.

substantiel, vibrant, vivant. **Par là, dans ses plus grands éclats, cet art reste sévère.** On sent partout qu'il n'est pas à lui-même son but, qu'il est l'outil d'une persuasion fervente qui veut se communiquer ; il ne veut pas qu'on s'arrête à lui pour la jouissance ou l'admiration ; il n'est que le véhicule d'une idée dont Dieu est le terme. Il ne se refuse aucun des moyens qui sont accommodés à la nature humaine, à la nature déchue ; **mais il ne s'absout d'y recourir que par une scrupuleuse attention, et de tous les instants, à n'en rien détourner du service de Dieu.** Ainsi, l'art comme les passions, l'art qui est passion et qui vit des passions, se légitime, se purifie :

Abraham ne prit rien pour lui, mais seulement pour ses serviteurs : ainsi, le juste ne prend rien pour soi du monde, ni des applaudissements du monde, mais seulement pour ses passions, desquelles il se sert comme maître, en disant à l'un : *Va*, et, *Viens*, *Sub te erit appetitus tuus*. Les passions ainsi dominées sont vertus. L'avarice, la jalousie, la colère, Dieu même se les attribue; et ce sont aussi bien vertus que la clémence, la pitié, la constance, qui sont aussi des passions. Il faut s'en servir comme d'esclaves, et, leur laissant leur aliment, empêcher que l'âme n'y en prenne (1).

(1) *Ibid.*, sect. VII, n° 502, p. 539.

CHAPITRE VI

LA PHRASE DU GRAND SIÈCLE

LE STYLE « LOUIS XIV »

Telle qu'elle était, sobre et sévère, la phrase de Pascal brûla les yeux de ses contemporains. Quelques-uns s'enchantèrent de cet éclat qui recouvrait une plénitude si succulente. Les Messieurs de Port-Royal en furent un peu inquiétés ; c'était trop personnel, trop fier, trop savoureux pour ces personnes mortifiées, savantes et civiles. Leur bon ton s'alarmait des brusqueries du style, leur exactitude grammairienne de ses trouvailles ou de ses audaces, et leur renoncement chrétien leur faisait trouver tout naturel le sacrifice qu'ils faisaient au nom de Pascal des plus originales beautés de son ébauche. Ils s'appliquèrent en conscience à éteindre les *Pensées*, et ne désespérèrent pas d'arriver à faire parler Pascal à peu près comme tout le monde : heureusement, c'était la chose impossible.

Ils ont biffé le *raccourci d'atome*, et ils ont mis *cet atome imperceptible*. Pascal écrit : « Nous voguons sur un milieu vaste, toujours incertains et flottants, poussés d'un bout vers l'autre. » Ces Messieurs corrigent : « Nous sommes sur un milieu vaste, toujours incertains et flottans

entre l'ignorance et la connaissance. » Ils ne publient
pas ce qui choque les bienséances, ou les puissances :
ni les *trognes armées*, ni l'homme *vêtu de brocatelle*,
et *suivi de sept ou huit laquais*, qui fera *donner les
étrivières* à Pascal, s'il ne le salue, n'apparaissent
dans leur texte. Aucune beauté ne trouvait grâce où
je ne dis pas leur religion, mais leur respect de l'ordre social, leur civilité étaient intéressés.

Ils ont fait la chasse aux incorrections, aux mauvaises constructions, aux consonances, aux répétitions, mis ici plus de justesse, là plus de mesure. Ils
ont taillé, aligné, régularisé, *médiocrisé* le grand
style de Pascal, sans nulle idée d'art, en grammairiens, en hommes du monde.

Cependant, ils étaient trop eux-mêmes de leur
temps, pour ne pas laisser à Pascal sa phrase, la phrase
large et logique qu'ils écrivaient pour leur compte,
sans s'embarrasser des *qui*, des *que*, ni des conjonctions qui la soutenaient.

Le goût académique et mondain, dans la seconde
moitié du siècle, rejeta cette forme, et la phrase dégagée fut à la mode. Ce fut une maxime fondamentale
de l'art du style que de faire la phrase courte, de s'y
interdire le grand nombre des conjonctions et des
relatifs. Les jésuites polis se firent un plaisir de relever l'horreur de la phrase janséniste ; le Père Bouhours taquine Nicole et M. de Sacy ; jusque chez
Pascal, le Père Daniel, au bout de cinquante ans,
trouva à se moquer. Il y a, dans les *Provinciales*,
selon lui, presque autant de fautes qu'elles ont de
pages. Pascal n'est pas élégant, ni net.

Soyez, dit le Père Daniel, attentifs à ce qui suit : *Tant
d'assemblées d'une Compagnie aussi célèbre qu'est celle*

*de la Faculté de Paris, et où il s'est passé tant de choses
extraordinaires, et si hors d'exemple, en font concevoir
une si haute idée, qu'on ne peut croire qu'il n'y en ait
un sujet bien extraordinaire.* Que dites-vous de cette période? La netteté du style, si recommandée par M. de
Vaugelas, s'y rencontre-t-elle?... Ces *assemblées,* cette
Faculté de Paris, ces *choses extraordinaires,* cette *haute
idée,* s'y trouvent faufilées par des *où,* par des *y,* par des
en, qui ne font, de tout ce discours, qu'un tissu d'équivoques. Sont-ce ces *assemblées,* ou bien la *Faculté de Paris,*
où il s'est passé tant de choses extraordinaires? Est-ce
des *assemblées,* ou de la *Faculté,* dont ces *choses extraordinaires* font concevoir une si *haute idée?* Est-ce des
assemblées, ou des *choses extraordinaires* ou bien de con-
*cevoir une si haute idée qu'on ne peut croire qu'il y ait
un sujet extraordinaire* (1)?

Il lit, dans une *Provinciale : le refus bizarre que
l'on fait de les montrer* (les cinq propositions), *qui est
tel que je n'ai encore vu personne qui m'ait dit les
y avoir vues.* « Ces deux *qui,* si proches l'un de l'autre, remarque-t-il, dont l'un se rapporte au *refus
bizarre* et l'autre à *personne,* et ces mots *vu* et *vues*
dans une même ligne, ont je ne sais quoi qui blesse
l'oreille (2). »

Cette critique vétilleuse nous peint bien le goût du
temps. Le règne des grammairiens commence, et les
gens du monde, comme Sarcey aimait à le remarquer,
s'amusent volontiers à se faire grammairiens, aux
dépens des écrivains. On devine le sort qui est fait
à la prose. Le souci dominant, obsédant de l'homme
qui écrit, est de ne pas prêter le flanc à la critique,

---

(1) *Entretiens de Cléandre et d'Eudore,* 6ᵉ entretien, p. 200, 201.
(2) *Ibid.,* p. 207.

par un mauvais mot, une construction louche, une
locution *qui ne se dit pas,*

Et laissent sur le verd le noble de l'ouvrage.

Les créations de style se font rares, se réduisent
à des alliances de mots d'une nouveauté modérée et
d'un imprévu logique.

D'ailleurs, la critique et la peur de la critique ne
font qu'aiguillonner les auteurs à courir dans la direction où d'eux-mêmes ils marcheraient : ils sont
trop de leur temps, de la bonne société, pour n'en pas
partager le goût. Le milieu mondain et littéraire est
le plus homogène qu'on ait jamais vu ; écrivains et
public sont en parfait accord.

Les plus hautes qualités d'art sont donc sacrifiées
dans cette prose classique, de plus en plus sobre
d'images et timide d'invention verbale. En revanche,
une merveilleuse netteté, qui résulte d'abord de l'emploi d'un vocabulaire restreint, dont tous les éléments sont rigoureusement définis par l'usage de la
bonne compagnie, et ensuite du dégagement de la
phrase, raccourcie, et comme troussée, réduite à un
très petit nombre de propositions, allégée de presque
tous les relatifs ou termes de liaison logique. La longue phrase « Louis XIII » s'est segmentée en trois ou
quatre petites phrases claires et vives qui tombent
les unes sur les autres, liées par la cohésion seule des
idées.

Toute l'originalité, la lumière, la beauté, le plaisir, viennent des idées et des combinaisons délicates,
subtiles, raffinées, qu'on en donne; là est l'invention, là la nouveauté, et, quand il y a lieu, la hardiesse. On ne demande au style que de faire éclater

aux esprits le jeu des idées. Les tempéraments mettent des nuances dans cette prose de la seconde moitié du XVIIᵉ siècle ; mais les mêmes éléments et caractères constitutifs s'y retrouvent toujours.

J'ai cité, précédemment, la phrase de Mme de La
Fayette, qui nous en fournit un bon échantillon. En
voici un, non moins expressif, que j'emprunte au
comte de Bussy-Rabutin. On sait qu'il eut la réputation d'écrire parfaitement bien, que l'Académie
française lui ouvrit ses portes, que Boileau, La
Bruyère, les Pères Rapin et Bouhours avaient la plus
grande considération pour son goût et son esprit. Il
représente bien la perfection de la culture de l'homme
du monde dans la seconde moitié du siècle ; et c'est
pour cela que sa façon de s'exprimer, nette, sobre,
un peu sèche, était universellement admirée, même
d'une femme qui, par ses dons naturels d'artiste, le
dépassait beaucoup, je veux dire sa cousine, Mme de
Sévigné. Je prendrai justement mon exemple dans
le portrait qu'il en traça :

Il n'y a point de femme qui ait plus d'esprit qu'elle,
et fort peu qui en aient autant; sa manière est diver-
tissante. Il y en a qui disent que, pour une femme de
qualité, son caractère est un peu trop badin. Du temps
que je la voyais, je trouvais ce jugement-là ridicule, et
je sauvais son burlesque sous le nom de gaieté; aujour-
d'hui qu'en ne la voyant plus, son grand feu ne m'éblouit
pas, je demeure d'accord qu'elle veut être trop plaisante.
Si on a de l'esprit, et particulièrement de cette sorte
d'esprit qui est enjoué, on n'a qu'à la voir; on ne perd
rien, avec elle : elle vous entend, elle entre juste en tout
ce que vous dites, elle vous devine, et vous mène, ordinairement, plus loin que vous ne pensez aller.

Quelquefois, aussi, on lui fait bien voir du pays : la
chaleur de la plaisanterie l'emporte. En cet état, elle

reçoit avec joie tout ce qu'on veut lui dire de libre,
pourvu qu'il soit enveloppé ; elle y répond même avec mesure, et croit qu'il irait du sien, si elle n'allait pas au
delà de ce qu'on lui a dit. Avec tant de feu, il n'est pas
étrange que le discernement soit médiocre ; ces deux choses
étant, d'ordinaire, incompatibles, la nature ne peut faire
de miracle en sa faveur ; un sot éveillé l'emportera toujours, auprès d'elle, sur un honnête homme sérieux. La
gaieté des gens la préoccupe. Elle ne jugera pas si on entend ce qu'elle dit. La plus grande marque d'esprit qu'on
lui peut donner, c'est d'avoir de l'admiration pour elle :
elle aime l'encens, elle aime d'être aimée, et, pour cela,
elle sème avant de recueillir ; elle donne de la louange
pour en recevoir (1).

Ce n'était sûrement pas cette page de son cousin
que Mme de Sévigné admirait ; mais la méchanceté
de l'intention n'ôte rien pour nous à la qualité de la
prose. La phrase se compose parfois d'une proposition, souvent de deux, dont l'une est subordonnée ;
on va rarement au delà de trois, à moins que ce ne
soit par coordination, en soudant au moyen d'un *et*
des phrases d'ailleurs parfaitement distinctes. L'image
est rare, et plutôt devinette que vision, exercice de
l'esprit plutôt que jouissance d'une forme. Le rythme
est évité : c'est une règle d'éviter de semer des vers
dans la prose ; il y a, dans cette page, un mouvement
qui est celui des idées, qui jamais ne se laisse décom-
poser mathématiquement, et qui ne touche l'oreille
que comme un bruit de conversation. Rien ne met en
jeu nos facultés sensibles ; nous tirons, de cette prose,
tout ce qu'elle contient en suivant les rapports et les
finesses de la pensée.

---

(1) *Mémoires*, éd. L. Lalanne, t. II, p. 424

Sans doute, plus d'un contemporain de Bussy garde
encore un peu du panache et des manières compassées de l'époque précédente ; mais c'est qu'il est en
retard, ou impuissant. Le goût général est bien celui de Bussy et de Mme de La Fayette : c'est celui-là
que Racine même réalise, quand il écrit en prose.
Ecoutez-le nous conter, dans son *Histoire de Port-
Royal*, la guerre des deux abbesses de Maubuisson :

A peine la Mère Angélique commençait à faire connaître Dieu dans cette maison, que Mme d'Es..., s'étant
échappée des Filles pénitentes, revint à Maubuisson avec
une escorte de plusieurs jeunes gentilshommes, accoutu-
més à y venir passer leur temps ; et une des portes lui en
fut ouverte par une des anciennes religieuses. Aussitôt,
le confesseur de l'abbaye, qui était un moine, grand ennemi de la réforme, voulut persuader à la Mère Angélique
de se retirer. Il y eut même un des gentilshommes qui lui
appuya le pistolet sur la gorge pour la faire sortir. Mais
tout cela ne l'étonnant point, l'abbesse, le confesseur,
et ces jeunes gens, la prirent par force et la mirent hors
du couvent avec les religieuses qu'elle y avait amenées, et
avec toutes les novices à qui elle avait donné l'habit. Cette
troupe de religieuses, destituée de tout secours et ne sachant où se retirer, s'achemina en silence vers Pontoise,
et en traversa tout le faubourg et une partie de la ville
les mains jointes et leur voile sur le visage, jusqu'à ce
qu'enfin quelques habitants du lieu, touchés de compas-
sion, leur offrirent de leur donner retraite chez eux.
Mais elles n'y furent pas longtemps ; car, au bout de
deux ou trois jours, le Parlement, à la requête de l'abbé
de Citeaux, ayant donné un arrêt pour renfermer de nouveau Mme d'Estrées, le prévôt de l'Isle fut envoyé avec
main-forte pour se saisir de l'abbesse, du confesseur et
de la religieuse ancienne qui était de leur cabale. L'abbesse s'enfuit de bonne heure par une porte du jardin ;
la religieuse fut trouvée dans une grande armoire pleine

de hardes, où elle s'était cachée ; et le confesseur, ayant sauté par-dessus les murs, s'alla réfugier chez les jésuites de Pontoise. Ainsi, la Mère Angélique demeura paisible dans Maubuisson (1)...

Cette page exquise est comme un dessin à peine relevé d'un peu de sanguine. Une ironie discrète y circule : la pitié même s'y contient. Ni le génie poétique de Racine, ni sa passion janséniste, ne gonflent la phrase ; moins sèche que chez Bussy, elle ne s'accroît guère que par juxtaposition de propositions ou bien par insertion de participes ou de compléments. Il y a tout juste, dans ce long morceau, cinq *qui* ou *que* relatifs, deux *que* conjonctions, deux *où*, deux *mais*, un *car* et un *ainsi*. L'idéal poursuivi visiblement est le ton d'un homme du monde qui raconte, avec une aisance élégante, une anecdote ; mais, ici, on soupçonne que l'homme du monde a lu les narrations des orateurs attiques.

Il y a, pourtant, des occasions qui semblent exiger des hommes qui conçoivent un art plus sensible et plus majestueux. Il y a un grand art « Louis XIV » en prose comme en peinture, et une belle phrase, correcte, grandiose, pompeuse, théâtrale, fort ressemblante, enfin, aux nobles tableaux de Lebrun. La pensée et les rapports intellectuels sont encore ce qu'on y cherche avant tout, comme d'ailleurs Lebrun recommandait même aux peintres de faire. Mais ce fond sérieux et raisonnable se traduit en formes amples et rondes, auxquelles on s'efforce de donner toute la dignité, toute la noblesse possibles. Les moyens, ce sont les figures : non pas les *images*, mais

(1) *Œuvres*, éd. P. Mesnard, t. IV, p. 393.

les *figures* ; non pas les métaphores ou les termes
concrets qui suscitent des visions aux yeux, mais les
tropes et les *mouvements* qui, s'éloignant de l'usage
journalier de la langue, font à la pensée une parure
et comme un beau costume de cérémonie. C'est aussi
la période ; un échafaudage de propositions subordon-
nées et liées, qui donne à l'esprit le sentiment de la
grandeur de l'idée par la grandeur apparente de la
forme ; c'est la cadence, le nombre : des symétries,
proportions, oppositions, parallélismes, qui saisissent
l'oreille ; un souci constant d'éviter les hiatus, les
sons durs, les concours de sons désagréables, un *ronron* oratoire, éclatant ou doux, qui charme ou caresse.

En un mot, le suprême effort de l'art de la prose,
c'est la création de la grande phrase oratoire, plus
sonore que colorée, phrase d'apparat, non de com-
bat, dérivé un peu froid de la péroraison cicéronienne. J'en prendrai le spécimen dans un des discours, jadis si fameux, que Pellisson adressa au roi
Louis XIV en faveur de Fouquet :

S'il y a tant de lois de justice, il y a, du moins pour
Votre Majesté, une *générale*, une *auguste*, une *sainte* (a)
loi de clémence, qu'elle ne peut violer, parce qu'elle l'a
faite elle-même, pour elle-même, comme *le Jupiter* (d)
des fables faisait la destinée, comme *le vrai Jupiter* (d)
fit les lois invariables du monde, je veux dire en la pro-
nonçant. Votre Majesté s'en étonne, sans doute, et n'entend point encore ce que je lui dis : qu'elle rappelle, s'il
lui plait, pour un moment, en sa mémoire, ce *grand* et
beau (a) *jour* (e) *que la France vit avec tant de joie, que
ses ennemis*, quoique enflés de mille vaines précautions,
quoique armés et sur nos frontières, *virent avec tant de
douleur* (b) et d'étonnement : cet heureux jour (e), dis-je,

qui acheva de nous donner un *grand* (a) roi, en répandant sur la tête de Votre Majesté, si *chère* et si *précieuse* (a) à ses peuples, l'huile sainte et descendue du ciel.

En ce jour, Sire, avant que Votre Majesté reçût cette onction divine ; avant qu'elle eût revêtu ce manteau royal qui *ornait bien moins Votre Majesté qu'il n'était orné de Votre Majesté même* (b) ; avant qu'elle eût pris de l'autel, *c'est-à-dire de la propre main de Dieu* (c), cette couronne, ce sceptre, cette main de justice, cet anneau qui faisait l'indissoluble mariage de Votre Majesté et de son royaume, cette épée nue et *flamboyante* (a), toute victorieuse sur les ennemis, toute-puissante sur les sujets (b), nous vîmes, nous entendîmes Votre Majesté, environnée des pairs et des premières dignités de l'Etat, au milieu des prières, entre les bénédictions et les cantiques, à la face des autels, *devant le ciel et la terre, les hommes et les anges* (c), proférer de sa bouche *sacrée* ces *belles* et *magnifiques* (a) paroles, dignes d'être gravées sur le bronze, mais plus encore dans le cœur d'un si *grand* (a) roi :

« Je jure et promets de garder et faire garder l'équité et miséricorde en tous jugements, afin que Dieu, clément et miséricordieux, répande sur moi et sur vous sa miséricorde (1). »

Cela est beau comme du Lebrun. L'art de Balzac y atteint sa perfection, dépouillé de son excès et de ses bizarreries. L'antithèse (b) s'assagit ; l'hyperbole est raisonnable (c) ; la figure mythologique (d) est discrète. L'ampleur de la forme rend une idée grande : lieu commun d'avocat, mais utile ici à orchestrer.

---

(1) *Péroraison du 2ᵉ discours en faveur de M. Fouquet,* citée par M. N.-M. Bernardin, *Morceaux choisis des classiques français* (XVIIᵉ siècle).

La couleur est belle et froide, sans fougue et sans délicatesse : couleur de tableau du sacre, de tableau officiel, commandé par l'Etat. L'épithète étoffe la phrase et la fait draper ; mais elle est rarement précise, locale, nécessaire ; elle est décorative, magnifique, banale, flasque (a).

Si l'on analyse la période, on voit que sa largeur imposante s'obtient par quelques procédés habilement maniés : l'épithète, simple, double ou triple ; la périphrase (e) qui substitue, aux mots le *jour de votre sacre*, un développement de cinq lignes ordonné symétriquement ; le parallélisme antithétique ; l'énumération des parties ; le redoublement du mot ou de la proposition ; la reprise (e) qui relève et prolonge la phrase qu'on croyait arrivée à son terme. Ainsi se compose cet ensemble pompeux, et qui exprime admirablement ce que le grand siècle entendait par une belle prose.

Une dernière remarque est nécessaire.

Il faudrait, si l'on voulait approfondir l'étude de l'art du xviie siècle, observer particulièrement les épithètes et les images. A prendre les choses en général, la grande prose oratoire ne diffère de la bonne prose polie que par un usage plus fréquent de ces « ornements » : elle ne les traite pas différemment.

On semble craindre la particularité, la localité, et surtout la matérialité des épithètes. Bussy nous dira que Mme de Sévigné a les cheveux *blonds ;* Mme de Motteville, que la reine Anne d'Autriche les a d'un beau *châtain clair*. Mais, le plus souvent, les gens du temps donnent aux portraits qu'ils peignent « le plus beau teint du monde », « la bouche de belle couleur », « les yeux parfaitement beaux », et autres épithètes superlatives, qui conviennent à des originaux différents et suggèrent au lecteur tout ce qu'il veut. En général, l'épithète est morale, laudative ou vitupérative, satirique ou pathétique.

Quant à l'image, lorsqu'on la cherche — 'ce qui est rare — on ne la veut pas, comme nous, neuve, personnelle, manifestant la réaction unique d'un tempérament singulier dans une circonstance singulière. On la cherche, au contraire, consacrée, traditionnelle, connue, en quelque sorte conventionnelle et hiéroglyphique, de façon qu'elle ait un sens aussi distinct, défini et commun que l'expression propre. De là le goût qu'on a pour les images mythologiques et les images bibliques : l'éducation du collège rend les unes, la religion rend les autres familières et aptes à fournir le même sens à tous les esprits. Ce qu'on cherche dans l'image, au contraire de notre pratique, c'est une valeur universelle.

CHAPITRE VII

LA PHRASE DU GRAND SIÈCLE

BOSSUET

La plupart des prosateurs du XVII⁰ siècle sont des « honnêtes gens » qui écrivent raisonnablement, en mêlant plus ou moins, selon leur sujet et leur nature, l'agréable et le sérieux : ceux qui travaillent dans le genre noble décorent leur pensée, avec une conviction sincère, de toute cette rhétorique pompeuse dont Pellisson nous a offert un bon modèle.

Au-dessus de la foule, apparaissent quelques hommes, vrais artistes ceux-là, qui sculptent curieusement, avec un goût personnel, la phrase dégagée ou la période large, et donnent à ces formes des caractères d'art originaux. Il en est trois qui doivent nous arrêter : Bossuet, La Bruyère et Fénelon.

I

Le premier, Bossuet, s'applique à la phrase oratoire : par métier, sans doute, puisqu'il prêche ; mais il est orateur né, et c'est pour cela qu'il fait si brillamment son métier, et que, lorsque, descendu de sa chaire, il ne s'adresse plus aux oreilles, écrivant

à son bureau pour les yeux, il ne peut s'empêcher de
construire ses phrases de livre de façon qu'elles exci-
tent toute la sensibilité auditive du public : on les
entend rien qu'à les lire. Ce n'est que dans quelques
traités d'exposition ou de controverse spéciale qu'il a
dépouillé la forme oratoire, cherché la phrase nue,
courte, vive. Encore entend-on presque toujours gron-
der sourdement une grande voix, et, de temps à autre,
l'orgue assoupi se réveille, versant un flot d'éloquence
sonore sur l'aridité technique de la matière. En un
mot, sa *manière*, malgré les interruptions qu'on peut
signaler, c'est la phrase largement orchestrée, qui
force la voix à s'élever comme pour remplir le vaisseau d'une cathédrale.

Lui aussi, il veut d'abord une prose raisonnable,
et ce qui le préoccupe, c'est de ramasser, dans le
moindre volume de mots, le plus possible de signification.

Ce qui est, dit-il, le plus nécessaire pour former le style...
c'est de pénétrer le fond et le fin de tout, et d'en savoir
beaucoup, parce que c'est ce qui enrichit et qui forme le
style qu'on nomme *savant*, qui consiste principalement
dans des allusions et rapports cachés, qui montrent que
l'orateur sait beaucoup plus de choses qu'il n'en traite, et
divertit l'auditeur par les diverses vues qu'on lui
donne (1).

Chez lui, comme chez tous les écrivains de son siècle,
— nous voici avertis, — l'éloquence, l'art, la beauté,
toute la richesse esthétique du style n'est qu'un accessoire, complément ou instrument de la précision intel-

_____

(1) Sur le style et la lecture des écrivains et des Pères. (G. Lanson, *Bossuet, Extraits des œuvres diverses*, p. 15, Delagrave.)

lectuelle : au bout de tous les effets sensibles, on veut qu'il y ait, on se donne l'illusion qu'il y a un bénéfice pour l'idée pure.

Bossuet, laborieux et consciencieux en tout, a appris son métier dans Cicéron, dans Isocrate, et dans Quintilien. Il respecte, il sait la rhétorique, et l'exerce avec conviction. Mais il est l'élève de Pascal et de Balzac autant que des anciens ; il a bien compris leurs procédés de parallélisme et d'antithèse. J'en ai donné assez d'exemples à propos de ces écrivains, pour me dispenser d'en aller recueillir chez Bossuet. Il faut seulement remarquer comment, chez lui, le procédé de répétition, familier à Pascal, se transforme. Sans doute, comme on l'a dit (1), dans son travail de retouche, il poursuit, il efface bien des répétitions accidentelles et involontaires. Mais la répétition consciente et soulignée est un de ses procédés d'art : non pas, comme en use volontiers Pascal, la répétition simultanée de plusieurs mots, qui, revenant dans des formules diverses comme des facteurs constants, donnent une clarté merveilleuse à la suite des opérations de la pensée. Chez Bossuet, la répétition est poétique aussi souvent que logique. Le mot est une indication de thème, et le développement, faisant reparaître ce mot fondamental dans des combinaisons multiples, en exerce toute la vertu de suggestion et d'émotion. Voyez cette orchestration du thème de l'écoulement de la durée ; le mot thématique sera le verbe *passer :*

Hélas ! on ne parle que de *passer* le temps. Le temps *passe,* en effet, et nous *passons* avec lui ; et ce qui *passe* à mon égard, par le moyen du temps qui s'écoule, entre

---

(1) Albalat : *Le Travail du Style,* pages 109, 111

dans l'éternité qui ne *passe* pas ; et tout se ramasse dans
le trésor de la science divine qui ne *passe* pas. O Dieu
éternel ! quel sera notre étonnement, lorsque le 'juge sévère qui préside dans l'autre siècle, où celui-ci nous conduit malgré nous, nous représentant en un instant toute
notre vie, nous dira, d'une voix terrible : « Insensés que
vous êtes ! qui avez tant estimé les plaisirs qui *passent*,
et qui n'avez pas considéré la suite qui ne *passe pas* (1) ! »

Ce morceau encore est excellent pour nous faire
sentir le rythme de Bossuet. On ne trouve pas seulement, chez lui, des mouvements, *allegro* ou *largo*,
largo surtout, ni de la cadence symétrique : on trouve
de vrais rythmes, des rythmes mathématiques, dont
la base est un groupement numérique des syllabes.
Bossuet évite le vers alexandrin, ses douze syllabes
et ses coupes régulières : s'il accepte les douze syllabes,
c'est avec une particularité qui les empêche d'être un
vers au XVII⁰ siècle ; il reçoit les mesures rares,
impaires, sept, neuf, onze, treize, quinze. Il n'évite
pas absolument les hiatus. Mais la base du rythme est
numérique ; il est aisé de s'en rendre compte, en reprenant le morceau que j'ai cité tout à l'heure :

12   *Hélas ! on ne parle* (2) *que de passer le*
                                        [*temps.*

13 (6 + 7)   *Le temps passe, en effet,   et nous passons*
                                        [*avec lui ;*

        8   *Et ce qui passe à mon égard,*
        9   *Par le moyen du temps qui s'écoule,*
12 (7 + 5)   *Entre dans l'éternité   qui ne passe pas* (3).

(1) *Paneg. de s. Bernard*, 1ᵉʳ point.

(2) E muet à la sixième syllabe : donc, au XVIIᵉ siècle, cela ne fait
pas un vers.

(3) 7+5 ne font pas un alexandrin au XVIIᵉ siècle.

13 (5 + 8)   *O Dieu éternel! quel sera notre étonnement,*
7   *Lorsque le juge sévère*
8   *Qui préside dans l'autre siècle,*
10 (7 + 3)   *Où celui-ci nous conduit   malgré nous,*
14 (5 + 4 + 5)   *Nous représentant,   en   un   instant,*
                         [toute notre vie,
8   *Nous dira, d'une voix terrible :*
6   *« Insensés que vous êtes!*
12 (7 + 5)   *Qui avez tant estimé   les plaisirs qui pas-*
                         [sent,
11 (5 + 6)   *Et qui n'avez pas   considéré la suite*
5   *Qui ne passe pas! »*

Tout le passage se distribue en membres de trois,
quatre, cinq, six, sept, huit syllabes : ce sont les mêmes bases qu'aux vers ; mais, dans les vers, il y a une
loi d'assemblage ou de succession, des retours pério-
diques, qui manquent dans la prose. Le sens réunit
ces bases, deux à deux, trois à trois, de façon à former, sans pause de la voix, des groupes de huit, neuf,
dix, onze, douze, treize et jusqu'à seize ou dix-sept
syllabes : c'est par cette réunion que se fait sentir
l'ampleur du mouvement. Cette impression est ren-
forcée par le soin qu'a l'auteur de ménager une progression ; en général, dans les assemblages de deux
ou trois groupes, celui qui est placé le dernier est le
plus long. L'impression est celle qu'on ressent, lorsque, en poésie, un vers de dix ou de douze pieds vient
après un ou deux vers de sept ou de huit. Ainsi, l'éloquence s'élargit et s'étale.

Voilà le principe de la musique des *Sermons* et des
Oraisons Funèbres. Plus pompeuse et banale, comme
tous les autres caractères du style, dans les *Oraisons
Funèbres*, elle s'assortit à la cérémonie où l'éloquence
est une partie du programme, au chant et aux orgues,

aux tentures, aux passementeries, aux écussons, aux baldaquins et cénotaphes, à toutes ces magnificences théâtrales de carton argenté ou de bois recouvert de drap ou de velours, à la grandeur de la nef où la parole doit se répandre, à la hauteur de la chaire d'où elle tombe, aux costumes d'apparat de l'assemblée, manteaux de cour, robes des compagnies souveraines, au costume épiscopal du prédicateur : dans ce décor, toute voix qui ne roulerait pas avec majesté ou avec fracas, serait grêle et hors du ton. La musique de la phrase des *Sermons*, celle des *Elévations*, est plus riche, plus nuancée, plus personnelle.

Dans l'ample déroulement des périodes, il arrive que, tout d'un coup, parte une fusée d'exclamations. C'est la sensibilité de l'orateur qui s'échappe :

```
  7       Homme, voilà donc la vie :
 10       Eternellement    tourmenter la terre,
14 (9 + 5)  Ou, plutôt, te tourmenter toi-même   en la
                                         [cultivant
 11       Jusqu'à ce qu'elle te reçoive toi-même,
 10       Et que tu ailles pourrir dans son sein.
16 (5 + 4 + 7)  O repos affreux!   O triste fin   d'un
                                         [continuel travail! (1).
```

De même dans le *Sermon de la Mort*, à la fin d'un large développement sur le néant de la vie humaine, le cri de l'âme de Bossuet s'échappe en deux brèves phrases rythmiques :

```
  8       O fragile appui de notre être!
12 (7 + 5)  O fondement ruineux   de notre substance!
```

---

(1) *Elévations*, 6ᵉ sem., 12ᵉ élév.

Dans le sermon sur l'*Ambition*, après qu'il a réduit l'ambitieux à ne pas même compter sur un tombeau, et à n'être assuré que des châtiments d'outre-tombe, une suite d'exclamations dégage, à la fois, la leçon et l'émotion de ce tableau : large d'abord et régulier, le mouvement se précipite par deux petites mesures vibrantes, et s'étale de nouveau avec ampleur :

```
10     O les dignes restes de ta grandeur!
10     O les belles suites de ta fortune!
        3 O folie!
        5 O illusion!
12 (7 + 5)   O étrange aveuglement   des enfants des
                                        [hommes!
```

On remarquera comme, volontiers, revient ce groupe de douze syllabes coupé en sept et cinq : c'est l'équivalent, pour la prose, du vers alexandrin.

II

Je voudrais, si j'avais le temps, appeler l'attention sur les adjectifs de Bossuet. Il en est moins économe que Pascal, et c'est là un des instruments les plus riches de son orchestre. Sans doute, ce prêtre n'est jamais un pur rhéteur, et c'est de son sentiment, de son caractère, que jaillissent ses épithètes ; mais c'est le cas de tous les grands artistes : tout leur art est un discernement sûr des moyens qui réalisent leur tempérament.

Bossuet a, d'abord, l'épithète enthousiaste, ou plutôt autoritaire, l'épithète superlative qui impressionne l'auditoire et interdit la contradiction : *grand, magni-fique, illustre, incomparable,* etc...

S'il cite un auteur, c'est le *grand* Irénée, le *grave* Tertullien, ou l'*incomparable* Augustin. S'il produit un texte, c'est le *beau* passage, la *belle* doctrine, les *savants* principes d'un *grand* homme ; c'est *une doctrine excellente, merveilleusement expliquée par Tertullien ;* ce sont *trois admirables raisonnements du grand apôtre saint Paul.* Naïveté de bon scolastique qui dégorge ses cours de Navarre, soit ; mais adresse d'orateur, du même orateur qui recommandait à un jeune prédicateur de s'appliquer à citer l'Ecriture comme à un « art de faire parler Dieu ». Il possède la psychologie de son public.

Il sait aussi la force de l'épithète vague qui ôte les limites et les contours, qui donne aux noms qu'elle accompagne des prolongements ou des agrandissements capables de remuer les imaginations. Tout comme Victor Hugo, il aime ces adjectifs : *infini, immense, mystérieux, étrange ;* il aime l'adjectif pathétique : *horrible, éclatant.*

Il sent ce qu'une épithète ajoutée donne d'élargissement harmonieux à la phrase, et c'est peut-être l'oreille autant que l'idée qui a fait la correction, dans le passage que voici :

Dieu préside invisiblement même aux mauvais *desseins,* et les conduit à ses fins *cachées* (1).

Cachées est une addition, qui a permis de remplacer *conseils* par *desseins,* sans produire une mauvaise consonance.

---

(1) Cité par Albalat, *Le Travail du Style,* page 109.

Mais c'est dans l'image surtout, comme il arrive constamment, que la manière personnelle de Bossuet se caractérise. La force de l'imagination est, chez lui, extraordinaire ; et, s'il n'eût fait que cultiver son naturel, il se fût placé sans peine à côté de Chateaubriand et de Victor Hugo. Il aime le mot concret, qui frappe les sens : réalité, métaphore ou comparaison ; le mot concret reçoit, chez lui, tous les emplois dont il est susceptible ; et, de son naturel, il ne craignait pas même le mot trivial, l'image basse, ou même répugnante. Au début de sa carrière, il disait en chaire les horreurs du siège de Jérusalem, les morts encombrant les rues de leurs corps *pourris*. Il faisait sentir, dans le supplice de saint Gorgon couché sur un gril, « ces exhalaisons infectes qui sortaient de son corps rôti ». Il arrive, dans ses essais de jeunesse, que ce goût réaliste se heurte à son instinct de la forme grandiose, et qu'il loge le mot bas dans une exclamation pompeuse. Comme saint Victor a culbuté les idoles à coups de pied, il s'écrie, avec une amusante gaucherie : « O pied de l'illustre Victor ! (1) »

A la fin de sa carrière, en son diocèse, dans les homélies familières qu'il adresse à un auditoire de nonnes dont il ne redoute pas les délicatesses littéraires, il dira familièrement, pour leur recommander l'économie des biens du couvent :

Dans un triste ménage, un pot cassé est une perte considérable (2).

Jamais, quand il écrit pour lui, et pour ses reli-

---

(1) *Panég. de Saint Victor.*

(2) 4ᵉ *Exhort. aux Ursulines de Meaux.*

gieuses, il ne craint le réalisme où la hardiesse de l'image, et c'est ce qui le fait poète.

Deux cents ans avant Victor Hugo (1), il a montré « le monde encore nouveau et, pour ainsi dire tout trempé des eaux du déluge (2) ».

Et ce *lever du jour* ne surprendrait pas, si on le lisait dans les *Martyrs* :

Le soleil s'avançait, et son approche se faisait connaître par une *céleste blancheur* qui se répandait de tous côtés; les étoiles étaient disparues, et la lune s'était levée avec *son croissant d'un argent si beau et si vif*, que les yeux en étaient charmés...; à mesure qu'il (le soleil) approchait, je la voyais disparaître; le faible croissant diminuait peu à peu; et, quand le soleil se fut montré tout entier, *sa pâle et débile lumière, s'évanouissant, se perdit dans celle du grand astre qui paraissait...* (3).

Il est vrai que, pour oser peindre ainsi, Bossuet se donne une excuse : l'utilité d'expliquer la Bible. « Je me suis levé | pendant la nuit, | avec David (4), pour voir vos cieux, | qui sont les ouvrages | de vos doigts (5), etc. » Il accroche le tableau de ses sensations d'artiste au verset du Psaume, et sa conscience de chrétien est rassurée.

Il regarde la vie humaine comme la nature ; il nous montre saint Joseph, ce « pauvre artisan », en sa « boutique », et la Providence l'obligeant « à de

---

(1) *Booz endormi* : La terre — était encor mouillée et molle du déluge.

(2) Bossuet, *Disc. sur l'Hist. Univ.*, II, 2.

(3) *Traité de la Concupiscence*, XXXII.

(4) 13 syll. (5 + 4 + 4).

(5) 13 syll. (4 + 6 + 3).

grands voyages qui lui ôtent toutes ses pratiques ».
On n'a qu'à feuilleter les *Sermons*, ou même les *Oraisons Funèbres*, pour trouver de ces évocations familières : une *poule*, un *chien*, des *petits lits*, une *étable*, une *bonne femme*, de *bonnes vieilles*, un *verre d'eau*.
C'était sa nature qui sortait « malgré les oreilles délicates » ; et La Harpe, cent ans après, s'effarait.

Cependant, dans les discours et les livres qu'il a composés pour la société polie, pour le beau monde parisien, pour la cour, il a eu peur de ces « oreilles délicates ». Il s'est excusé, il leur a demandé pardon de ses sensations et de ses images : il les a préparées, entourées, atténuées. Surtout, il les a ménagées. Il s'est contenu. Il a, plus d'une fois, arrêté le jet de sa spontanéité ; il a biffé le mot coloré, réalisation poétique qui lui venait.

Comparant l'activité humaine à un miroir qui multiplie les objets dans ses diverses faces, il ajoutait :

Il ne faut, pour l'abattre, qu'une seule mort, et une seule chute pour tout *casser*.

Il a reculé, ensuite, devant la trivialité brusque du *tout casser*. Il a changé la comparaison et trouvé ceci, plus noble et aussi pittoresque :

Il ne s'avise jamais de se mesurer à son cercueil qui seul, néanmoins, le mesure au juste (1).

Lisez le premier point du *Sermon sur la Mort*. Il est plein d'images :

Durez autant que ces grands chênes sous lesquels nos

---

(1) Cité par Albalat, *Le Travail du Style*, page 113.

ancêtres se sont reposés, et qui donneront encore de l'ombre à notre postérité...

Le dernier souffle de la mort... abattra tout à coup cette vaine pompe avec la même facilité qu'un château de cartes (*et il ajoute une apposition qui ennoblit et arrondit*), vain amusement des enfants...

Que vous servira d'avoir tant écrit dans ce livre, d'en avoir rempli toutes les pages de beaux caractères, puisque, enfin, une seule rature doit tout effacer...

Les enfants... semblent nous pousser de l'épaule et nous dire : « Retirez-vous... »

La pièce n'en aurait pas moins été jouée, si j'étais demeuré derrière le théâtre.

Le morceau est d'une poésie saisissante, et l'on ne désire rien, quand on le lit. Mais, pourtant, quand on reprend la méditation qu'il écrivit pour lui seul, à Langres, dans une retraite, et dont ce point du sermon est une refonte, que de traits il a laissé perdre, par peur de son public :

Leur vie s'éteint d'elle-même comme une chandelle qui a consumé sa matière...

Combien ce temps (où j'ai eu quelque contentement) est-il clairsemé dans ma vie. C'est comme des clous attachés à une longue muraille, dans quelque distance : vous diriez que cela occupe bien de la place ; amassez-les, il n'y en a pas pour emplir la main.

Et surtout ceci, qui est comme un canevas de strophe pour Lamartine :

Il me semble que je vois un arbre battu des vents ; il y a des feuilles qui tombent à chaque moment ; les unes résistent plus, les autres moins ; que, s'il y en a qui

échappent de l'orage, toujours l'hiver viendra, qui les
flétrira et les fera tomber (1).

Bossuet était né docile. Il suivit le goût du monde
pour qui il parlait. Il suivit le goût des Latins qu'on
étudiait au collège. Il s'exerça au style *tourné et
figuré*, aux procédés artificieux ; il y réussit admirablement. Il avait, d'ailleurs, le goût du grand et du
noble : il le cultiva. Il modéra sa couleur. Il adoucit
l'âpreté réaliste, la force poétique de sa parole ; il
tâcha de l'envelopper d'une lumière douce et égale
dans ses derniers sermons aux courtisans. Il fit jouer,
dans ses *Oraisons Funèbres*, tout l'orchestre des
grandes périodes, des grandes figures, des mouvements larges et pompeux, exclamations, prosopopées.
Ainsi, ce grand artiste parvint, quelquefois, à être un
grand rhéteur. Heureusement, la nature, en lui, était
trop riche, trop énergique : elle ne se laissa pas supprimer.

Toujours, si soucieux qu'il soit d'être noble, Bossuet tend à l'image, cherche à incarner dans une
phrase concrète la substance morale et logique de son
idée. Cela le conduit, naturellement, au symbole.

Nous sommes « insolvables », Jésus-Christ est notre
« caution ». « On ne discute la caution que lorsque la
partie principale est insolvable. Jésus est donc contraint par corps. »

Jésus est la « clé mystérieuse par laquelle sont
ouverts les coffres du Père Eternel ». Jésus est « le
vrai fruit de vie », et la croix où il pend est un
« arbre ». Communier, c'est « cueillir sur la croix le
fruit vivifiant qu'elle porte ». Jésus est un « capitaine

---

(1) *Sermons choisis*, éd. Rébelliau, p. 306 308.

sauveur qui sauve les peuples parce qu'il les dompte ».
Jésus est un « ambassadeur » de Dieu sur la terre.
Il célèbre le mariage mystique de Jésus et de la
pauvreté :

Qu'on ne méprise plus la pauvreté, et qu'on ne la traite
plus de roturière. Il est vrai qu'elle était de la lie du
peuple ; mais le roi de gloire l'ayant épousée, il l'a anoblie
par cette alliance (1).

Il appelle l'honneur du monde au tribunal de
Jésus-Christ, il lui fait son procès, et le sermon est
disposé en réquisitoire, que conclut un arrêt :

Vous avez ouï l'accusation ; écoutez maintenant, la
sentence (2).

Par ce symbolisme, Bossuet rejoint l'art du moyen
âge. On ne l'a pas étudié suffisamment à ce point
de vue. On a toujours ramené son éloquence aux modèles païens. C'est oublier un des aspects les plus
originaux de son œuvre, ce goût d'allégorie et de symbolisme par lequel il conciliait son sens de la forme
avec son respect de l'idée, et rappelait, — non, peut-
être, sans en avoir quelque conscience, — en plein
règne de l'art gréco-romain, un peu de l'art chrétien
des scolastiques.

(1) *Sermon sur* ~~l'immense~~ *l'éminente dignité des pauvres dans l'Église.*
(2) *Sermon sur l'honneur du monde.*

CHAPITRE VIII

LA PHRASE DU GRAND SIÈCLE

FÉNELON ET LA BRUYÈRE

I

Fénelon est un esprit facile et jaillissant, que ces dons mêmes ont empêché d'être un grand artiste de la prose. Il improvise fluidement et brillamment, et tout le génie du monde ne peut empêcher que, souvent, son développement ne soit lâche et verbeux, sa phrase molle et flasque. Il a des vivacités et des saillies délicieuses ; mais, pour les goûter, ce n'est pas sa prose qu'il faut regarder, c'est le naturel qui s'y abandonne. Il est pourtant arrivé au moins deux fois, à Fénelon, de vouloir une forme qui ne fût pas l'éruption aventureuse de l'esprit. Il a voulu se hausser à la grande éloquence, et il a déclamé. Mais il a aussi fait le *Télémaque,* et il a essayé d'y créer la prose poétique.

Cette forme est, d'abord, le produit d'une imagination fleurie, d'une sensibilité tendre, qui marquent à Fénelon une place à part en face des grands écrivains, sérieux, raisonnables et sobres, du XVIIᵉ siècle. Même les petits poètes mignards, les coquets faiseurs de bergeries, même La Fontaine, — le La Fontaine

de *Psyché* et des *Œuvres diverses*, — sont ici dépassés. C'est un mélange des *Eglogues* de Virgile et des scènes rustiques de l'*Iliade*, de la pastorale italienne et de l'*Astrée*, des décorations d'opéra et de la peinture de l'Albane et des Carrache, de pastiche littéraire, de rêverie sociale où le regret chimérique d'un âge d'or couvre la réelle tendresse humaine : tout cela, souvenirs livresques, impressions d'art, besoins de sensibilité, se mêle et fermente dans cet alerte cerveau de Gascon, et tout cela se déverse dans la prose du *Télémaque*.

De là, les couleurs inattendues qui ravissent ou scandalisent les lecteurs. L'on n'est pas habitué à rencontrer, sous la plume d'un archevêque, des motifs de trumeaux pour les chambres des dames.

Je n'ai presque vu autre chose, dans les premiers tomes du *Télémaque*, de M. de Cambray, disait cette méchante, mais non mensongère langue de Faydit (1), que des peintures vives et naturelles de la beauté des nymphes et des naïades, et de celle de leurs parures et de leurs ajustements, de leurs danses, de leurs chansons, de leurs jeux, de leurs divertissements, de leurs chasses, de leurs intrigues à se faire aimer, et de la bonne grâce avec laquelle elles nagent toutes nues aux yeux d'un jeune homme pour se faire aimer. La grotte enchantée de Calypso, la troupe galante des jeunes filles qui l'accompagnent partout, leur étude à plaire, leur application à se parer, les soins assidus et officieux qu'elles rendent au beau Télémaque, les discours que leur maîtresse, encore plus amoureuse qu'elles, lui tient, les charmes de la jeune Eucharis, les avances qu'elle fait à son amoureux, les rendez-vous dans un bois, les tête-à-tête sur l'herbe, les parties de chasse, les festins, le bon vin et le précieux

_____

(1) *La Télémacomanie.* 1700, p. 4.

nectar dont elles enivrent leur hôte, la descente de Vénus
dans un char doré et léger traîné par des colombes, ac-
compagnée de son petit Amour ; enfin, la description de
l'île de Chypre et des plaisirs de toutes les sortes qui sont
permis en ce charmant pays..., occupent une bonne partie du premier et du second tomes du roman de votre
prélat, madame...

Enfin, les charmes de la vie champêtre et des tendres
amours des bergers et des bergères d'Egypte, dansant
sans cesse au son du chalumeau et de la flûte, sur la fou-
gère, et la peinture qu'il fait de la beauté naturelle et
sans fard des petites paysannes égyptiennes, avec qui Télémaque se console de la rigueur de son exil et de son esclavage, remplissent une troisième partie de ce merveilleux livre. Les jolies bergères de l'Andalousie, ou de la
Bétique, font l'ornement du pays, et du roman.

Il y a un peu d'exagération maligne dans tout ceci.
Cependant, l'impression d'ensemble n'est pas fausse.
Nous sommes blasés sur le *Télémaque*, nous y voyons
un livre pour enfants, innocent, moralisant et fade.
Et, pour la liberté des peintures, nous en avons vu
bien d'autres. C'est pourquoi il est utile de ressaisir
toute vive l'impression d'un contemporain. Il y avait
là un usage de la prose qui était nouveau ou, du
moins, à peu près oublié depuis l'*Astrée* et depuis
Jean Le Maire de Belges. Ce n'était plus la belle
prose intellectuelle qui place les images pour le service des idées. Ce n'était pas la prose des romanciers,
qui décolore tout ce qui n'est pas anatomie du cœur.
Ce n'était même pas la mignardise sèche et spirituelle
de la poésie mythologique ou champêtre de ce temps-
là. C'était une prose sensuelle, molle, voluptueuse,
touchante, décorative, un ruissellement de descriptions et d'images faites pour aller à l'âme par les
yeux.

Voici un morceau où tout est pour les yeux : je le
choisis parce qu'aucun élément psychologique ou moral ne s'y cache ; on y voit d'autant mieux la nature
de l'imagination et le procédé du style :

... Nous aperçûmes (4 syll.) des dauphins couverts
d'une écaille (8) qui paraissait d'or et d'argent (8). En
se jouant (4), ils soulevaient les flots avec beaucoup
d'écume (12). Après eux, venaient des tritons (8), qui son-
naient de la trompette (7) avec leurs conques recour-
bées (8). Ils environnaient le char d'Amphitrite (10), traîné
par des chevaux marins plus blancs que la neige (13), et
qui, fendant l'onde salée (8), laissaient loin derrière eux
un vaste sillon dans la mer (14) ; leurs yeux étaient en-
flammés (7) et leurs bouches étaient fumantes (8). Le char
de la déesse était une conque (12) d'une merveilleuse figure (8) ; elle était d'une blancheur plus éclatante que
l'ivoire (15), et les roues étaient d'or (6). Ce char semblait
voler   sur la face des eaux paisibles (14). Une troupe de
nymphes couronnées (*) de fleurs (12) nageaient en foule
derrière le char (10) ; leurs beaux cheveux pendaient sur
leurs épaules (10) et flottaient au gré du vent (8).
La déesse tenait d'une main (9) un sceptre d'or pour
commander aux vagues (10), de l'autre elle portait sur
ses genoux (10) le petit dieu Palemon, son fils (9), pendant
à sa mamelle (6). Elle avait un visage serein (9) et une
douce majesté (8) qui faisait fuir les vents séditieux (10)
et toutes les noires tempêtes (8). Les tritons conduisaient
des chevaux (9) et tenaient les rênes dorées (8). Une
grande voile de pourpre (8) flottait dans l'air au-dessus
du char (9) ; elle était à demi enflée par le souffle d'une
multitude de petits zéphyrs (**)   qui s'efforçaient   de

(*) Ici, comme dans roues, je ne compte pas l'e muet, qui n'est
guère ou point sensible dans la prononciation.

(**) Je ne compte pas ici les syllabes, parce qu'il me semble que
l'impression du rythme ne se fait plus sentir à l'oreille.

la pousser par leurs haleines (12). On voyait, au milieu
des airs (8), Éole empressé, inquiet, et ardent (11) : son
visage ridé et chagrin (9), sa voix menaçante (5), ses sourcils épais et pendants (8), ses yeux pleins d'un feu sombre
et austère (9), tenaient en silence les fiers aquilons (11) et
repoussaient tous les nuages (8). Les immenses baleines
(6) et tous les monstres marins (7), faisant, avec leurs narines (7), un flux et un reflux de l'onde amère (10), sortaient à la hâte de leurs grottes profondes (12) pour voir
la déesse (5).

Cette page (1) est un joli spécimen de la prose poétique du *Télémaque*. Elle se rythme, moins nettement
et moins largement que l'éloquence de Bossuet, en
membres distincts de sept, huit, neuf, dix syllabes,
rarement de plus. La mélodie du vocabulaire et des
groupes de mots, assemblés presque sans hiatus, est
douce, voire douceâtre, agréablement monotone. Avec
Fénelon, commencent les cadences molles de la phrase :
l'harmonie consiste à bannir les cuivres de l'orchestre
de style, et toutes les sonorités fortes. La phrase s'arrondit par des adjectifs, prolongés parfois en comparaisons.

La noblesse, qui est, avec l'agrément, le caractère
voulu par l'auteur, la noblesse résulte d'abord du
thème antique et mythologique, et de tout ce qu'il
évoque de souvenirs livresques ou d'images de l'art
gréco-romain chez un lecteur cultivé. Elle résulte de
l'emploi du vocabulaire des poètes : *onde*, etc. Elle
résulte du pastiche de l'expression homérique, sura-
bondant en épithètes et en comparaisons (2). Elle ré-

---

(1) L. IV, fin.

(2) *Plus blanc que la neige ; une blancheur plus éclatante que
l'ivoire ; eaux paisibles ; beaux cheveux ; immenses baleines*, etc.

sulte, enfin, d'un choix de mots qui ne suggèrent que beauté, grandeur, élégance, richesse (1). Même Eole — le repoussoir du reste du tableau — a une laideur et une férocité pour ainsi dire académiques ; c'est un dieu d'opéra, hirsute galamment, qui amusera les dames sans les effrayer, ou, si l'on veut, il est traité dans le goût des morceaux de réception pour l'Académie de peinture et de sculpture.

Faydit l'avait noté avec malice : C'est par la couleur qui embellit tout, que cette prose vise à rivaliser avec la poésie, par l'enluminure vive et mignarde :

Si les héros y boivent pour étancher leur soif, c'est *de l'ambroisie et du nectar :* ce n'est point dans des verres, c'est dans des *coupes d'or.* S'ils y mangent, ce n'est point de la viande de santé et commune, comme bœuf, mouton, agneau, à quoi Homère réduit précisément toute la somptuosité des festins de ses héros : ce sont des viandes inconnues et d'une *rareté extrême.* S'ils logent dans quelques maisons de hasard pour se mettre à couvert, ce ne sont pas des maisons bâties à l'ordinaire, de pierres ou de plâtre, ou autres semblables matériaux : ce sont des *palais enchantés, tous bâtis d'or et d'argent, de pierres précieuses et de porphyre.* S'ils brûlent du bois pour se chauffer, ils ne ramassent pas eux-mêmes le premier qui leur tombe sous la main, comme fait Ulysse, qui n'était pas si glorieux qu'eux chez le même Homère : c'est du *bois de cèdre et odoriférant d'Arabie,* que les déesses leur apportent... Leurs belles femmes et leurs maîtresses n'y ont pas de beaux cheveux blonds cendrés ou d'un beau noir, comme celles qui passent pour belles parmi nous : elles ont des *tresses d'or.* Elles sont toutes ou rousses ou jaunes (2).

---

(1) *Or, argent ; blanc, ivoire ; fleurs ; pourpre ; beau ; merveilleux ; éclatant ; serein ; majesté,* etc.

(2) *Télémacomanie,* p. 474.

La prose poétique de Fénelon, il faut bien l'avouer, n'est poétique que par les faussetés et les fadeurs qui l'enjolivent. C'est une forme d'art qui n'a de valeur que pour l'historien, curieux d'observer une prose faite sur le même modèle que la *Duchesse de Bourgogne*, de Coysevox, ou la *Mort d'Hercule*, de Coustou. Mais Coysevox et même Coustou sont de bien autres artistes que Fénelon.

II

La Bruyère, quelques années avant *Télémaque*, avait su créer une phrase ferme et originale, qui marque une date dans l'histoire de la prose d'art. Elle indique un changement de direction, une préoccupation d'effets nouveaux : d'abord, l'abandon des cadences oratoires, et, à leur place, la recherche des coupes imprévues, saisissantes, qui détachent un mot en pleine lumière, ou font porter sur lui tout le poids de la phrase. Je n'ai pas, ici, à analyser le talent de La Bruyère ; mais il y a deux choses chez lui qui, si elles ne sont pas absolument neuves, donnent à sa prose une saveur de nouveauté par l'insistance et l'intensité de l'emploi. C'est l'intention pittoresque, et c'est l'intention spirituelle. De la couleur et de l'esprit, au lieu de la logique, au lieu de la noblesse : voilà les acquisitions capitales de son style.

Ce n'est pas qu'il n'ait travaillé dans le goût noble, cadençant comme Fléchier, et coloriant comme Fénelon. « Ni les troubles, Zénobie, qui agitent votre empire, etc... (1) » Le lecteur trouvera, s'il veut poursuivre, dans n'importe quel recueil de *Morceaux choi-*

---

(1) Ch. VI, éd. Rébelliau, p. 177.

sis, cette page fameuse, que tous les élèves de tous les lycées de France ont admirée à tour de rôle, depuis qu'il y a des lycées. C'est de la rhétorique ; mais c'est de la rhétorique pittoresque, et non morale : ce n'est plus le lieu commun, c'est le *pompier*. Et ce fut neuf à son jour.

La Bruyère a un vocabulaire concret qui est fait pour mettre sous les yeux les formes du monde extérieur : le vocabulaire du costume, du physique, des attitudes, des gestes. Il ne sépare pas le moral de l'apparence du corps qui le loge et l'exprime. Et, ainsi, ses *Caractères* sont des *images*, des silhouettes : les *profils et grimaces* du grand siècle. Voici, enfin, des *portraits* qui ne sont plus des analyses abstraites, mais de vrais dessins, des *tableaux de la vie* qui ne sont plus des descriptions de l'activité intellectuelle ou sentimentale qui ne se voit pas, mais des représentations de ce qui se voit, des estampes nettes et fortes où ce sont bien des corps qui se remuent, s'approchent, se groupent, se répandent, se séparent, s'opposent.

Il nous montre le magistrat mondain *en cravate ou en habit gris*, le bourgeois *en baudrier*, l'homme qui parle au roi et voit les ministres (c'est lui qui le dit) *en écharpe d'or, avec une plume blanche au chapeau* (1). Il nous mène « dans ces chambres où il faut attendre, pour faire le compliment d'entrée, que les petits chiens aient aboyé ».

Il voit la petite ville et fait défiler toute la matière d'un roman de mœurs provinciales devant nous en quelques lignes :

Il y a une chose que l'on n'a point vue sous le ciel et

(1) Ch. III, p. 96.

que, selon toutes les apparences, on ne verra jamais : c'est une petite ville qui n'est divisée en aucuns partis, où les familles sont unies, et où les cousins se voient avec confiance ; où un mariage n'engendre point une guerre civile ; où la querelle des rangs ne se réveille pas à tous moments par l'offrande, l'encens et le pain bénit, par les processions et par les obsèques ; d'où l'on a banni les *caquets*, le mensonge et la médisance ; où l'on voit parler ensemble le bailli et le président, les élus et les assesseurs ; où le doyen vit bien avec ses chanoines ; où les chanoines ne dédaignent pas les chapelains, et où ceux-ci souffrent les chantres (1).

Pas d'adjectifs ; des verbes simples et forts, qui donnent tout leur sens : *se voir, parler, vivre ;* des substantifs surtout, précis et clairs, aussi particuliers que la langue peut les fournir : *cousins* (au lieu de *parents*), mariage, offrande, encens, pain bénit, processions, obsèques, caquets, bailli, président, élus, assesseurs, doyen, chanoines, chapelains, chantres ; en quelques lignes, tout le personnel de la petite ville, toutes les cérémonies qui déchaînent des tempêtes dans ce verre d'eau, s'évoquent à nos esprits par la vertu de cette notation si nette et si directe.

Il nous dira de la manie de bâtir, si commune au XVIIe siècle :

On bâtit dans sa vieillesse, et on meurt, quand on est aux peintres et aux vitriers (2).

C'est-à-dire quand la maison est presque achevée ; mais voyez-vous ce que le style gagne de couleur, de

---

(1) Ch. V, p. 110.
(2) Ch. VI, p. 166.

vie, dans la substitution des termes particuliers aux
termes généraux ?

Et voici un bel-esprit parisien :

Cydias, après avoir toussé, relevé sa manchette, étendu
la main et ouvert les doigts, débite gravement ses pensées quintessenciées et ses raisonnements sophistiqués (1).

Voulez-vous voir un docteur de Sorbonne ? Le
voici :

Un homme, à la cour, et souvent à la ville, qui a un
long manteau de soie ou de drap de Hollande, une ceinture large et placée haut sur l'estomac, le soulier de ma-
roquin, la calotte de même, d'un beau grain, un collet
bien fait et bien empesé, les cheveux arrangés et le teint
vermeil, qui, avec cela, se souvient de quelques distinctions métaphysiques, explique ce que c'est que la lumière
de gloire et sait précisément comment l'on voit Dieu :
cela s'appelle un docteur (2).

Il n'y a plus de souci de noblesse qui réprime l'écrivain : il est devant son modèle, il le rend d'après nature ; tant pis s'il est trivial. *Giton*, le riche, « déploie
un ample mouchoir et se mouche avec grand bruit ;
il crache fort loin et il éternue fort haut (3) ».

L'amateur d'oiseaux, Diphile, « passe les jours, ces
jours qui échappent et ne reviennent pas, à verser
du grain et à *nettoyer des ordures* (4) ».

On dirait qu'il a toujours peur de laisser perdre

---

(1) Ch. V, p. 149.
(2) Ch. II, p. 81.
(3) Ch. VI, p. 179.
(4) Ch. XIII, p. 401.

du caractère du modèle, tant le style insiste, se tend, se charge. Regardez l'amateur de tulipes :

Vous le voyez planté et qui a pris racine au milieu de ses tulipes, et devant la *Solitaire* : il ouvre de grands yeux, il frotte ses mains, il se baisse, il la voit de plus près ; il ne l'a jamais vue si belle, il a le cœur épanoui de joie. Il la quitte pour l'*Orientale*; de là, il va à la *Veuve*; il passe au *Drap d'Or*; de celle-ci à l'*Agate* (voici toute une terminologie de fleuriste), d'où il revient, enfin, à la *Solitaire*, où il se fixe, où il se lasse, où il s'assied, où il oublie de dîner (1).

Il a une sorte de griserie devant la vie, qui fait que l'expression va au delà de l'idée, suivant le modèle dans les traits mêmes qui ne servent plus à démontrer la vérité morale dont il est question.

Arfure cheminait seule et à pied vers le grand portique de Saint-***, entendait de loin le sermon d'un carme ou d'un docteur (ce n'est pas, vaguement, un prédicateur : nous apprenons que ce n'est pas le curé de la paroisse, c'est un carme ou un docteur de Sorbonne), qu'elle ne voyait qu'obliquement (d'un des bas côtés), et dont elle perdait bien des paroles. Sa vertu était obscure et sa dévotion connue comme sa personne. Son mari est entré dans le *huitième denier* (2) ; quelle monstrueuse fortune en moins de six années! Elle n'arrive à l'église que dans un char ; on lui porte une lourde queue ; l'orateur s'interrompt pendant qu'elle se place (dans la grande nef) ; elle le voit de front, n'en perd pas une seule parole ni le moindre geste : il y a une brigue entre les prêtres pour la

(1) Ch. XIII, p. 396.
(2) Il est homme de finance, fermier de l'impôt ainsi nommé.

confesser ; tous veulent l'absoudre, *et le curé l'emporte* (1).

Il suffirait, pour faire ressortir ce que l'argent donne d'éclat à la dévotion d'une femme, de s'arrêter sur ce trait : *tous les prêtres veulent l'absoudre.* Le dernier : *et le curé l'emporte,* n'a plus qu'une valeur pittoresque. Il nous avertit que l'écrivain se laisse emporter par le mouvement de la vie.

Ailleurs, c'est la fantaisie qui l'enlève, une sorte de griserie verbale qui pousse l'invention du mot aussi loin que possible, par la décomposition des termes qui s'associent. Il est difficile, ici, de ne pas croire que c'est le mot qui conduit la danse des images.

Diphile — l'amateur d'oiseaux — rêve de sa folie :

Il retrouve ses oiseaux jusque dans son sommeil : lui-même il est oiseau ; il est huppé, il gazouille, il perche ; il rêve, la nuit, qu'il mue ou qu'il couve (2).

Ces deux monosyllabes, de sens si concret et particulier, ont, ici, une énergie bien amusante.

Notation des formes extérieures de la vie, de toute la gesticulation de la marionnette humaine ; particularité concrète, au besoin triviale et technique, du vocabulaire : voilà les moyens essentiels d'expression de ce qu'on a appelé le *naturalisme* de La Bruyère.

Mais il ne faut pas oublier qu'il est de son temps. Il n'est pas simplement, uniment, crûment naturaliste. Il l'est, et veut l'être, spirituellement. Il tient à dire les choses comme personne ne les dit, singu-

_____

(1) Ch. VI, p. 157.
(2) Ch. XIII, p. 401.

lièrement, d'une façon qui pique, étonne, fasse sourire. Il emploie l'expression réaliste, parce qu'elle fait
voir sans doute, mais aussi parce qu'elle surprend et
amuse l'homme du monde accoutumé au vocabulaire
général de la prose morale et noble.

Je devrais, ici, faire une revue de tous les procédés par lesquels La Bruyère ménage des surprises à
son lecteur : c'est le fond de sa manière. Etre spirituel, pour lui, c'est mettre de l'imprévu dans son
style. Il en met par une attention qu'il a à ne pas se
laisser deviner, à conduire le lecteur à la fin d'un
développement dont le dernier mot éclaire tout le reste
et vient comme un dénouement adroit à une intrigue
bien tissue. En voici un exemple sensible :

Deux marchands étaient voisins et faisaient le même
commerce, qui ont eu, dans la suite, une fortune toute
différente. Ils avaient chacun une fille unique; elles ont
été nourries ensemble et ont vécu dans cette familiarité
que donnent un même âge et une même condition : l'une
des deux, pour se tirer d'une extrême misère, cherche à
se placer; elle entre au service d'une fort grande dame,
et l'une des premières de la cour, — chez sa compagne (1).

Dans le même esprit, il use de l'ironie, souvent
d'une ironie couverte qui ne se révèle qu'en se pro-
longeant. Il accumule les contrastes, et volontiers
les moins attendus. Il tâche d'éviter tous les clichés :
clichés de vocabulaire, clichés de construction et de
mouvement. Il modifie les locutions et les phrases
reçues; il en invente; il mêle le vocabulaire commun
de ses contemporains d'archaïsmes, de néologismes,

---

(1) Ch. VI, p. 153.

comme de termes populaires et spéciaux. Il fait de sa
prose la collection et, comme a dit finement M. Rébelliau, le *musée* des mots, des figures et des tours de
la langue française. Métaphores, métonymies, alliances de mots, ellipses, syllepses, hyperboles, antithèses,
répétitions, exclamations, interrogations, énumérations : tout cela abonde, chez lui. Tout cela est employé
à mettre dans le style une variété piquante, à y mettre, en un mot, comme il le dit lui-même, *de l'esprit*.
Il voudrait, s'il pouvait, ne pas se ressembler à lui-
même. Cette inépuisable rhétorique de l'esprit enveloppe le réalisme de La Bruyère et lui donne une saveur bien originale, qui n'a rien de commun avec
celle de la prose réaliste du xix⁰ siècle.

Par là, enfin, La Bruyère a une place à part dans
la littérature classique. De Montaigne à Chateaubriand, personne n'a travaillé la prose en artiste
comme lui, avec un pareil amour de la forme pour la
forme, une pareille foi dans la valeur des effets sensibles et du pittoresque de l'expression. Tous les autres
prosateurs sont, au total, des hommes à idées qui cherchent à s'exprimer ; pour La Bruyère, son talent original s'exerce à la limite et au delà des idées, sur cette
enveloppe de réalité concrète, de sensations d'où l'esprit a extrait les idées ; sur cette enveloppe de représentations auditives et visuelles qu'est le langage,
signe des idées.

CHAPITRE IX

LES « FORMES FIXES » DE LA PROSE

PORTRAITS ET MAXIMES

Un *art de la prose* qui serait complet pourrait comprendre la théorie des genres dont la prose est la forme nécessaire, comme l'*Art Poétique* de Boileau traite des genres que l'auteur et son temps ne concevaient que dans la forme du vers, la *tragédie* et l'*épopée.* Que le lecteur se rassure : je ne lui ferai point la théorie du discours, du sermon ou de l'oraison funèbre, ni de l'histoire, ou du traité moral, ou du roman.

Mais il est de petits genres — je dis *petits* par la dimension des ouvrages — qui sont à la prose ce que le sonnet ou la ballade sont au vers. Il faut en parler, après avoir étudié la forme de la phrase, comme dans un traité de versification, après l'analyse des différents vers et des strophes, on indique les lois du sonnet et de la ballade. Au XVIIe siècle, ces petits genres, qu'on peut appeler les *formes fixes* de la prose, ont été le *portrait* et la *maxime.*

I

Ces deux formes, dont les modèles et les éléments ne seraient pas difficiles à retrouver, soit dans l'antiquité classique, soit dans la littérature du XVIe siècle, reçurent un développement original et considérable, et furent comme créées à nouveau par le goût d'analyse morale qui caractérisa ce temps : elles lui servirent d'instruments, et, surtout, reçurent le dépôt des résultats qu'on voulait enregistrer et produire. La *maxime* fut le moule de l'observation générale, de la synthèse des expériences ; le *portrait* exposa les expériences particulières, lorsque le modèle était réel ; il servit aussi à les ramasser en forme générale, lorsque le type était inventé. D'ailleurs, la pente du siècle portait à accuser, même dans le modèle individuel, les traits les moins individuels et à les ramener le plus possible à un type général.

Le goût des portraits s'éveilla dans la société précieuse. Ce fut l'exercice et le divertissement des gentilshommes et des dames, de se peindre, de peindre leurs amis et amies. Un recueil de *portraits* composés par des gens du monde autour de la Grande Mademoiselle, qui y avait elle-même mis la main, parut en 1659.

Le *portrait* devint une partie matérielle et obligatoire du roman. De là, il passa dans les comédies, envahit même le sermon, et l'on sait qu'on accusa Bourdaloue d'avoir fait en chaire, plusieurs fois, les portraits de personnes connues de la ville et de la cour.

Le chef-d'œuvre artistique du genre se trouve dans les *Caractères*, de La Bruyère. Mais ce qui nous intéresse, ici, c'est moins l'usage personnel du grand artiste (ce que j'ai dit de sa prose permet, d'ailleurs, de l'entrevoir), que l'usage courant du genre au XVIIᵉ siècle : c'est ce qu'il y a de commun, de *fixe*, dans cette forme fixe.

Voici donc les « rigoureuses lois » du *portrait :* il est laudatif ou satirique ; mais, dans tous les cas, il

ne s'agit pas d'obtenir l'effet auquel viserait un romancier d'aujourd'hui. Il ne s'agit pas de *faire
voir* la personne, il s'agit de fixer l'attention
des lecteurs sur diverses particularités de la personne, de faire naître de ces particularités des idées
ingénieuses, de les assembler en rapports piquants,
en un mot, de mêler si intimement l'exercice de l'esprit du peintre à la description des caractères du
modèle, que l'on ne sache pas ce qui intéresse ou
amuse le plus, le modèle étudié, ou le tour donné à
cette étude. Le *portrait*, en un mot, n'est pas une
peinture, c'est une dissertation : le commentaire élo-
gieux ou satirique enveloppe et obscurcit l'image.

Comme il s'agit souvent de suggérer des idées agréa-
bles, nobles ou malignes, sur la personne qu'on décrit,
on note moins les apparences objectives de son corps
et de son esprit que les impressions subjectives qu'on
en reçoit ou qu'on veut imposer : de là, ce que j'ai
remarqué déjà, la rareté de l'épithète morale ; les
vagues superlatifs mis à la place de la précision concrète.

Le portrait est analytique. On détaille d'abord, en
général, la personne physique, la taille, l'embonpoint,
le teint, les yeux, les cheveux, parfois les dents : là,
sont les beautés et les défauts essentiels. On ne cherche pas à faire un corps ni un visage qui soit d'ensemble : chacune de ces parties est un thème à réflexions. On ajoute, s'il y a lieu, les talents qui se
rapportent au corps : armes, danse, chant. Alors, on
passe à l'esprit : on en signale les propriétés et les
applications, les talents variés et les lacunes appa-
rentes. De là, on passe au cœur : capacité d'amour
ou d'amitié, amour-propre, dévouement, flegme ou
passion, etc.

(voir + haut)
après la p. 110

Ce cadre est facile à dessiner, facile à remplir : la difficulté est de savoir donner à toutes les remarques un ton qui surprenne, amuse et plaise. L'art suprême est de tourner les défauts de la personne en beautés ou qualités, ou bien de les couler parmi l'éloge, de façon qu'ils soient là, pour qu'on ne puisse accuser la clairvoyance du peintre, et qu'étant là, ils ne diminuent rien, pourtant, de l'impression favorable.

Tout le monde connaît la figure de Mme de Sévigné. Voici comment Mlle de Scudéry nous la présente :

La princesse Clarinte est de cette agréable grandeur qui, étant beaucoup au-dessus de la médiocre, n'est cependant pas excessive...

Elle a les joues si aimables qu'elle ne sourit jamais qu'on n'y voie ce qu'on ne saurait exprimer...

Quoiqu'elle ne soit pas de ces belles immobiles qui n'ont point d'action, toutes les petites façons qu'elle a n'ont aucune affectation...

Quoiqu'elle chante d'une manière passionnée, et qu'on puisse effectivement dire qu'elle chante fort bien, elle chante, pourtant, en personne de condition (1).

Mme de La Fayette a fait aussi le portrait de son amie ; j'y prends ce trait :

Quand on vous écoute, on ne voit plus qu'il manque quelque chose à la régularité des traits (2).

Tout cela veut dire : *une grande femme, aux traits irréguliers, aux joues rondes, pleines de fossettes, qui*

---

(1) *Clélie*, t. VI, p. 1.325.

(2) Bernardin, *Morceaux choisis des classiques français* (xviiᵉ s.), p. 176.

*a la physionomie mobile et la gesticulation abondante,
et qui a, pour le chant, un talent d'amateur.*

Mais qu'en termes galants ces choses-là sont mises !

Inversement, l'art est aussi de tourner les grâces
ou les qualités en défauts.

— Vous êtes sensible à la gloire, disait Mme de
La Fayette de Mme de Sévigné.

— Elle aime l'encens, traduit Bussy.

Ou bien du physique, on tire l'induction du moral,
— comme Bussy des yeux bigarrés de sa cousine :

Mme de Sévigné est inégale jusqu'aux prunelles des
yeux et aux paupières ; elle a les yeux de différente couleurs : et, les yeux étant les miroirs de l'âme, ces égare-
ments sont comme un avis que donne la nature à ceux
qui l'approchent de ne pas faire un grand fondement sur
son amitié (1).

On fait sentir l'épine au milieu des fleurs : c'est le
raffinement suprême. La bonne Mme de Motteville
le fait avec une naïveté aisée qui vous duperait presque. Elle parle de la reine d'Angleterre :

J'ai vu de ses portraits, qui étaient faits du temps de
sa beauté, qui montraient qu'elle avait été fort aimable,
et, comme sa beauté n'avait duré que l'espace d'un matin, et l'avait quittée avant midi, elle avait accoutumé
de dire que les femmes ne peuvent plus être belles passé
vingt-six ans (2).

Je dirais que c'est d'une *rosserie* charmante, si le

_____

(1) *Mémoires*, éd. Lalanne, t. II, p. 424 et suiv.
(2) *Les Femmes de France*, par P. Jacquinet, p. 110.

mot *rosserie* n'était incompatible avec la majesté du grand siècle.

Mais les procédés fondamentaux et usuels, pour se tirer avec honneur d'un portrait, ce sont la *concession*, qui retire plus qu'elle ne donne, et nie sous apparence d'affirmer; et la *distinction*, qui, avec des *plus* ou *plutôt que*, des oppositions de contraires ou de synonymes, ou du *paraître à l'être*, permet d'embellir les défauts et d'obscurcir les qualités. J'en prends les exemples dans deux portraits satiriques qui se répondent.

Le cardinal de Retz disait du duc de La Rochefoucauld dans ses *Mémoires* :

Il y a toujours eu du *je ne sais quoi* en M. de La Rochefoucauld. Il a voulu se mêler d'intrigue dès son enfance, et dans un temps où il ne sentait pas les *petits intérêts, qui n'ont jamais été son faible,* et où il ne connaissait pas *les grands, qui,* d'un autre sens, *n'ont pas été son fort...* Son bon sens, et très *bon dans la spéculation,* joint à sa douceur, à son insinuation et à sa facilité de mœurs qui était admirable, *devait récompenser* (1) *plus qu'il n'a fait le défaut de sa pénétration... Quoiqu'il* ne l'ait pas exquis dans l'action, il a un bon fonds de raison... Il n'a jamais été *guerrier, quoiqu'il* fût *très soldat. Il n'a jamais été* par lui-même *bon courtisan, quoiqu'il* ait eu toujours bonne *intention* de l'être. Il *n'a jamais été bon homme de parti, quoique,* toute sa vie, il y ait été engagé... Il croyait toujours en avoir besoin (d'apologie) : ce qui, joint à ses *Maximes,* qui ne marquent *pas assez de foi en la vertu,* et à sa pratique, qui a toujours été de *sortir des affaires avec autant d'impatience qu'il y était entré,* me fait conclure qu'il eût beaucoup mieux fait de

---

(1) *Compenser.* Les concessions d'éloge aggravent et aiguisent la conclusion de la phrase.

se connaître, et de se *réduire à passer, comme il eût pu,
pour le courtisan le plus poli et pour le plus honnête
homme* (1), *à l'égard de la vie commune, qui eût paru
dans son siècle* (2).

La griffe est puissante, lourde, si on veut : elle n'en
est pas moins acérée. Toutes les qualités de M. de La
Rochefoucauld reluisent en ce portrait, mais pour sou-
ligner celles qui lui manquaient ; toutes les lumières
du style portent sur les lacunes du cœur et de l'esprit
que le cardinal de Retz veut faire remarquer chez
lui.

Peut-être M. de La Rochefoucauld eut-il vent de
l'attention qu'avait eue pour lui son vieil ennemi, et
connut-il la peinture. Il savait comment cet ouvrage
se faisait. Il fit le portrait de son peintre. Et voici
quelques mots de cette réponse du berger à la ber-
gère :

Paul de Gondi, cardinal de Retz, a... plus d'*ostentation* que de vraie *grandeur de courage*...; plus de *force*
que de *politesse* dans ses paroles...; peu de *piété;* quelques *apparences* de religion. Il *paraît* ambitieux sans
l'*être.* La vanité et ceux qui l'ont conduit lui ont fait
entreprendre *de grandes choses,* presque toutes *opposées*
à sa profession... Il est *faux* dans la plupart de ses *qualités,* et ce qui a le plus contribué à sa réputation est de
savoir donner *un beau jour* à ses *défauts.* Il est insensible
à la haine et à l'amitié, quelque soin qu'il ait pris de
paraître occupé de l'une ou de l'autre... Il n'a point de
goût ni de délicatesse : il *s'amuse à tout* et *ne se plaît*

---

(1) Au sens du xvii⁰ siècle, l'homme du monde accompli.
(2) *Mémoires,* éd. Hachette, in-8°, t. II, p. 180.

à rien... La retraite qu'il vient de faire est la plus *éclatante* et la plus *fausse* action de sa vie...; il *quitte* la
cour, où *il ne peut* s'attacher, et *il s'éloigne* du monde
qui s'éloigne de lui (1).

Voilà l'art exquis : trouver, dans tout ce que le
bon public admirerait, le joint par où peut pénétrer
la pointe d'une qualification défavorable. Point de
virulence épaisse : on marche avec grâce sur le bord
de l'éloge, sans y entrer ; on le montre et on le refuse.

II

Ainsi se *cuisinait* le portrait, au grand siècle. Il y
avait un art aussi et des recettes pour fabriquer une
maxime. Mme de Sévigné le savait bien, la spirituelle
précieuse faite pour réhabiliter ce nom, qui, dans ses
lettres parfois, après avoir jeté naturellement une
pensée, s'arrêtait pour la reprendre et lui donner le
tour d'une maxime. « Je suis triste, écrit-elle à sa
fille, je n'ai point de vos nouvelles. » Et, généralisant
aussitôt son impression particulière : « La grande
amitié n'est jamais tranquille. MAXIME (2). » Elle a
l'esprit dressé à cette manipulation de pensées, et il
lui arrive aussi de faire « une maxime tout de suite,
sans y penser (3) ». Elle en faisait sans y penser,
parce qu'elle avait bien souvent pensé à en faire, et
comment on en faisait. Elle avait causé à Mme de

---

(1) *Œuvres*, éd. Hachette, in-8°, t. I, p. 18.
(2) Sévigné, *Œuvres*. Edition Hachette, in-8°, II, 360.
(3) *Ibidem*, II, 262.

La Fayette, avec M. de La Rochefoucauld ; elle vait
lu le livre des *Maximes*, qui s'était fait dans le salon
de Mme de Sablé. La Rochefoucauld, par ce livre,
s'était affirmé le maître de ce genre. Laissons ses
qualités personnelles, cette misanthropie désabusée,
cette clairvoyance amère, cette terrible sincérité à
se juger soi-même, et sa vie, en jugeant le monde.
Regardons ce qui s'emprunte, ce qui est technique
impersonnelle (1). Voici quelques recettes pour prépa-
rer des *Maximes* :

Prenez le contre-pied d'une opinion commune, et
affirmez hardiment :

Il faut de plus grandes vertus (2) pour soutenir la
bonne fortune que la mauvaise (**XXV**).
Si on juge de l'amour par la plupart de ses effets, il ressemble plus à la haine qu'à l'amitié (**LXXII**).
Le mal que nous faisons ne nous attire pas tant de
haine que nos bonnes qualités (**XXIX**).

Le premier travail est la généralisation. *Toujours*
ou *jamais* est le langage de la *Maxime* : point ou peu,
le moins possible, de *souvent*, de *parfois*, de *presque*
ou de *guère*. Point de *je* ou *tel*, ou *quelques-uns* ;
mais *nous*, l'*homme, on, tout le monde*. On fait ainsi
une sentence de ce qui n'était qu'une observation.
Reste à lui donner le tour, le poli, l'éclat, la taille,
qui la font étinceler.

-----

(1) Il est bien curieux de suivre le travail de La Rochefoucauld,
dans les variantes des diverses éditions des **Maximes**.
(2) La Rochefoucauld avait ajouté d'abord : *et en plus grand
nombre*. Mais la maxime perdrait de sa concision. Il a donc
retranché ces mots. Je renvoie à l'éd. Hachette in-8°, en donnant
aux *Maximes* que je cite, les numéros d'ordre qu'elles y portent.

Prenez deux objets, l'un dans le monde moral, l'autre dans le monde physique, et associez-les :

La flatterie est une fausse monnaie qui n'a de cours que par notre vanité (CLVIII).

L'amour, aussi bien que le feu, ne peut subsister sans un mouvement perpétuel (LXXV).

Prenez une qualité physique et une qualité morale, et établissez, entre les deux, un parallèle ou une *proportion* mathématique :

La bonne grâce est au corps ce que le bon sens est à l'esprit (LXVII).

$$\frac{Bonne\ grâce}{Corps} = \frac{Bon\ sens}{Esprit}$$

Mais on peut changer l'ordre des termes moyens :

$$\frac{Bonne\ grâce}{Bon\ sens} = \frac{Corps}{Esprit}$$

Cela revient au même, et fournirait mécaniquement cette autre maxime, si l'on voulait : *La bonne grâce est au bon sens ce que le corps est à l'esprit.*

Plus les objets sont éloignés, plus le rapprochement a de piquant :

Le *soleil* ni la *mort* ne se peuvent regarder fixement (XXVI).

Il y a des *gens* qui ressemblent aux *vaudevilles*, qu'on ne chante qu'un certain temps (CCXI).

L'amour prête son nom à une infinité de commerces,

qu'on lui attribue, et où il 'n'a non plus (1) de part que *le doge à ce qui se fait à Venise* (LXXVI).

Le mérite des hommes a sa saison aussi bien que les fruits (CCXCI).

On oppose les mots de sens voisin :

Un honnête homme peut être amoureux comme un *fou*, mais non pas comme un *sot* (CCCLIII).

On rapproche les contraires :

Qui vit sans *folie* n'est pas si *sage* qu'il croit (2) (CCIX).
L'*esprit* nous sert quelquefois à faire hardiment des *sottises* (CDXV).

Il 'y a toute une série à faire avec *esprit* et *cœur*.

L'*esprit* est toujours la dupe du *cœur* (CII).
L'*esprit* ne saurait jouer longtemps le personnage du *cœur* (CVIII), etc., etc.

On aiguise la maxime en y répétant un mot, dont on fait varier les rapports, ou en rapprochant des mots de même racine et de même son :

Nous nous plaignons quelquefois légèrement de nos amis, pour justifier par avance notre légèreté (3) (CLXXIX).

---

(1) MANUSCRIT : *Souvent guère plus*. La maxime veut une affirmation plus décisive; les atténuations ont disparu dans les éditions.

(2) MANUSCRIT : *Celui qui vit sans folie n'est pas si raisonnable qu'il voudrait le faire croire*. Ce n'était qu'une réflexion, mais non pas une maxime. Il y manquait la taille artistique.

(3) MANUSCRIT, plus brièvement, mais sans cliquetis de mots : *On se plaint de ses amis pour justifier sa légèreté*.

C'est une grande *habileté* (1), que de savoir cacher son *habileté* (CCXLV).

Le ridicule *déshonore* plus que le *déshonneur* (CCCXXVI).

La *constance*, en amour, est une *inconstance* perpétuelle, etc. (CLXXV).

L'amour de la *justice* n'est (2) que la crainte de souffrir l'*injustice* (LXXVIII).

Les adjectifs sont d'un merveilleux usage pour faire des constructions symétriques, soit qu'on les répète, soit qu'on les oppose :

Il n'appartient qu'aux *grands* hommes d'avoir de *grands* défauts (CXC).

Les femmes qui aiment pardonnent plus aisément les *grandes* indiscrétions que les *petites* infidélités (CDXXIX).

Les vieillards aiment à donner de *bons préceptes* pour se consoler de n'être plus en état de donner de *mauvais exemples* (XCIII).

Les verbes aussi jouent très bien, par les changements de sujets qui leur donnent divers reflets :

Quand *les vices nous quittent*, nous nous flattons de la créance que *c'est nous qui les quittons* (CXCII).

Et voici une *partie carrée* de verbes :

---

(1) *Le plus grand art d'un habile homme est celui...* (Edition de 1665). La correction a fait ressortir la répétition.

(2) C'est le texte de l'édition primitive ; les autres ajoutent un correctif : *en la plupart des hommes.* C'est plus exact, mais moins *maxime.*

Nous *aimons* toujours ceux *qui nous admirent* et nous n'*aimons* pas toujours ceux *que nous admirons* (CCXCIV).

L'art se raffine quand plusieurs recettes concourent à la composition d'une maxime. Il y en a trois dans celle-ci : expression du moral par le physique, opposition des contraires, distinction des synonymes.

L'orgueil ne veut pas *devoir* et l'*amour-propre* ne veut pas *payer* (CCXXVIII).

Souvent, la maxime peut se retourner et il est délicat de discerner par quel bout elle a plus de justesse ou de brillant. Mme de La Fayette et La Rochefoucauld ont, parfois, du mal à se décider. Voici une question entre deux maximes :

On pardonne *les infidélités, mais on ne les* oublie *pas.*
On oublie *les infidélités, mais on ne les* pardonne *pas.*

De quelque façon qu'on tourne l'antithèse, elle est juste, parce que la réalité fournit les exemples des deux cas. L'artifice est de choisir ou d'exclure une des formules.

On voit assez comment la maxime — qui, naturellement, est un instrument de généralisation, la formule logique de la loi dans l'ordre de l'observation morale — est devenue, entre les mains des précieux et des précieuses, un moule artistique où l'on pouvait s'amuser à couler toutes sortes de pensées.

C'est, d'ailleurs, un jeu charmant, que le jeu des maximes. On s'y casse la tête, parfois : c'est ce qui arriva à Mme de La Fayette *dans une conversation d'après-dîner chez Gourville*, où était la future Mme de Maintenon :

Nous nous jetâmes dans des subtilités où nous n'entendions plus rien (1).

Mais n'importe. Il n'y a pas de mal à ce qu'une maxime ait un air un peu d'énigme. Elle doit être brève et laisser à deviner. Cela exerce l'esprit, et c'est le triomphe des gens qui en ont :

C'est une jolie chose, à mon gré, que d'entendre vite : cela fait voir une vivacité qui plaît et dont l'amour-propre sait un gré non-pareil (2).

---

(1) Sévigné, éd. Hachette in-8°, III, 229.
(2) *Ibidem*, III, 67.

CHAPITRE X

LA PHRASE DU XVIIIe SIÈCLE

LA PHRASE SPIRITUELLE : SES CARACTÈRES GÉNÉRAUX

Il y a, entre la phrase du XVIIe siècle et la phrase du XVIIIe siècle, vues de haut, à vol d'oiseau, le même contraste que, dans les mêmes conditions, on remarque entre les sociétés des deux siècles. Plus d'éloquence. Plus de panache, plus de phrase à longue queue. Plus d'ampleur. Plus de gravité. Une phrase courte, sèche; nerveuse, hachée, sautillante, qui semble ne vouloir parler qu'à l'esprit, ne connaître l'homme que comme une intelligence qui fabrique et qui groupe les idées. Quel chemin parcouru depuis la phrase de Balzac, la phrase de Pascal et la phrase de Bossuet !

A vrai dire, en y regardant de près, on ne se trouve pas embarrassé, dans l'histoire du style pas plus que dans l'histoire des idées, pour relier le XVIIIe siècle au XVIIe, dont il est sorti. Il suffit de regarder les parties secondaires et obscures du XVIIe siècle : elles correspondent aux parties principales et lumineuses du XVIIIe siècle, tandis que le grand XVIIe siècle s'abâtardit et dégénère dans les poncifs nobles des orateurs de la chaire et des harangueurs académiques, dont je ne tiendrai pas compte dans ces études. Le langage de cour et du monde, la prose historique de Racine, la prose épistolaire ou satirique de Bussy-Rabutin, la prose critique du Père Bouhours, et aussi la prose artistique, spirituelle et pittoresque, purgée d'éloquence, de La Bruyère, contiennent les éléments et les origines de la phrase du xviiie siècle. Hamilton et Fontenelle la créent. Montesquieu et Voltaire l'amènent à toute la perfection, en tirent tous les effets dont elle est susceptible.

Dans la seconde moitié du siècle, cette phrase spirituelle et leste n'est plus suffisante. Des besoins généraux, des tempéraments singuliers, réclament un autre instrument. Une phrase ample, sensible, poétique ou éloquente apparaîtra de nouveau, renouvelée ou inventée par de grands artistes. A côté d'elle, subsistera jusqu'à la Révolution, et au delà, la phrase de Montesquieu et de Voltaire.

Ce type de prose fine et légère est très étroitement adapté à la société qui l'utilise. Remettons-nous donc tout d'abord, devant les yeux, les principales conditions de la vie intellectuelle et sociale du xviiie siècle : activité et curiosité des esprits, goût de raison et de critique, goût des idées et de l'examen des idées, défiance croissante de la métaphysique et de la tradition, et de la religion qui est, à la fois, une métaphysique et une tradition ; confiance croissante aux méthodes rationnelles, aux faits, aux inductions, aux sciences du calcul et de l'observation, impatience et griserie de l'intelligence, témérités de raisonnement et hardiesses d'imagination qui troublent ou devancent les exactes méthodes, et remplacent les vérités lentes à se découvrir par une idéologie hâtivement construite. Tout, le bien comme le mal, se rapporte à un besoin intellectuel : le désir du *vrai*, qui est la marque caractéristique du siècle. De là vient l'effort

pour écarter l'affection, la passion, la poésie, choses
qui altèrent la perception en déformant les objets ;
l'effort aussi pour amener toutes les conceptions à un
degré de clarté vraiment géométrique : le XVIIIe siècle
a la passion des idées claires et des enchaînements
lumineux. Le cœur se met, pour un temps, du moins,
hors de la partie ; les besoins esthétiques sont suspendus. Tant que le siècle regarde tout du point de vûe
du *vrai*, ses haines, ses colères, s'expriment intellectuellement par le trait spirituel, le sarcasme, l'ironie,
toutes réductions à l'absurde de l'objet détesté.

Mais ce n'est pas un siècle de purs esprits. C'est une
société très réelle, très humaine, composée de créatures qui veulent être heureuses, et qui — détrompées
des vieilles croyances dont le bénéfice était de renvoyer la solution du problème hors des limites de
l'expérience, en faisant accepter le malheur actuel
comme une créance de bonheur sur l'autre monde —
s'appliquent activement à la poursuite du bonheur
immédiat : elles le placent, étant, comme j'ai dit, in-
telligentes, dans la connaissance du vrai ; étant des
êtres de chair, dans la jouissance sensuelle ; vivant
dans une nation civilisée et riche, dans la possession
de toutes les commodités de la vie. Les mœurs sont
très raffinées et très relâchées. Les lois du monde
sont très strictes : qui veut y vivre, ne saurait se
soustraire à ses usages ; et, s'il est des vices que tolère
ou goûte la bonne compagnie, si elle desserre étrangement les liens de l'obligation morale, elle se rattrape
sur les manières, sur le langage ; elle reprend sur
les formes toutes les libertés qu'elle concède sur le
fond des choses ; elle asservit les actes, les opinions,
le goût, les paroles à une réglementation tyrannique.
Les convenances mondaines sont devenues des lois

du goût littéraire, et, inversement, les principaux dogmes de l'art classique ont participé de l'autorité des convenances de la société. Il y a une régularité, une correction, une technique qui est de bonne compagnie. D'ailleurs, l'homme de lettres, au XVIIIe siècle, vit dans le monde, écrit pour le monde, et ne se plaît à lui-même que parce qu'il plaît au monde.

Ainsi, les conditions sociales déterminent la production littéraire. Elle n'est pas moins modifiée par les conditions politiques. Pour tout dire en deux mots, la censure, les lettres de cachet, les décrets de prise de corps, les arrêts pour brûler les livres au pied du grand escalier du Palais, *moi Etienne-Dagobert Ysabeau étant présent* (c'est l'huissier du Parlement, en 1762), créent aux écrivains la nécessité de s'ingénier, d'être fins, de dire les choses adroitement, indirectement, couvertement, de trouver les demi-mots innocents et révélateurs, les déguisements sûrs et transparents. La Bastille a donné de l'esprit à la littérature du XVIIIe siècle.

Voilà donc les caractères généraux de la pensée littéraire en ce temps : *intellectualité*, politesse, polissonnerie, esprit. Voilà ce que la phrase a fonction de transmettre au public ; et il lui faut s'organiser pour cette fonction.

L'art subsistera-t-il dans cette prose ? En aura-t-elle besoin ? Ce monde-là se soucie peu du beau. Le joli, le chatouillement agréable, lui suffisent. On lit vite et on écrit vite. On se contentera, auteurs et public, d'une claire prose algébrique, ayant l'exacte propriété de l'exposition scientifique, d'une piquante prose rapide, ayant le spirituel agrément de la conversation mondaine.

En effet, dans beaucoup d'ouvrages du XVIIIe siècle,

il n'y a pas autre chose. Et il n'y a pas d'étude
à faire de la prose qui y est employée : analyser la
phrase, c'est analyser l'idée. La forme est neutre,
translucide.

Mais il y a, pourtant, autre chose chez certains
écrivains, et ils ont su créer à leur esprit une forme
artistique. Il y a un art du XVIIIe siècle dans la prose,
comme il y en a un dans la peinture et dans
le mobilier. Le joli, le confortable, le voluptueux, la
plaisanterie, l'agrément, la clarté joyeuse de l'esprit :
tout cela fait un art délicieux chez Watteau et chez
Pater, et dans les petits appartements de Versailles ou
de Trianon : pourquoi n'en serait-il pas de même en
littérature ? Il n'y faut pas nier davantage l'art du
XVIIIe siècle. Mais il faut le chercher où il est.
Tandis que les grandes machines de poésie et d'éloquence sont aussi froides que les grandes machines
d'histoire et de sainteté, toute la puissance et l'originalité artistique sont réfugiées dans les petites
choses fines et lestes, et la prose de Montesquieu, celle
de Voltaire, fournissent les équivalents de Watteau
et du mobilier Louis XV.

Supposons toutes les intentions qui composent leur
esprit : critique, élégance, libertinage, malice ; et
toutes les façons d'exprimer ces intentions qui se présentent naturellement en vertu des lois générales de
la pensée et du langage : analyse, induction, analogie,
exemple, antithèse, ironie, allusion, sous-entendus,
détours de style, expressions adoucies ou voilées, ou
renversées, griffes rentrées, etc. Jusqu'ici, rien qui
soit essentiellement artistique : il n'y a pas un courtisan ou une femme du monde qui ne puisse s'inventer
une forme pareille. Mais l'art est, d'abord, dans la
perfection de l'usage de ces moyens qui en décuple

l'effet, dans l'aisance du jeu qui rend la sûreté de coup plus saisissante ; et cette supériorité du maniement des procédés naturels d'expression contribue beaucoup à donner, au style de plusieurs ouvrages du xviiiᵉ siècle,

> ... *la grâce, plus belle encor que la beauté.*

Je n'ai, pour les exemples, que l'embarras du choix. Voici une page d'un conte d'Hamilton (1). Tarare, pour exécuter l'engagement qu'il avait pris de conquérir la belle Fleur d'Epine, le chapeau lumineux et la jument sonnante, a cherché la demeure de la magicienne Dentue, qui possède tous ces objets merveilleux. Après avoir épié ce qui s'y passait, il a pris quelques mesures pour la fuite ; il retourne, ensuite, se mettre en observation :

Il se posta sur le toit avec les mêmes précautions que le jour d'avant. Il ne savait pas pourquoi ce sac de sel était entre ses mains quelque part qu'il pût aller ; mais il s'en aperçut bientôt. Il vit, par la même ouverture, à peu près les mêmes objets, hors que la pauvre Fleur d'Epine lui parut encore plus malheureuse : car, la première fois, elle ne faisait que laver les pieds de Dentillon ; mais alors le petit monstre, après lui avoir voulu faire quelques amitiés, sur le pied du prochain mariage, se mit à grogner comme un cochon, de ce qu'elle avait la hardiesse de rebuter ses familiarités.

La sorcière la força de s'asseoir au coin du feu, tandis que Dentillon, étendu auprès d'elle, mit sa tête sur ses genoux, et s'endormit.

L'infortunée Fleur d'Epine n'osa témoigner l'horreur

---

(1) *Fleur d'Epine,* imp. en 1730. Hamilton mourut en 1720.

qu'elle en avait ; mais elle ne put retenir des larmes qu'il fallait même cacher à la sorcière.

Tarare sentait toutes ses afflictions. Dentue, toujours attentive à ses sortilèges, en remuait la composition avec sa grande dent jusqu'au fond de la chaudière. Elle y jetait, de temps en temps, quelque nouveau poison, en répétant ce qu'elle avait dit la nuit précédente. Tarare voulut y mettre quelque chose du sien, et, par l'ouverture de la cheminée, il y vida son sac de sel. La sorcière ne s'en aperçut que lorsqu'elle voulut en goûter comme pour la première fois : elle tressaillit, en goûta pour la seconde fois, et, trouvant que le maléfice était gâté par un ingrédient qui n'y convenait apparemment pas, elle fit un cri si affreux qu'on eût dit que quinze mille chats-huants avaient crié à la fois.

Elle ôta promptement son chaudron de dessus le feu, et donna un soufflet à l'innocente Fleur d'Epine, qui en pensa tomber à la renverse en réveillant Dentillon : celui-ci lui en donna un autre pour l'avoir éveillé.

Tarare, qui en était témoin, crut avoir reçu cinquante soufflets et autant de coups de poignard dans le cœur. Sa colère prit le dessus de sa prudence ; il s'allait perdre pour la venger, si Dentue, après avoir loué son fils d'un si noble ressentiment, ne lui eût ordonné d'aller chercher de l'eau du ruisseau.

— Va, mon mignon, disait-elle ; cette vilaine bête prendra mon chapeau pour t'éclairer ; je l'y enverrais bien toute seule, si ce n'est qu'il n'a aucune vertu que quand il est sur la tête d'une fille, et qu'il ne faut pas que celle qui le porte porte autre chose. Va, mon fils, prends la cruche, ne crains point les esprits ; ils n'oseraient approcher quand le chapeau luit ; et je te promets que tu épouseras cette gueuse, qui fait tant tant de différ[...], dès que tu seras de retour.

— Oui-dà, j'y consens, dit Tarare en descendant, pourvu que ce ne soit qu'à son retour.

Il ne s'avisa pas de dire cela tout haut. Dès qu'il fut à terre, il courut, en toute diligence, se poster entre la mai-

son et le ruisseau. A peine y fut-il, qu'il vit tous les lieux
d'alentour éclairés comme en plein midi ; la charmante
Fleur d'Epine fut le premier objet qui s'offrit à ses yeux ;
elle lui parut si brillante, malgré l'éclat de son chapeau,
qu'il semblait que ce fût elle qui lui prêtât sa lumière.
Le petit monstre qui l'accompagnait se traînait à peine
sous le poids d'une cruche vide ; le petit vilain ne se contentait pas d'être bossu pour faire horreur : il était boiteux comme un chien, et si petit qu'il avait vainement
essayé de prendre sa maîtresse sous le bras ; jamais il
n'avait pu atteindre qu'à la hauteur de sa poche. Il s'y
était attaché, se traînant avec elle du mieux qu'il pouvait : car Dieu sait les enjambées qu'elle faisait pour s'en
dépêtrer ; son cœur battait si fort de crainte et d'espé-
rance qu'elle n'en pouvait plus lorsqu'elle vint à l'endroit
où Tarare l'attendait. Sa vue la fit tressaillir ; elle rougit,
et pâlit un moment après. Je ne sais s'il vit ces différentes
agitations, comme il les expliqua, s'il s'en aperçut ; mais,
après l'avoir rassurée, se saisissant de Dentillon, il lui en-
veloppa toute la tête dans son mouchoir ; et, après l'avoir
chargé sous son bras, comme on enlèverait un boulet, il
donna la main à Fleur d'Epine et s'avança vers l'écurie
à grands pas.

Il a fallu prolonger la citation pour donner le temps
au lecteur d'être imprégné du charme fin de cette
prose. Elle n'a pas un effet qui n'appartienne à la
conversation de tous les jours : la condition de son
élégance artistique est presque inanalysable ; c'est une
justesse aisée qui la sépare du parler usuel, comme
une modification de la courbure de lignes presque imperceptible classe une commode et un fauteuil dans
le mobilier d'art.

Montesquieu ou Voltaire, plus nerveux, et le premier plus antithétique, s'accommodent davantage de
courtes citations.

Voyez la claire couleur de l'image de la primitive

Rome ; dans le genre sérieux, ce n'est pas moins lumineux et léger que le conte badin de tout à l'heure :

Il ne faut pas prendre, de la ville de Rome, dans ses commencements, l'idée que nous donnent les villes que nous voyons aujourd'hui, à moins que ce ne soit de celles de la Crimée, faites pour renfermer le butin, les bestiaux et les fruits de la campagne. Les noms anciens des principaux lieux de Rome ont tous du rapport à cet usage.

La ville n'avait pas même de rues, si l'on n'appelle de ce nom la continuation des chemins qui y aboutissaient. Les maisons étaient placées sans ordre et très petites; car les hommes, toujours au travail ou dans la Place Publique, ne se tenaient guère dans les maisons.

Mais la grandeur de Rome parut bientôt dans ses édifices publics. Les ouvrages qui ont donné, et qui donnent encore la plus haute idée de sa puissance, ont été faits sous les rois. On commençait déjà à bâtir la Ville Eternelle.

Romulus et ses successeurs furent presque toujours en guerre avec leurs voisins pour avoir des citoyens, des femmes ou des terres: ils revenaient dans la ville avec les dépouilles des peuples vaincus : cela y causait une grande joie. Voilà l'origine des triomphes, qui furent, dans la suite, la principale cause des grandeurs où cette ville parvint.

Ce sont là les premières lignes des *Considérations* de Montesquieu *sur les Causes de la Grandeur et de la Décadence des Romains*. Comme, vivement, lestement, les notions banales de la grandeur romaine sont écartées, et, par des analogies ingénieuses, par des raisonnements rapides, par quelques faits intelligemment choisis, une idée claire de l'humilité des commencements de Rome est formée, sur laquelle s'amorcent, pourtant, les principes de la future majesté ! L'élé-

gance de ce morceau est faite de précision, de simplicité : le vocabulaire est composé de mots exacts, dont
l'effet est intense par là même ; aucune intention de
noblesse ou de poésie dans l'évocation d'un presti-
gieux passé ; un ou deux termes, pas plus, donnent
du vol à l'imagination, ceux, justement, qui suggèrent l'avenir de Rome ; le reste ne communique que
des idées d'une réalité toute simple, dont le contraste
est piquant avec ce que le nom de Rome prépare les
esprits à recevoir d'ébranlement.

Ecoutons Voltaire, maintenant, disputer contre
l'excommunication des comédiens. Il suppose une
conversation de l'intendant des Menus, qui était
comme le directeur des théâtres de ce temps-là, avec
l'abbé Grizel (1) ; l'intendant demande à l'abbé si
Louis XIV qui a dansé des ballets, Marie-Thérèse qui
a chanté des ariettes au théâtre de la cour, étaient
excommuniés.

— Non, dit l'abbé ; mais les comédiens jouent,
dansent ou chantent pour de l'argent.

Sur quoi, l'intendant des Menus s'étonne :

Pourquoi donc Mlle Lecouvreur (2) a-t-elle été portée
dans un fiacre au coin de la rue de Bourgogne ? Pourquoi
le sieur Romagnesi, acteur de notre troupe italienne,
a-t-il été inhumé dans un grand chemin, comme un ancien Romain ? Pourquoi une actrice des chœurs discor-
dants de l'Académie royale de musique a-t-elle été trois
jours dans sa cave ? Pourquoi toutes ces personnes ont-
elles été brûlées à petit feu, sans avoir de corps, jusqu'au
jour du jugement dernier, et seront-elles brûlées à tout

---

(1) Ed. Moland, *Mélanges*, t. XXIV, p. 239.

(2) On refusa de l'enterrer au cimetière, parce qu'elle n'avait
pas, avant de mourir, renoncé à sa profession.

jamais après ce jugement, quand elles auront retrouvé leur corps? C'est uniquement, dites-vous, parce qu'on paye vingt sous au parterre.

Cependant, ces vingt sous ne changent point l'espèce : les choses ne sont ni meilleures ni pires, soit qu'on les paye, soit qu'on les ait gratis. Un *De Profundis* tire également une âme du Purgatoire, soit qu'on le chante pour dix écus en musique, soit qu'on le donne en faux bourdon pour douze francs, soit qu'on vous le psalmodie par charité; donc, *Cinna* et *Athalie* ne sont pas plus diaboliques quand ils sont représentés pour vingt sous que quand le roi veut bien en gratifier sa cour; or, si l'on n'a pas excommunié Louis XIV quand il dansa pour son plaisir, ni l'impératrice quand elle a joué un opéra, il ne paraît pas juste qu'on excommunie ceux qui donnent ce plaisir pour quelque argent, avec la permission du roi de France et de l'impératrice.

La sûreté aisée, avec cette rapidité sobre qui ôte l'idée d'une effusion spontanée (ce serait plus abondant et plus trouble), est, ici encore, la marque de l'art. L'expression filtre la pensée et en amène tout le contenu : arguments, malice, fantaisie, à un degré de limpidité dont l'impression est exquise. Et voilà par où tant de pages du XVIIIe siècle s'élèvent à l'art. Ce n'est pas la grâce attique, ce n'est pas la grâce florentine : c'est une grâce française, moins plastique, moins sévère, plus compliquée, une troisième grâce, originale et forte, encore que toute moderne, et qui peut prendre rang à côté de ses sœurs aînées.

CHAPITRE XI

LA PHRASE DU XVIIIe SIECLE

LES RYTHMES ET LES IMAGES

Entrons un peu dans l'analyse de cet art que j'ai défini seulement par son impression la plus générale.

Il ne faut pas s'imaginer, comme on fait souvent, que la phrase du XVIIIe siècle, intellectuelle, spirituelle, sèche, si l'on veut, soit abstraite, que les idées y soient notées toujours algébriquement, pour la raison pure, et que les éléments sensibles du langage y soient partout annulés ou négligés. C'est le contraire qui est le vrai. La prose artistique de ce temps n'est pas faite d'une autre étoffe que celle du XVIe ou du XIXe siècle, et ce sont toujours des suites de sons ou des images qui entrent dans sa composition ; seulement, le choix et l'usage des matériaux esthétiques, sont autres, et subordonnés très strictement à un idéal précis. Jamais style artistique n'a été plus pur, plus énergiquement débarrassé des formes divergentes ou hétérogènes que la tradition recommandait, plus parfaitement réduit à l'unité de caractère.

I

Que Voltaire et Montesquieu eussent l'oreille fine, et dans les mots reconnussent autre chose que des signes, fussent attentifs aux sonorités des vocabulaires, aux mesures et aux mouvements qui naissent du groupement des mots, c'est ce qu'on ne remarque pas toujours, et c'est ce qui ne fait, pour moi, aucun doute.

Il y a, dans Montesquieu, un rythme plein, très différent du rythme oratoire, qu'on sentira facilement en lisant, à voix haute, par exemple, le chapitre IX des *Considérations*. Un court échantillon suffira :

... La ville déchirée ne forma plus un tout ensemble ; — et, comme on n'en était citoyen que par une espèce de fiction, — qu'on n'avait plus les mêmes magistrats,   les mêmes murailles,   les mêmes dieux,   les mêmes temples,   les mêmes sépultures, — on ne vit plus Rome des mêmes yeux (10), — on n'eut plus le même amour pour la patrie (11), — et les sentiments romains ne furent plus (11).

Dans l'approximative égalité des trois derniers membres, la structure du dernier donne à la phrase une chute nerveuse et brusque (7 + 4). Ces quatre syllabes : *ne furent plus*, tombent comme un couperet de guillotine, et décapitent, en quelque sorte, le patriotisme romain. L'écrivain qui a adopté cette brusquerie, ce redoublement du son *u*, n'est pas un simple idéologue qui arrange des rapports abstraits.

Pour Voltaire, les exemples sont innombrables de sa délicatesse d'oreille et de sa sensibilité aux propriétés sonores des mots. Il n'a laissé perdre aucun des effets qu'il pouvait tirer des noms de ses ennemis, quand ils étaient susceptibles d'amuser l'oreille par la nature des sons et l'arrangement des syllabes. Il n'a pas fait résonner les noms de Desfontaines ou de la Beaumelle ; mais, comme il a vu qu'on pouvait jouer avec les noms de Pompignan, Nonnotte, Patouil-

let, Tamponet ! Comme il a étoffé le nom de Covelle,
en lui conférant le titre sonore de son péché : *M. le
fornicateur Covelle !* Il a semé à pleines mains, à
travers son œuvre immense, les noms de fantaisie,
extravagants, baroques, qui emplissent la bouche, en
écorchant l'oreille, et réjouissent par le seul son de leurs
syllabes. L'homme qui a inventé ou adopté Akakia,
Cunégonde, Pangloss, frère Pediculoso, M. Clocpitre, M. Cubstorp, M. Beaudinet, et qui, à quatre-
vingts ans, s'amusait encore à présenter au public un
Don Inigo y Medroso y Comodios y Papalamiento,
n'était pas fermé à la beauté purement physique du
vocabulaire. Ce n'était pas son esprit seul qui rece-
vait les mots. Il introduit quelque part un vieil officier, mécontent d'un avocat ; on lui dit que c'est le
bâtonnier :

Bâtonnier ! dit l'officier ; ah ! je le traiterai suivant
toute l'étendue de sa charge (1).

Jeu de mot significatifs : retrouver *bâton* dans *bâtonnier*, et évoquer *bâtonner*, c'est la marque d'un
homme pour qui le mot n'est pas simplement un
signe abstrait, et qui reçoit la sensation vive des sons
dont il est formé. C'est par la même raison qu'il
appellera un de ses nombreux ennemis le « très inclé-
ment Clément » (2).

Voltaire a, dans l'oreille, l'accent de tous les styles :
il imite à merveille la phrase du bel-esprit, de l'érudit, du pasteur protestant.

Voici Fontenelle sous les traits du secrétaire de

(1) Ed. Moland, t. XXIV, p. 252.
(2) T. XXVIII, p. 473.

l'académie de Saturne. Chacune de ses phrases est une comparaison ingénieuse et mignarde :

— La nature est comme un parterre dont les fleurs...
— Ah! dit l'autre, laissez là votre parterre.
— Elle est, reprit le secrétaire, comme une assemblée de blondes et de brunes, dont les parures...
— Eh! qu'ai-je à faire de vos brunes? dit l'autre (1).

Et voici le style de l'érudit qui disserte :

Quelques personnes de considération, pour qui j'aurai, toute ma vie, une déférence entière, m'ont conseillé de ne point répondre à M. Bouillier directement, attendu qu'il est mort il y a deux ans; mais, avec tout le respect que je dois à ces messieurs, je leur dirai que je ne puis être de leur avis, pour des raisons tirées du fond des choses que j'ai expliquées ailleurs; et, pour le prouver, je rappellerai, en peu de mots, ce que j'ai dit dans le deux cent quatre-vingt-quinzième tome de la *Bibliothèque Impartiale*, page 75, rapporté très infidèlement dans le *Journal Littéraire*, année 1759. Il s'agit, comme on sait, etc. (2).

On conte que Formey, sous le nom de qui la prétendue lettre fut mise, se demanda plus tard s'il ne l'avait point, en effet, écrite. C'est une légende. Mais Voltaire a saisi, avec une étonnante justesse, le mouvement, la couleur, la densité de cette phrase lourde, empêtrée et visqueuse.

Pour le style d'un pasteur genevois, il l'imite si bien que Jean-Jacques ne reconnut jamais, dans le *Sentiment des Citoyens*, la griffe voltairienne, et crut

_____

(1) *Micromegas*, ch. II.
(2) *Lettre de M. Formey*, t. XXIV, p. 431.

toujours que l'auteur était Vernet, malgré les dénéga-
tions de celui-ci : tant le ton rude, austère, échauffé
du zèle calviniste était attrapé, sans défaillance et sans
excès, dans cette petite pièce.

Mais, écoutons-le dans son propre et personnel
accent. Ses petites phrases trottent, courent les unes
après les autres, détachées. Voltaire rejette toutes ces
lourdes façons d'exprimer les dépendances logiques,
et de matérialiser, par des mots-crampons, les rapports
des idées. Il réduit au minimum qu'il est impossible
d'éliminer, les conjonctions, relatifs, et tous autres
termes de coordination et subordination. C'est le mouvement endiablé du style qui lie les phrases, qui les
emporte ensemble, comme dans une farandole où les
danseuses ne se donneraient pas les mains, et garde-
raient leurs distances seulement en suivant la mesure.

Voltaire ne cherche que le mouvement : il se moque
des cadences poétiques comme des cadences oratoires.
Quand il en met dans son style, c'est par malice, en
parodie. Son mouvement, vif et léger, est irrégulier,
sautillant, pétulant, parfois un peu fébrile ; mais de
cela même se dégage quelque chose qu'on pourrait
appeler le rythme voltairien de la prose (1). Les mots y
tintent en notes claires, sans tapage et sans confusion.

----

(1) « Nous raisonnions ainsi, M. de Boucacous et moi, quand nous
vîmes passer Jean-Jacques Rousseau avec grande précipitation :
« — Eh ! où donc allez-vous si vite, monsieur Jean-Jacques ?
« — Je m'enfuis, parce que maître Joly de Fleury a dit, dans
un réquisitoire, que je prêchais contre l'intolérance et l'existence
de la religion chrétienne.
« — Il a voulu dire évidence, lui répondis-je ; il ne faut pas
prendre feu pour un mot.
« — Eh ! mon Dieu, je n'ai que trop pris feu, dit Jean-Jacques ;
on brûle partout mon livre. »
Etc., etc. (Pot-pourri, VII. T. XXV, p. 267.)

Voici un endroit où un effet prolongé de parallélisme crée une cadence plus marquée qu'à l'ordinaire : c'est le début de *Jeannot et Colin*.

Plusieurs personnes dignes de foi ont vu Jeannot et Colin à l'école dans la ville d'Issoire, ville fameuse dans tout l'univers par son collège et par ses chaudrons.

Jeannot était fils d'un marchand de mulets très renommé ; Colin devait le jour à un brave laboureur des environs, qui cultivait la terre avec quatre mulets, et qui, après avoir payé la taille, le taillon, les aides et gabelles, le sou pour livre, la capitation et les vingtièmes, ne se trouvait pas puissamment riche au bout de l'année...

Le temps de leurs études était sur le point de finir, quand un tailleur apporta à Jeannot un habit de velours à trois couleurs, avec une veste de Lyon de fort bon goût ; le tout était accompagné d'une lettre à M. de la Jeannotière. Colin admira l'habit, et ne fut point jaloux ; mais Jeannot prit un air de supériorité qui affligea Colin. Dès ce moment, Jeannot n'étudia plus, se regarda au miroir et méprisa tout le monde. Quelque temps après, un valet de chambre arriva en poste, et apporta une seconde lettre à M. le marquis de la Jeannotière : c'était un ordre de monsieur son père de faire venir monsieur son fils à Paris. Jeannot monta en chaise en tendant la main à Colin, avec un sourire de protection assez noble. Colin sentit son néant, et pleura. Jeannot partit dans toute la pompe de sa gloire.

Cette page délicieuse est toute construite sur les deux noms de Colin et Jeannot, dont la reprise alternée accuse, d'un bout à l'autre, le parallélisme des expressions qui contrastent. Voltaire connaissait bien ce secret des répétitions qui font chanter la prose : la délicatesse de son oreille l'introduisait spontanément dans une lettre improvisée, la lettre bien connue des *Pichon*, où le retour incessant de ce nom de *Pichon* donne à un billet, d'ailleurs tout simple, le charme fin d'un bibelot d'art (1). C'était par le même instinct qu'il rythmait une facétie contre Pompignan par la conjonction *quand* (2), placée au début de toutes les phrases : effet comique qui n'a rien d'intellectuel et qui est tout entier attaché à la sensation répétée. Voyez encore cette variation amusante sur le mot *bâiller* :

Ce fut le 12 octobre 1759 que frère Berthier (3) alla, pour son malheur, de Paris à Versailles, avec frère Coutu, qui l'accompagne ordinairement. Berthier avait mis, dans la voiture, quelques exemplaires du *Journal de Tréroux*, pour les présenter à ses protecteurs et protectrices... Berthier sentit, en chemin, quelques nausées ; sa tête s'appesantit ; il eut de fréquents *bâillements*.

— Je ne sais ce que j'ai, dit-il à Coutu ; je n'ai jamais tant *bâillé*.

— Mon révérend père, répondit frère Coutu, ce n'est qu'un rendu.

— Comment ? que voulez-vous dire avec votre rendu ? dit frère Berthier.

— C'est, dit frère Coutu, que je *bâille* aussi ; et je ne sais pourquoi ; car je n'ai rien lu de la journée, et vous ne m'avez point parlé depuis que je suis en route avec vous.

Frère Coutu, en disant ces mots, *bâilla* plus que jamais. Berthier répliqua par des *bâillements* qui ne finissaient jamais. Le cocher se retourna, et, les voyant ainsi *bâiller*, se mit à *bâiller* aussi ; le mal gagna tous les passants : on *bâilla* dans toutes les maisons voisines. Tant la seule

---

(1) A M. Tronchin de Lyon, 29 juillet 1757.

(2) *Les* quand, *notes utiles sur un discours prononcé devant l'Académie française, le 10 mars 1760.* « Quand on a l'honneur d'être reçu dans une Compagnie, etc... Quand, par hasard, on est riche, etc. Quand on ne fait pas honneur à son siècle, etc., etc. » (**T. XXIV**, p. 111 et suiv.)

(3) Jésuite, rédacteur des *Mémoires de Tréroux.*

présence d'un savant a quelquefois d'influence sur les hommes.

Voltaire continue en développant un thème verbal présenté une fois dans la page qui précède : *C'est que je* bâille *aussi*. Il en tire un effet d'écho :

> Cependant, une petite sueur froide s'empara de Berthier.
> — Je ne sais ce que j'ai, dit-il, je me sens à la glace.
> — Je le crois bien, dit le frère compagnon.
> — Comment ! vous le croyez bien ! dit Berthier. Qu'entendez-vous par là ?
> — *C'est que je* suis gelé *aussi*, dit Coutu.
> — Je m'endors, dit Berthier.
> — Je n'en suis pas surpris, dit l'autre.
> — Pourquoi cela, dit Berthier ?
> — *C'est que je* m'endors *aussi*, dit le compagnon (1).

Et, d'un bout à l'autre, les noms propres, renvoyés comme à la raquette, — frère *Berthier, frère Coutu; dit Berthier, dit Coutu,* — croisent et compliquent le dessin sonore du morceau. Un peu plus loin, quand frère Berthier se confesse, c'est un tintement rythmé, un balancement joyeux des propos : *dit le confessé, dit le confessant.* Un romancier qui ne vise qu'au dramatique du dialogue, évite ces répétitions. Marmontel se vante d'avoir, dans ses *Contes Moraux,* supprimé ces fastidieux *dit-il, répondit-elle.* Voltaire en fait une joie de l'oreille. Il organise musicalement des thèmes verbaux, avec des retours, des développements, des entrelacements expressifs. Ce n'est pas le rythme mathématique de la prose poétique : c'est un arrange-

---

(1) *Relation de la maladie, etc..., du jésuite Berthier,* t. **XXIV,** p. 95.

ment mélodique où les sons et groupes de sons forment
des dessins capricieux. Cet art entre pour une bonne
partie dans l'effet des contes et facéties de Voltaire.
On a trop exclusivement étudié, chez lui, le jeu sur
les idées, l'*esprit* créant entre elles des rapports singuliers : il faudrait insister plus qu'on n'a fait sur ce
qu'il a mis d'esprit dans les formes sonores des phrases.
Ce don est une des singularités du génie de Voltaire.
Peu l'ont eu comme lui en ce siècle, si ce n'est, peut-
être, et après lui, Beaumarchais.

II

Le goût des images, contrairement à ce qu'on
attendrait, est très répandu dans ce siècle d'analyse et
de critique. Les médiocres écrivains ne l'ont pas moins
que les autres ; mais ils le manifestent plus maladroi-
tement, par des images usées, banales ou fausses.

Il y a, je l'ai déjà dit, deux sortes d'images : celles
qui mettent sous les yeux directement les objets du discours ; et celles qui les représentent en mettant sous
les yeux d'autres objets, analogues, soit essentiellement
par leur nature, soit accidentellement par une disposition individuelle de l'écrivain. Dans le premier cas,
le style est concret ou pittoresque. Dans le second, il
est métaphorique, comparatif ou symbolique.

Les écrivains du xviiiᵉ siècle ont usé beaucoup plus
qu'on ne croit communément du style concret. La
plupart y étaient conduits par leur philosophie. Les
idées sont des sensations transformées : les idées
générales sont des collections de sensations. Il n'y a
de réel que les sensations particulières, provoquées
en nous par les objets du monde extérieur. Ainsi, pour
être sûr de bien raisonner, il faut regarder au travers

des idées les sensations qui en sont la matière, au travers des idées générales les objets réels dont elles ne sont qu'un résumé.

Le goût et l'expérience du monde, d'ailleurs, les avertissent qu'en substituant aux abstractions des idées particulières, des faits concrets, ils se font suivre plus aisément d'un public qui redoute l'effort et l'ennui. Ils donnent à la raison l'appui de l'imagination. Ils tiennent l'esprit près de la réalité et l'amusent avec les figures qu'ils en tirent.

Le précepte de ne nommer les choses que par les *termes les plus généraux* est, il est vrai, donné par Buffon, dans son *Discours sur le Style* : il ne représente pas, d'une manière absolue, le style du XVIIIᵉ siècle ; il ne vaut que pour le grand style, celui qui vise à la noblesse et à l'éloquence.

Mais ce grand style a son emploi réglé. C'est un habit de cérémonie, qu'on ne voudrait pas porter tous les jours. Le XVIIIᵉ siècle se libère de l'étiquette, de la pompe de Louis XIV ; il se détend et, même, se débraille volontiers.

Et, d'abord, le besoin des esprits, curieux de tout savoir, le laisser-aller du monde, qui s'amuse à tout dire, attaquent la langue du XVIIᵉ siècle ; cette sévère langue classique, de si fière tenue, faite pour les pensées sérieuses et le beau monde, s'enrichit, mais se change et se trouble étrangement. Dans le vocabulaire de la société et des livres se versent toutes sortes de mots, populaires, étrangers, d'argot, de science, d'arts et métiers (1). On s'habitue à nommer toutes les choses

---

(1) Je renvoie le lecteur curieux au très intéressant ouvrage de M. Gohin : les *Transformations de la Langue française pendant la deuxième moitié du dix-huitième siècle*. Notamment pages 149 à 220 et toutes les listes des pages 320-331. J'emprunte à M. Gohin un certain nombre des exemples que je donne.

par leur nom ; les auditeurs des leçons de physique de
l'abbé Nollet ou des cours de chimie de Rouelle, les
lecteurs de l'*Encyclopédie*, ne se renferment plus et
ne demandent plus que leurs écrivains se renferment
dans le vocabulaire général et moral : ils pensent et
acceptent, selon l'occasion, les mots de la philosophie,
de la législation, de l'agriculture, des mathématiques,
de la navigation, de la sculpture, voire de la menui-
serie. Ils trouvent naturel qu'on dise un *bill* quand
il s'agit de l'Angleterre, et des *icoglans*, quand on
parle des pages du sultan.

Ils emploient volontiers en métaphores les termes
spéciaux, de même que, dans le langage populaire,
c'est surtout aux expressions figurées que leurs emprunts s'adressent.

M. le marquis d'Argenson ne se gêne pas pour
écrire, dans son *Journal* :

La marquise clabaude beaucoup. Le Parlement plus
mené par le nez qu'ait jamais été César. Ces trois ministres s'entendent comme larrons en foire.

Et le cardinal ministre de Bernis parlera, dans une
correspondance politique, de *barboter dans un bou-
doir, faire un trou à la lune* ou *prendre la lune avec
les dents ;* il dira qu'il est *emmailloté* (gêné dans ses
mouvements), ou *salé* (chargé de reproches), que les
cartes se brouillent en Pologne, et que l'armée de
M. de Soubise est *en panne.*

D'autres écriront : *écharper un discours ; ce chien
d'art oratoire ; le temps se passe en picoteries ; grê-
ler sur le persil ; palper des millions ; casser les vitres ;
gober le brouillard ; enfiler une rue ; en avoir par-
dessus la tête ; c'est une autre paire de manches ; ce
n'est pas de la petite bière.* Et l'on arrive à la verdeur

de Mme Roland jetant négligemment, dans une lettre:

Je m'en bats l'œil!

Quant aux vocabulaires scientifiques ou techniques, ils fournissent déjà à Mlle Delaunay d'ingénieuses images :

Il (son amoureux) me donnait la main pour me conduire jusque chez moi. Il y avait une grande place à passer, et, dans les commencements de cette connaissance, il prenait son chemin par les côtés de cette place. Je vis alors qu'il la traversait par le milieu : d'où je jugeai que son amour était diminué de la différence de la diagonale aux deux côtés du carré... (1).

Une vérité sera un *théorème ;* un citoyen, une *unité* dans la société ; les doctrines politiques s'énonceront en termes mathématiques : *maximum, minimum, moyenne, raison composée* ou *raison inverse.* Il y aura de la mécanique aussi : des *forces vives, motrices, centrifuges,* des *frottements,* des *leviers.* On parlera du *baromètre de l'entendement,* et de la *boussole publique.* Un tempérament sera *combustible ;* une philosophie *corrosive ;* un cerveau *bouillonnera, fermentera.* La misère sera un *cancer;* des préjugés, une *jaunisse ;* le luxe, un *opium.* Les écrivains auront un *coloris,* une *manière.* Une tragédie *sera dans son cadre,* quand elle sera terminée. Des idées seront *calquées,* des sentiments *modelés.* Il y aura des *ombres* dans la vie et dans la politique, ou, dans un style, un *tapage de vives couleurs.* Les *dissonances,* l'*unisson,* le *diapason,* etc., noteront des choses morales.

---

(1) *Mémoires de Mme de Staal-Delaunay,* éd. 1821, t. I, p. 25.

Le jeu fournira des façons de parler : l'instinct *fera paroli* à la raison ; on *liera partie;* la politique sera un *pharaon,* et le politicien un *ponte.* Déjà Mme de Sévigné voyait Louvois s'apprêter à donner un *échec et mat* aux ennemis de son maître.

Voici les métiers, maintenant ; les individus seront *arc-boutés* les uns contre les autres dans l'état social, ou *encastrés comme les pièces d'une charpente.* Il y aura du *placage* dans un écrit, ou des *soudures.* Des tragédies auront une *coupe* heureuse. On fera des *refontes* dans l'éducation nationale. On *assouplira* un esprit comme un cheval de manège. Un sermon aura une *charpente* de syllogismes. On *étoffera* un mensonge. L'esprit sera un *champ* qu'il faudra fumer. Des siècles d'ignorance seront un *fumier,* qui rendra un pays fertile en grands hommes.

Ces façons de parler se multiplieront à la fin du siècle : elles sont déjà communes dans la première moitié. Le *Dictionnaire Néologique* en ridiculise plus d'une de cette sorte.

Ainsi le vocabulaire et le magasin des images s'enrichissent. La plupart des gens, hommes du monde ou hommes de lettres, ne font, dans tout cela, que suivre une mode, ou la commodité. Mais, par de telles habitudes, les ressources artistiques de la langue se multiplient ; elle se prête à des effets inusités au siècle précédent et peut devenir l'instrument d'un art original et nouveau.

CHAPITRE XII

LA PHRASE DU XVIII' SIÈCLE

LE RÉALISME DE VOLTAIRE

Rarement, dans les vers de Voltaire, les métaphores sont intéressantes, et, dans sa prose, elles le sont d'autant moins que le style est plus soutenu et plus sérieux. Les *fers*, les *foudres*, les *poisons*, les *abeilles* et les *frelons*, dans la critique sociale, les *éclairs*, les *diamants*, l'*or*, le *pinceau*, le *coloris*, les *enfants du génie*, dans la critique littéraire, se présentent trop aisément à sa plume. Il dit les *ténèbres* de la métaphysique, les *épines* de la géométrie. La religion est, tour à tour, un *filet* qui prend les sots, et un *poignard* que manient les fanatiques. La philosophie : « Sa main pure porte le flambeau qui doit éclairer les hommes. » J'espère, sans en être du tout sûr, que c'est avec une intention de parodie qu'il imagine Anne Dubourg disant : « La couronne est *foulée* par la mitre d'un évêque italien. » S'il eût écrit explicitement : *foulée aux pieds*, c'était l'éloquence de Joseph Prudhomme ou de Pécuchet.

Voltaire accueille les images traditionnelles, livresques, qui n'ont pas d'accent personnel, qui sont des sortes d'idéogrammes à valeur constante. Elles ne se réalisent pas ou se réalisent identiquement pour tout le monde, avec une correction élégante et froide.

C'est une décoration claire et conventionnelle qui s'applique sur la pensée. Rares sont les images neuves, comme celle-ci : « Dans la *machine* sociale, quels terribles *frottements* que l'intérêt, l'envie et la calomnie. »

Plus Voltaire se laisse aller, dans ses écrits satiriques et dans ses lettres, plus la métaphore a d'intérêt ; mais elle est, ordinairement, plus piquante que pittoresque. Les théologiens nous *content des fagots* et l'Eglise aime mieux se servir de *fagots allumés* que de raison. L'homme est « une *marionnette* de la Providence ». Une version corrigée de sa *Henriade* est *la lie de son vin*, et son siècle est *la lie des siècles*. Les vers du roi de Prusse qu'il retouche sont du *linge sale* qu'il blanchit. Que de fois a-t-il pesté contre les méchants auteurs ou gazetiers satiriques, *insectes du Parnasse, vers de terre, taupes, moucherons, fripiers,* etc. :

Infatigables auteurs de pièces médiocres, grands compositeurs de riens, pesant gravement des œufs de mouche dans des balances de toiles d'araignée (1).

Lorsqu'il s'installe à Lausanne et aux Délices :

Il faut que les philosophes aient *deux ou trois trous sous terre contre les chiens qui courent après eux.*

L'humeur pétille dans ces images, malignes ou drôles. Quand, par surcroît, elles réveillent une sensation, elles sont tout à fait exquises.

---

(1) Lettre à l'abbé Trublet, 27 avril 1761.

. Ah! madame, écrit-il à **Mme du Deffant**, toutes nos langues modernes sont sèches, pauvres et sans harmonie, en comparaison de celles qu'ont parlées nos premiers ancêtres, les Grecs et les Romains. *Nous ne sommes que des violons de village* (1).

Tout ce qu'il y a de fantaisie artistique chez Voltaire éclate dans les métaphores de sa *Correspondance*, où il n'a pas souci d'être un artiste. Même là, il est aisé de voir combien il réussit mieux l'image bouffonne et vitupérative que l'image sérieuse et grande; il ne l'élève qu'en la refroidissant. Lisez ces lignes où le pittoresque amusant se termine en banalité noble ; elles dénoncent Le Tourneur, traducteur de Shakespeare, coupable de le préférer à Corneille et Racine :

Il sacrifie tous les Français, sans exception, à son *idole, comme on sacrifiait, autrefois, des cochons à Cérès...* Il n'y a point, en France, assez de *camouflets*, assez de *bonnets d'âne*, assez de *piloris* pour un pareil faquin. *Le sang pétille dans mes vieilles veines*, en vous parlant de luï... Pour comble de calamité et d'horreur, c'est moi qui, autrefois, parlai le premier de Shakespeare, c'est moi qui le premier montrai aux Français quelques *perles* que j'avais trouvées dans son énorme *fumier* (2). Je ne m'attendais pas que je servirais, un jour, à *fouler aux pieds les couronnes* de Racine et de Corneille pour en *orner le front* d'un histrion barbare (3).

A plus forte raison, dans les écrits où il veut avoir

---

(1) A Mme du Deffant, 19 mai 1754.

(2) Image livresque ; elle est attribuée à Virgile, parlant de ce qu'il a pris à Ennius.

(3) A d'Argental, 19 juillet 1776.

de la tenue, où il songe qu'il soutient la dignité des lettres françaises, ses images s'éteignent.

Dans ses romans où il ne veut qu'amuser pour convertir, dans ses histoires, où il veut instruire, il recourt moins à la métaphore qu'à l'image directe, et c'est plutôt par la précision du détail réel que par l'éclat des analogies sensibles qu'il colore son style.

Voltaire peint les idées au moyen des faits. Il choisit des particularités, des circonstances qui mettent les choses sous les yeux :

Charles XII était d'une taille avantageuse et noble ; il avait un très beau front, de *grands yeux bleus remplis de douceur*, un nez bien formé, mais le bas du visage désagréable, *trop souvent défiguré par un rire fréquent qui ne partait que des lèvres*, presque point de barbe ni de cheveux. *Il parlait très peu et ne répondait souvent que par ce rire, dont il avait pris l'habitude* (1).

Pour quelques épithètes vagues, qui sentent encore la manière du XVIIe siècle, combien de termes précis qui dessinent l'individualité de la figure.

Même attention, dans le cours de la narration, à circonstancier tout par le vocabulaire le plus exact. Charles XII, échappé de Turquie, traverse l'**Allemagne** pour rentrer dans ses Etats :

Il prit une *perruque noire* pour se déguiser, car il portait toujours ses cheveux, mit un *chapeau bordé d'or*, avec un *habit gris d'épine* et un *manteau bleu*, prit le nom d'un officier allemand et courut la poste avec son compagnon de voyage... (En un certain endroit), on donna au roi un *cheval rétif et boiteux* : ce monarque partit

---

(1) *Hist. de Charles XII*, l. VIII.

seul, *à dix heures du soir*, dans cet équipage, *au milieu d'une nuit noire, avec le vent, la neige et la pluie*. Son compagnon de voyage (qui, ce jour-là, était resté en arrière), après avoir dormi quelques heures, se mit en route dans un chariot traîné par de forts chevaux. A quelques milles, il rencontra, *au point du jour*, le roi de Suède, qui, ne pouvant plus faire marcher sa monture, *s'en allait de son pied* gagner la poste prochaine. Il fut forcé de se mettre sur le chariot de During, et *dormit sur de la paille*.

Après *seize jours* de course, non sans danger d'être arrêtés plusieurs fois, ils arrivèrent enfin, le 21 novembre de l'année 1714, aux portes de la ville de Stralsund, *à une heure après minuit. Le roi cria à la sentinelle*, etc...

... On mena le roi au lit : il y avait seize jours qu'il ne s'était couché ; il fallut *couper ses bottes sur ses jambes*, qui s'étaient *enflées* par l'extrême fatigue. *Il n'avait ni linge ni habits...* (1).

Pour ce dessein de tout particulariser, l'habitude des anciens traducteurs et historiens qui cherchent des équivalents français aux termes de mœurs et institutions étrangères ne peut plus convenir : Voltaire écrit *strelitz, czar, capigi, chiaoux*, etc., etc.

Cependant, ce réalisme voltairien a ses limites. Il est sobre, rapide, se contente d'un dessin léger, à peine relevé de couleur. Il évite les descriptions : les éléments proprement pittoresques des tableaux sont sommairement notés, juste ce qu'il en faut pour réaliser une image du personnage, ou de l'action, qui en figure clairement la signification. Il a aussi un souci sans défaillance de la tenue et de l'élégance ; il trie les détails et les termes : précis, piquants, familiers, tant qu'on voudra ; même lestes et polissons ; grossiers,

---

(1) *Ibid.*, l. VII.

triviaux, bas, jamais. Il ne consent pas à dire, en
dépit de La Mottraye, qu'après Narva, le nombre des
prisonniers russes étant trop considérable, les Suédois
les renvoyèrent après leur avoir « coupé en deux endroits la ceinture de leurs hauts-de-chausse, qu'ils
étaient obligés de soutenir des deux mains ». Il sait
que le duc de Marlborough, lorsqu'il vint négocier
avec Charles XII à Leipzig, ne voulut pas avoir affaire
au comte Piper ; mais il ne voudra pas dire, comme La
Mottraye, que, « dès que le duc l'aperçut sur sa porte
prêt à le recevoir, il sortit du carrosse et, mettant son
chapeau, il passa devant lui sans le saluer, et se retira
à côté comme pour faire de l'eau ». Pour lui, « que
le duc de Marlborough ait p... ou non en descendant
de carrosse », ce n'est pas un fait qui intéresse l'historien : il veut bien peindre par les menues circonstances, mais non pas par celles-là (1).

Un seul moyen existe, pour lui, de relever les détails et les termes bas : c'est d'y attacher une intention satirique ou plaisante, de les faire servir à dé-
grader une idée ou une personne qui lui déplaisent.
A tout le moins se moque-t-il de la réalité qu'il peint,
quand il n'y met pas d'autre sens que d'être la réalité.

Et, sur ce principe, s'organise le réalisme des romans, contes, dialogues et facéties : réalisme toujours
sobre et lumineux, où jamais la réalité n'est rendue
pour elle-même, pour la simple joie ou pour la simple
beauté de l'existence, mais toujours pour supporter ou
traduire un jeu d'idées, un exercice de critique ou de
malice. Réalisme d'ailleurs délicieux, où Voltaire se

_____

(1) Notes sur les remarques de La Mottraye (t. XVI, p. 355 et
suiv.)

prouve grand artiste par la simplicité puissante et la
sûreté magistrale des effets :

M. le baron [de Thunder-ten-Tronckh] était un des plus
puissants seigneurs de la Westphalie, car son château
avait une porte et des fenêtres. La grande salle, même,
était ornée d'une tapisserie. Tous les chiens de ses basses-
cours composaient une meute dans le besoin ; ses palefre-
niers étaient ses piqueurs ; le vicaire du village était son
grand aumònier. Ils l'appelaient tous monseigneur, et ils
riaient quand il faisait des contes...

... Le lendemain, après dîner, comme on sortait de
table, Cunégonde et Candide se trouvèrent derrière un
paravent : Cunégonde laissa tomber son mouchoir ; Candide le ramassa ; elle lui prit innocemment la main ; le
jeune homme baisa innocemment la main de la jeune de-
moiselle avec une vivacité, une sensibilité, une grâce
toutes particulières... M. le baron de Thunder-ten-
Tronckh passa auprès du paravent, et, voyant cette cause
et cet effet, chassa Candide du château à grands coups de
pied dans le derrière. Cunégonde s'évanouit ; elle fut souf-
fletée par Mme la baronne, dès qu'elle fut revenue à
elle... (Ch. I).

Candide et le docteur Pangloss sont tombés entre
les griffes de l'Inquisition, qui condamne l'un au
fouet, et l'autre à mort :

Ils furent revêtus tous deux d'un san-bénito et on orna
leurs têtes de mitres de papier : la mitre et le san-bénito
de Candide étaient peints de flammes renversées et de
diables qui n'avaient ni queues ni griffes ; mais les diables
de Pangloss portaient griffes et queues, et les flammes
étaient droites. Ils marchèrent en procession ainsi vêtus,
et entendirent un sermon très pathétique, suivi d'une
belle musique en faux-bourdon. Candide fut fessé en ca-

dence, pendant qu'on chantait..., et Pangloss fut pendu, quoique ce ne soit pas la coutume (Ch. VI).

Ainsi court le conte de Voltaire, défilé amusant de silhouettes et de gesticulations nettes comme les images d'un cinématographe.

Les noms des personnages sont représentatifs d'un caractère ou d'une nationalité : le Père Tout-à-Tous, le Père Fatutto, Candide, Pangloss, le baron de Thunder-ten-Tronckh, don Fernando d'Ibaraa y Figueroa y Mascarenes y Lampourdos y Souza ; le négociant hollandais Venderdendur.

Les menus changent selon les lieux. Chez l'anabaptiste hollandais, Candide a du pain et de la bière ; en fuyant du Paraguay, Candide mange du jambon ; au pays merveilleux d'Eldorado, on lui sert des perroquets, des singes rôtis, des colibris, des oiseaux-mouches et de la liqueur de canne à sucre. Dans l'hôtellerie d'Italie, il invite Pâquerette et frère Giroflée à venir « manger des macaronis, des perdrix de Lombardie, des œufs d'esturgeon, et boire du vin de Montepulciano, de Lacryma-Christi, de Chypre et de Samos ». Chez Pococurante, « deux filles jolies et proprement mises servirent du chocolat qu'elles firent très bien mousser ». Et le bon Turc que visite Candide lui fait offrir « plusieurs sortes de sorbets..., du Kaimak piqué d'écorces de cédrat confit, des oranges, des citrons, des limons, des ananas, des dattes, des pistaches, du café de Moka, qui n'était point mêlé avec le mauvais café de Batavia et des îles ».

La monnaie aussi de chaque pays est employée : moyadors, pistoles ou maravédis, livres sterling, écus, florins, sequins, piastres, etc. De même, les costumes, institutions, modes, dieux et religions ; chaque chose

est notée par son terme propre. Les moyens de trans-
port aussi : chevaux andalous, chameaux, chaises de
poste, etc. :

L'Ingénu prit le chemin de Saumur *par le coche*...
(Ch. VIII.) L'Ingénu débarqua en *pot de chambre* (1)
dans la cour des Cuisines (à Versailles) (Ch. IX).

Nous voilà bien loin des *termes les plus généraux*
de M. de Buffon.

Depuis les Bourgonsions ou Bourguignons, « qui
oignaient leurs cheveux avec du beurre fort », jusqu'à
l'esclave nègre des colonies américaines à qui l'on
donne un caleçon de toile pour tout vêtement, les
romans et facéties de Voltaire nous font passer sous
les yeux la plus étonnante collection d'images ethni-
ques, chaque échantillon de chaque nation étant inscrit avec ses accessoires caractéristiques, et saisi dans
son occupation caractéristique, telle que l'imaginait
Voltaire. L'Anglais fumant, raisonnant et bâillant ;
l'Espagnol faisant l'amour et brûlant des Juifs ; le
Hollandais négociant ; l'Allemand disputant sur les
préséances ; le Prussien faisant l'exercice ; le Français
jouant, causant, médisant, papillonnant ; l'Italien ne
faisant rien et revenu de tout.

La gaieté du style voltairien vient, en partie, des
images incidentes qui surgissent au travers du récit
ou du raisonnement ; vivement découpées en mots précis, elles amusent l'œil un instant, sans laisser le
temps à l'esprit de se distraire du principal.

Un fermier général dispute contre son curé qui a

---

(1) C'est une voiture de Paris à Versailles, laquelle ressemble à
un petit tombereau couvert. (NOTE DE VOLTAIRE.)

médit des publicains avec l'Evangile ; il rappelle le rang honorable des chevaliers romains, qui étaient des financiers :

Ne formaient-ils pas le second ordre de la République, comme je l'ai ouï dire à un savant de l'Académie des Ins-criptions et Belles-Lettres, qui vient dîner chez moi tous les mardis, et qui s'en va dès qu'il a mangé ? (1).

Lorsque Cador, dans *Zadig*, demande à la belle Azora, pour se remettre de sa maladie, qu'on lui applique, sur le côté, le nez d'un homme qui soit mort la veille :

— Voilà un étrange remède, dit Azora.
— Pas plus étrange, répondit-il, que *les sachets du sieur Arnould contre l'apoplexie* (2).

Le style s'égaye de ces rapides visions d'actualité.
Plus précis est l'effet qui emploie les termes exacts à rapprocher les choses par les circonstances qui n'y découvrent pas de rapports logiques : le réalisme de l'expression isole chaque objet ou chaque fait en son individualité incommunicable ; on généralise, on iden-

---

(1) Ed. Moland, t. XXIV. p. 354.

(2) Ch. II. — Il faudrait tenir compte, dans une analyse complète du style voltairien, de l'impression résultant des allusions multiples : allusions à des faits actuels ; allusions à des formules connues, mots historiques, phrases littéraires. Les premières allument des éclairs de malice dans cette prose ; celles de la seconde catégorie y mêlent une teinte de parodie, qui complique l'effet direct de la phrase par l'évocation rapide des modèles parodiés. Que de fois n'y a-t-il pas ramené *l'esprit et le cœur*, phrase chère au bon Rollin ! Que de fois n'a-t-il pas recueilli des expressions bibliques pour les usages les plus indévots ! Il y a de la musique d'Offenbach dans la prose de Voltaire.

tifie, on associe par abstraction, c'est-à-dire par élimination des accidents. En représentant la chose par
une seule circonstance adroitement choisie, Voltaire
obtient un effet plaisant d'incohérence, d'hétérogé-
néité, dont il se sert pour dégager l'absurdité du
monde ou des hommes :

Tout m'a tourné, jusqu'ici, d'une façon bien étrange,
disait Zadig à son domestique. *J'ai été condamné à
l'amende pour avoir vu passer une chienne;* j'ai pensé
être empalé pour un griffon ; j'ai été envoyé au supplice
pour avoir fait des vers à la louange du roi ; *j'ai été sur
le point d'être étranglé parce que la reine avait des rubans jaunes,* et me voici esclave avec toi parce qu'un bru-
tal a battu sa maîtresse (Ch. X).

Cacambo tire des **victuailles** de sa valise et les présente à son maître :

Comment veux-tu, disait Candide, que je *mange du
jambon,* quand j'ai tué le fils de monsieur le baron et que
je me vois condamné à ne revoir la belle Cunégonde de ma
vie ? (Ch. XVI.)

Le procédé, ici, est transparent : le terme général,
manger, ou moral, *avoir le cœur à manger, avoir appé-
tit,* laisserait voir le rapport logique ; le *jambon,* l'expression particulière et matérielle, fait un *coq-à-l'âne*
voulu.

Candide voit fusiller l'amiral Byng. Il s'étonne. On
lui répond :

Dans ce pays-ci, il est bon de *tuer,* de temps en temps,
un *amiral* pour *encourager* les autres (Ch. XXIII).

Mettez des termes généraux, *punir*, *chef*, *animer* :
le contact logique se produit, et l'esprit s'en va. L'hé-
térogénéité des mots particuliers est une critique de
la méthode sévère des Anglais :

Vous voulez qu'un jardinier *obtienne du soleil* à l'heure
que Dieu s'est destinée, de toute éternité, *pour la pluie*,
et qu'un pilote ait un *vent d'Est* lorsqu'il faut qu'un
vent d'Occident rafraîchisse la terre et les mers. Mon
père, prier, c'est se soumettre (1).

Demander à Dieu, recevoir de Dieu, ce sont des formules dont la coutume paraît très raisonnable à
l'homme. Dieu peut suspendre les lois de la nature,
qu'il a faites : cette formule encore n'embarrasse pas
l'esprit. Les mots concrets, *du soleil quand il pleut*,
du vent d'Est quand il fait vent d'Ouest, dégagent la
contradiction que contient la théorie de la prière.

Le réalisme de Voltaire est donc un réalisme à la
Watteau, ou, si l'on juge le rapprochement bien ambitieux, un réalisme d'estampe du XVIIIe siècle, un réalisme à la façon de Saint-Aubin ou de Baudouin :
une imitation piquante, égayée, malicieuse, d'une vie
élégante et facile, encanaillée parfois, mais si drôle-
ment et spirituellement encanaillée !

_____

(1) *Dial. entre un brahmane et un jésuite*. T. XXIV, p. 56.

CHAPITRE XIII

LES « FORMES FIXES » DE LA PROSE AU XVIII᷎ SIÈCLE

APOLOGUES, CONTES, DIALOGUES, FACÉTIES

Le xviiᵉ siècle s'était donné la « maxime » et le « portrait » pour couler ses observations morales. Le xviiiᵉ siècle, pour « illustrer » la critique universelle des idées et des institutions, organisa l' « apologue » et l' « allégorie », le « conte », le « dialogue », et ces fantaisies indéfinissables que l'on ramasse sous le nom de « facéties ». Ces sortes d'écrits sont exactement des formes fixes : elles s'offrent à quiconque veut présenter aux gens du monde une idée abstraite ou un ensemble d'idées. L' « allégorie », l' « apologue », sont des métaphores ou des comparaisons développées ; le « conte », le « dialogue », la « facétie », sont des cadres disposés pour recevoir les petits faits concrets, les détails pittoresques et vivants qui peuvent réaliser la pensée philosophique.

I

Fontenelle est le premier qui ait appliqué méthodiquement les formes de l'apologue et de l'allégorie à l'expression des notions métaphysiques ou scientifi-

ques, en même temps que la forme du dialogue. Dans
ses *Entretiens sur la Pluralité des Mondes*, voici par
quelle ingénieuse fiction il rend sensible à cette marquise, dont il n'exigeait, pour comprendre le système
de l'univers, que l'attention qu'elle pouvait donner à
un roman, l'idée abstraite et difficile de la relativité
de la durée : il imagine un jardinier dans un
jardin où il y a des roses. Les roses ne voient,
pas changer le jardinier, elles naissent, elles meu-
rent, et il reste le même : chaque jour, il est là. Elles
disent donc : « Le jardinier ne meurt. pas. Pendant
plus de « quinze mille âges de roses », on ne l'a pas
vu changer. « Eternellement » il vit, sans changer. »
Notre éphémère vie humaine est l'éternité des
roses (1).

Dans un autre ouvrage, Fontenelle exprimait cette
pensée :

« Assurez-vous bien du fait avant de vous inquiéter
de la cause... Je ne suis pas si convaincu de notre ignorance par les choses qui sont, et dont la raison nous est
inconnue, que par celles qui ne sont point, et dont nous
trouvons la raison. »

Voici l' « apologue » charmant dont il illustrait sa
remarque et son conseil :

« En 1593, le bruit courut que les dents étaient tom-
bées à un enfant de Silésie, âgé de sept ans; il lui en
était venu une d'or à la place de ses grosses dents. Hors-
tius, professeur de médecine dans l'Université d'Helm-
stadt, écrivit, en 1595, l'histoire de cette dent, et pré-
tendit qu'elle était en partie naturelle, en partie mira-

---

(1) 5e soir.

culeuse, et qu'elle avait été envoyée de Dieu à cet enfant pour consoler les chrétiens affligés par les Turcs. Figurez-vous quelle consolation, et quel rapport de cette dent aux chrétiens ni aux Turcs. En la même année, afin que cette dent ne manquât pas d'historiens, Rullandus en écrit encore l'histoire. Deux ans après, Ingolstetetus, autre savant, écrit contre le sentiment que Rullandus avait de la dent d'or, et Rullandus fait aussitôt une belle et docte réplique. Un autre grand homme, nommé Libavius, ramasse tout ce qui avait été dit de la dent, et y ajoute son sentiment particulier. Il ne manquait autre chose à tant de beaux ouvrages sinon qu'il fût vrai que la dent était d'or. Quand un orfèvre l'eut examinée, il se trouva que c'était une feuille d'or appliquée à la dent avec beaucoup d'adresse; mais on commença à faire des livres, et puis on consulta l'orfèvre (1).

Comment oublier, après cela, la maxime de « s'assurer bien du fait avant de rechercher la cause » ? Chaque fois que l'on pensera à la « dent d'or », l'évidence et la sagesse du conseil apparaîtront à tout esprit bien fait.

Ce fut une « manière » dans tout le siècle que d'envelopper ainsi les vérités philosophiques. Montesquieu inventait une histoire des Troglodytes pour proposer quelques idées sociales et politiques (2).

Voltaire, reprenant l'idée de la relativité des grandeurs et de toutes les notions humaines, créait l'habitant de Sirius, Micromégas, haut de cent vingt mille pieds de roi, et le secrétaire de l'Académie de Saturne, qui n'a que mille toises. Rien, sur la Terre, n'est visible à leurs yeux. Enfin, avec un bon microscope, le Saturnien a distingué « quelque chose d'impercep-

---

(1) *Hist. des oracles*, 1ʳᵉ p., ch. 4.
(2) *Lettres Persanes*, 11 et suiv.

tible qui remuait entre deux eaux sur la mer Baltique:
c'était une baleine ».

« Il la prit avec le petit doigt fort adroitement, et, la
mettant sur l'ongle de son pouce, il la fit voir au Sirien
qui se mit à rire... de l'excès de petitesse dont étaient les
habitants de notre globe (1) ».

Pour poser le problème de la Providence, Voltaire,
dans *Zadig*, reprend le vieux conte oriental de
l' « Ange et l'Ermite », et c'est à un conte chinois,
transcrit par le Père Du Halde, qu'il emprunte, dans le
même roman, l'illustration de la légèreté des femmes.
D'un bout à l'autre de son œuvre si diverse, il se
découvre inépuisable inventeur de paraboles, apologues, allégories ou anecdotes didactiques. Ce n'est pas
en métaphores, mais en symboles qu'il éprouve le
besoin de réaliser ses idées.
Veut-il dire que l'encyclopédie ne doit pas être con-
damnée parce que tout n'y est pas bon ? Il fait dire
au roi par un courtisan :

« Sire..., il y avait, à votre souper, deux ragoûts man-
qués ; nous n'en avons pas mangé, et nous avons fait très
bonne chère. Auriez-vous voulu qu'on jetât tout le souper par la fenêtre, à cause de ces deux ragoûts ? (2) ».

C'est un apologue sommaire. En voici un, un peu
plus détaillé, pour faire éclater l'inconvenance de
louer Shakespeare en France :

« Figurez-vous, messieurs, Louis XIV dans sa galerie

_____

(1) *Micromégas*, ch. 4.
(2) *De l'Encyclopédie*, XXIX, p. 327.

de Versailles, entouré de sa cour brillante ; un Gilles, couvert de lambeaux, perce la foule des héros, des grands hommes et des beautés qui composent cette cour ; il leur propose de quitter Corneille, Racine et Molière, pour un saltimbañque qui a des saillies heureuses, et qui fait des contorsions. Comment croyez-vous que cette offre serait reçue ? (1) ».

Pour engager à se « conformer aux temps », il conte l'aventure, plus ou moins embellie, du pauvre M. de Montampuis, cet estimable recteur de l'Université de Paris, qui, mourant d'envie de voir jouer une tragédie de Racine, au lieu d'aller ouvertement à la Comédie comme tous les honnêtes gens, — à quoi nul n'aurait trouvé à redire, — s'avisa, par déférence pour un préjugé barbare et suranné, de se déguiser en femme, et fut reconnu, hué, houspillé, finalement conduit au violon, avec grand scandale et dérision.

Ainsi tout se transforme en fable pour Voltaire : il est vraiment le seul second tome de La Fontaine que nous ayons.

Diderot et Rousseau mettront en parabole la thèse de l'indifférence religieuse : Dieu existe peut-être, mais il n'est pas évident à la raison ; s'il existe, il est tout bon ; il ne pourra donc pas punir l'honnête homme qui n'aura pas cru en lui, parce que sa raison ne lui commandait pas d'y croire. Cela devient l'histoire d'un jeune homme endormi au bord de la mer sur une planche ; le flot l'enlève pendant son sommeil et le porte vers un rivage inconnu où un bon vieillard l'accueille en lui disant :

— Tu me niais ; mais comme, raisonnablement, tu

---

(1) Lettre à l'Académie Française, t. XXX, p 369.

ne pouvais pas me connaître, je ne suis pas fâché contre toi.

Tout le monde, en ce temps-là, parle par paraboles ou par fables. A ses amis qui lui demandent, au Grandval, chez le baron d'Holbach, ce qui vaut le mieux, du génie ou de la méthode, l'abbé Galiani répond par un récit amusant : *le Coucou, le Rossignol et l'Ane*.

C'est le procédé des dessinateurs satiriques et des caricaturistes, le procédé de la fameuse image qui résumait les résultats d'une assemblée de notables en montrant le contrôleur général en face d'une bande de dindons.

— A quelle sauce voulez-vous être mangés ?

— Mais nous ne voulons point du tout être mangés.

— Vous sortez de la question.

Une partie de la puissance du *Figaro* de Beaumarchais vient de ce que cette œuvre a fourni de symboles des abus sociaux ou des travers humains. Le couplet de Basile sur la calomnie est une allégorie. La modification qu'il propose d'un proverbe : « Tant va la cruche à l'eau qu'elle s'emplit », est une autre allégorie sommaire. Le monologue tapageur de Figaro n'est point une analyse d'états d'âme : c'est un résumé satirique, dans une personnification symbolique, de tous les griefs des gens éclairés du temps contre l'ancien régime.

II

Le conte n'est souvent qu'un apologue développé, une allégorie prolongée. On peut ranger dans cette catégorie toutes les narrations de choses imaginaires et impossibles, voyages fantastiques, contes orientaux,

contes de fées : la *Vision de Mirza* d'Addison ; le
Conte du Tonneau de Swift ; le *Micromégas* et le *Pot
pourri* de Voltaire, ou ce qu'il intitule le *Blanc et le
Noir ;* l'*Histoire des Sévarambes* de Denis Vairasse, et
tant d'autres récits où l'idée s'exprime, voilée et pourtant claire, dans d'étranges ou extravagantes formes.

Mais, souvent, le conte est la figuration, non point
symbolique, mais réaliste, des idées : c'est-à-dire que
l'auteur illustre ou démontre son idée en présentant
les faits moraux et sociaux dont elle est l'abrégé. J'ai
déjà dit ce que Voltaire savait mettre de réalité dans
ses expositions directes de thèses philosophiques. Je ne
veux plus ici que montrer les procédés généraux de
structure et d'agencement de cette forme littéraire.

Il y a deux sortes de « contes » philosophiques :
ceux où la narration, construite indépendamment de
toute idée, sert de carcasse à supporter toute sorte de
satires et de critiques que l'auteur fait éclater successivement comme des pièces d'artifice, et ceux qui sont
construits pour démontrer par toutes leurs parties une
thèse définie.

Le premier modèle serait bien représenté par
l'*Angola* du chevalier de la Morlière. Sous le
voile diaphane d'une fiction orientale et féerique,
ce sont les mœurs et les modes de Paris qui sont dé-
crites ; l'intrigue au fil très léger est une suite d'aventures galantes. Mais, là-dessus, l'auteur a piqué la
satire des gouvernements, des cours, des ministres, de
la diplomatie, des géographes, de l'opéra, du public,
des livres, et de je ne sais combien d'autres choses.

Lisez aussi les *Voyages de Scarmentado* ou *la Princesse de Babylone*, deux contes de Voltaire ; dans le
premier, la curiosité d'un voyageur, dans le second,
les amours fidèles d'un prince et d'une princesse qui

se poursuivent à tour de rôle à travers le monde, fournissent un dessin de narration, où Voltaire trouve le moyen de nicher toutes les choses et une partie des personnes qui ne lui agréent pas : la métaphysique, la guerre, les jésuites, la censure de Bélisaire, Coger, Larcher, Fréron, que sais-je encore ? C'est une fusillade incessante, ou, si vous préférez, un jeu de massacre : à chaque chapitre, à chaque phrase, un des « bonshommes » fait la culbute.

La seconde forme est plus artistique et moins facile. Il s'agit de recueillir dans la vie tous les faits qui appuient ou réfutent une doctrine, et de les présenter dans la lumière la plus favorable. *Candide* est le chef-d'œuvre du genre. Voltaire veut réfuter l'*optimisme :* « Tout est bien en ce monde. » Il a le choix entre l'optimisme anglais, Pope, ou l'optimisme allemand, Leibniz. Il choisira Leibniz, parce que sa terminologie est plus éloignée de la langue commune, donc prête mieux à la parodie, et parce qu'il présente une forme plus outrée de la doctrine ; il ne dit pas : « tout est bien en ce monde », mais « tout est au mieux dans le meilleur des mondes ».

Ayant choisi la forme allemande et leibnizienne de l'optimisme, il la localisera en Allemagne, dans un château de Westphalie ; il la réalisera dans un docteur allemand, Pangloss. Pour que ce docteur ait occasion de s'expliquer, il lui faut un disciple à catéchiser, qui lui propose des difficultés : voilà Candide. Mais pour que l'ouvrage devienne un roman, il faut de l'amour : donc Cunégonde ; un amour traversé : donc un père, une mère, un frère de Cunégonde, de nobles parents qui méprisent l'humilité de Candide.

Lancé dans le monde, Candide connaîtra tous les maux de la vie et de la nature : mal moral, mal social, mal physique, inégalité sociale, oppression sociale, discipline prussienne, guerre, massacres, pillages, fanatisme des sectes, maladies, tempêtes, tremblement de terre de Lisbonne (c'est le fait dont la secousse a cristallisé toutes les idées de Voltaire sur l'optimisme, jusque-là diffuses), inquisition et bûchers, cruautés, viols, vols. Vanité ironique de la bonté : l'homme charitable se noie et le coquin est sauvé. Par lui-même, par Cunégonde, Pangloss, la vieille, tout cela lui est révélé. L'Allemagne, la Hollande, le Portugal, l'Espagne, l'Italie, le Maroc, la Turquie, la Crimée, sont visités. Partout, l'homme est mauvais et misérable, la société mal faite, et la nature impitoyable. Candide, le doux Candide, est contraint, par les circonstances, à être deux fois meurtrier. Peut-être le Nouveau Monde sera meilleur ? Le Nouveau Monde présente à Candide les mêmes vices, les mêmes douleurs : il ne se distingue de l'Ancien que par l'anthropophagie des sauvages et l'esclavage des nègres. Il n'y a de bonheur et de vertu que dans l'Eldorado, un pays enchanteur, qui n'existe pas. On retourne en Europe : même les pays où l'on est le moins mal ont leurs misères ; en France, on assassine les rois, en Angleterre, on fusille les amiraux.

Restent les conditions à passer en revue après les pays : Candide a été pauvre, il est riche, il redevient pauvre. Le gueux est injurié et battu ; le riche, flatté et volé. Rois, seigneurs, vizirs, moines, filles de joie, tous sont misérables. Le moins malheureux est miné par l'ennui.

Ainsi est démolie, pièce à pièce, la thèse de l'optimisme par le défilé grotesque et lamentable des réalités du monde terrestre.

Mais Voltaire ne prétend pas édifier le pessimisme

sur les débris de l'optimisme. Il introduit donc de la bonté çà et là, de la douceur, des hommes qui veulent bien faire, et qui ne pèchent que par la contrainte des circonstances : le charitable anabaptiste, le dévoué Cacambo, le doux et fidèle Candide, plusieurs fois homicide, mais qui ne ferait pas de mal à une mouche, et qui épouse sa Cunégonde flétrie, laide et acariâtre, pour ne pas lui faire de la peine en la repoussant, autant que pour faire enrager son orgueilleux beau-frère. En France, il y a plus de tracasseries et de petites vilenies que de méchanceté offensive et sanglante. Un bon Turc sait être heureux dans la pauvreté, par le travail.

Le monde est un mystère. Il n'est pas le meilleur possible ; il n'est pas le plus mauvais possible. Laissons-là les rêves métaphysiques et travaillons à l'améliorer : cessons de raisonner, dit Candide, et « cultivons notre jardin ». L'explication du mal, personne ne la donnera ; mais par l'activité pratique, par la coopération sociale, les hommes peuvent diminuer la quantité du mal.

Voilà comment se construit en forme de conte une démonstration philosophique : tous les personnages, tous les épisodes, servent au raisonnement et contribuent à opérer la persuasion.

S'agit-il de montrer les vices de l'institution monastique? Diderot bâtit sa *Religieuse*. Rousseau réalise, dans sa *Nouvelle Héloïse*, la critique morale de la société française : la fable principale s'oppose aux mœurs mondaines qui tolèrent l'adultère et permettent le plaisir sans amour. Marmontel, Saint-Lambert, nombre d'autres, prennent la forme du conte pour proposer leur morale ou leur philosophie. L'archéologie même, dans *le Jeune Anacharsis* du bon abbé Barthélemy, se déguise en roman.

III

Fontenelle et Fénelon avaient employé la forme du *dialogue des Morts*, d'après Lucien. Voltaire l'élargit. Il fait dialoguer toutes sortes de personnes : des anciens, Lucrèce et Posidonius, Epictète et son fils, des modernes vivants ou irréels, le comte de Boulainvilliers, l'abbé Couet et Fréret, l'abbé Grizel et un intendant des Menus, un brahmane et un jésuite, un plaideur et un avocat. Il mêle les morts et les vivants, il fait rencontrer au Capitole Marc-Aurèle et un Récollet, ou venir Tullia, fille de Cicéron, à la toilette de Mme de Pompadour. Il se met à l'école de La Fontaine pour écouter l'entretien du chapon et de la poularde. Il exerce une fantaisie charmante, qui voile une vigoureuse logique, dans l'invention de ces interlocuteurs.

Montesquieu, d'Alembert, Diderot, firent des dialogues. Rousseau même s'y essaya.

Cette forme est préférable à celle du conte, avec laquelle elle peut, d'ailleurs, s'unir, quand il ne suffit pas de présenter des faits, et qu'il en faut éclaircir ou en discuter l'interprétation. Ainsi l'optimisme se réfutera bien par un conte. Mais, pour l'existence de Dieu ou pour l'immortalité de l'âme, le dialogue sera plus efficace.

Dans le dialogue, l'art est de combiner l'expression de l'humour des personnages avec la conduite de l'argumentation. Il faut donc choisir des interlocuteurs dont les caractères ou les professions fournissent des points de vue favorables au raisonnement, comme quand le fanatisme ou l'ignorance d'un moine ou d'un théologien donnent des formes outrées et absurdes aux idées que Voltaire désire réfuter. Mais, surtout, il faut résumer chaque thèse en formules claires, d'une vérité ou d'une absurdité palpable, qui se gravent ineffaçablement dans l'esprit.

« ACROTAL. — Oh! le bon temps que c'était quand les écoliers de l'Université, qui avaient tous barbe au menton, assommèrent le vilain mathématicien Ramus, et traînèrent son corps nu et sanglant à la porte de tous les collèges pour faire amende honorable!

« ARISTE. — Ce Ramus était donc un homme bien abominable? Il avait fait des crimes bien énormes?

« ACROTAL. — Assurément : il avait écrit contre Aristote; et on le soupçonnait de pis. C'est dommage qu'on n'ait pas assommé aussi ce Charron qui s'avisa d'écrire de la sagesse, et ce Montaigne qui osait raisonner et plaisanter. Tous les gens qui raisonnent sont la peste d'un Etat (1) ».

Ainsi posée, la question est déjà résolue.

Et voici une conclusion qui se passe de longue démonstration :

« LE BACHELIER. — Hé là, hé! monsieur le sauvage, encore un petit mot : croyez-vous, dans la Guyane, qu'il faille tuer les gens qui ne sont pas de notre avis?

« LE SAUVAGE. — Oui, pourvu qu'on les mange (2). »

Car, en Europe, comme a dit souvent Voltaire, *un pendu n'est bon à rien*, ni un brûlé, ni un roué.

_____

(1) T. XXIV, p. 273.
(2) T. XXIV, p. 271.

Le mot du sauvage éclaire l'odieuse inutilité du sang versé dans la répression des hérésies et doctrines libertines.

Il y a un art de résumer la pensée de l'adversaire de façon qu'elle est réfutée aussitôt qu'exposée :

« Ce Rousseau préfère hautement les marchands de vin aux histrions. Il ne veut pas que, dans sa patrie, il y ait des comédies, mais il y veut des cabarets ; il regrette ce beau jour de son enfance où il vit tous les Genevois ivres. »

Cette petite phrase, piquée dans la *Lettre sur les Spectacles*, la dégonfle instantanément.

« Nous serions les maîtres du monde sans ces coquins de gens d'esprit », dit le défenseur de la théologie et de l'intolérance.

« Je me serais battu contre lui si j'avais été plus fort » : simple mot qui révèle tout le mystère de la guerre.

« L'AVOCAT. — Ah ! si vos pupilles étaient nés à Guignes-la-... au lieu d'être natifs de Melun près Corbeil !

« LE PLAIDEUR. — Hé bien ! qu'arriverait-il alors ?

« L'AVOCAT. — Vous gagneriez votre procès haut la main : car Guignes-la-... se trouve située dans une coutume qui vous est tout à fait favorable ; mais, à deux lieues de là, c'est tout autre chose.

« LE PLAIDEUR. — Mais Guignes et Melun ne sont-ils pas en France ?... Par quelle étrange barbarie se peut-il que des compatriotes ne vivent pas sous la même loi ?...

« L'AVOCAT. — Ce que vous demandez est aussi impossible que de n'avoir qu'un poids et qu'une mesure. Comment voulez-vous que la loi soit partout la même, quand la pinte ne l'est pas ?... (1) »

---

(1) T. XXIII, p. 494.

En quelques mots, la cause de l'unité de législation est gagnée, et à la fois, faisant coup double, Voltaire impose avec la même clarté l'unité des poids et mesures.

IV

Outre l'apologue ou l'allégorie, le conte, le dialogue, le xviiie siècle a connu des formes multiples et diverses, extrêmement libres et souples, qu'on peut grouper sous le nom élastique de *facéties*. Elles consistent essentiellement à se substituer pour l'exposition ou la discussion des idées un personnage réel, mort, ou de fantaisie, dont on conserve l'humeur et le langage, parfois presque jusqu'à la stricte vraisemblance, le plus souvent en entremêlant la vraisemblance et la bouffonnerie. Souvent aussi le raisonnement est retourné, et les réfutations se font par des apologies ironiques, et inversement.

Pascal, en mettant le masque du *Provincial*, Boileau, par son *arrêt burlesque*, indiquaient le genre. Il fleurira avec exubérance au xviiie siècle.

On aura, dès 1714, le *Chef-d'Œuvre d'un Inconnu*, avec les *Remarques Savantes du Docteur Mathanasius*. Pour se moquer de la pesante et diffuse érudition des philologues, de leur entêtement à trouver dans leurs textes mille choses qui n'y ont jamais été, Saint-Hyacinthe suppose un petit poème très court et bien clair, sur lequel un docte docteur écrit un volume de commentaires, en y découvrant, à tort et à travers, des sens mystérieux et profonds.

Un autre écrit la *Lettre d'un Garçon Barbier* à l'abbé Desfontaines : un autre, pour discuter une pièce nouvelle de La Chaussée, lui adressa une *Lettre d'un*

Archer de la Comédie-Française. Maupertuis fait écrire un *horloger anglais* à un *astronome de Pékin.* La Mettrie fait parler un savant chinois *Fum-Ho-Ham* contre les médecins de Paris ; et, quand il renouvelle son attaque, c'est sous le titre énigmatique : *Ouvrage de Pénélope,* et sous le nom mystérieux d'*Aletheius Demetrius.* Le roi de Prusse fera le *Panégyrique de Jacques-Mathieu Reinhart, maître cordonnier,* et un très peu catholique *Mandement de Monseigneur l'archevêque d'Aix.*

Quand Montesquieu voudra combattre l'esclavage, il fera semblant d'en produire l'apologie : et, au lieu de condamner directement l'Inquisition, il écrira la *très humble remontrance* d'une jeune Juive de dix-huit ans, brûlée à Lisbonne, aux *Inquisiteurs d'Espagne et de Portugal.* Rousseau, lui-même, tentera de s'égayer dans la *Vision de Pierre de la Montagne.*

Mais ici, encore, le grand artiste sera Voltaire. Nul ne pourra rivaliser avec cette invention toujours jaillissante de noms cocasses, de circonstances piquantes, et de calembredaines de toute sorte.

Ce seront des lettres : un jour, il prendra le caractère et la signature du Romain Memmius, un autre jour, d'un *avocat de Besançon* ou de l'*archevêque de Cantorbéry.* Il sera *M. Cubstorp, pasteur de Helmstad,* écrivant à *M. Kirkerf, pasteur de Lauvtorp,* ou *M. Eratou* écrivant à *M. Clocpitre,* et puis *M. Clocpitre* écrivant à *M. Eratou.*

D'autres fois, ce seront des discours. *Discours de maître Belleguier, ancien avocat. Discours d'Anne du Bourg à ses juges. Discours aux confédérés catholiques de Kaminieck en Pologne, par le major Kayserling, au service du roi de Prusse.*

Des sermons. *Sermon du rabbin Akib. Sermon*

prononcé à Bâle, le 1er juin de l'an 1768, par Josias
Rossette. Homélies du pasteur Bourn. Sermon du papa
Nicolas Charisteski, prononcé dans l'église de sainte
Toleranski, village de Lithuanie, le jour de sainte Epi-
phanie.

Des plaidoyers: *Plaidoyer pour Genest Ramponeau,
cabaretier à la Courtille*, contre le sieur Gaudon.

Des mandements d'archevêques et de muftis, un
rescrit de l'empereur de Chine, un décret de la sacrée
congrégation de Rome, un extrait des nouvelles à la
main de la ville de Montauban ; des consultations de
médecins, procès-verbaux d'académies, prônes ou con-
versations de curés, etc., etc.

Un réquisitoire d'avocat général au Parlement, avec
parodie du style du Palais : *Omer de Fleury, étant
entré, ont dit...*

Il racontera la *maladie*, la *confession*, la *mort*, et
l'apparition du Jésuite Berthier, qui se portait très
bien. De la fabrique de Ferney viendront encore la
*Canonisation de saint Cucufin, frère d'Ascoli, par le
pape Clément XIII, et son apparition au sieur Aveline, bourgeois de Troyes, mise en lumière par le sieur
Aveline lui-même;* ou bien une *Instruction du gar-
dien des capucins de Raguse à Frère Pédiculoso, par-
tant pour la Terre Sainte.*

Pour discuter certaines questions d'histoire naturelle, génération spontanée, fossiles, etc., il emprun-
tera la plume du *R. P. l'Escarbotier, par la grâce de
Dieu, capucin indigne, prédicateur ordinaire et cui-
sinier du grand couvent de Clermont en Auvergne.* Il
faut bien qu'il y ait un R. P. l'Escarbotier, puisqu'il
va être question d'expériences sur les colimaçons. Nous
aurons donc des lettres du R. P. l'Escarbotier au
R. P. *Elie, carme chaussé, docteur en théologie*, et les

réponses de celui-ci, plus un *discours du physicien de Saint-Flour, avec une réflexion de l'éditeur.*

Pour discuter la question des miracles et houspiller quelques individus qu'il n'aime pas, il invente toute une correspondance, lettres de M. le proposant au professeur Cl., de M. Beaudinet, de Covelle, etc. Et, dans ces lettres, défilent toutes sortes d'originaux vivants ou imaginaires, professeurs, militaires, pasteurs, citoyens de Genève, le consistoire et M. le modérateur, Montmillon, Needham, Jean-Jacques, Covelle, Mlle Ferbot, M. du Peyrou, M. Beaudinet, le capitaine Durost, l'Anglais qui n'ouvre la bouche que pour résumer en ces mots son sentiment sur une thèse de théologien : *Do you come from Bedlam, you, booby?*

C'est là, plus encore que dans les romans, que l'art de Voltaire est prodigieux : il y a dans ces *rogatons,* comme il les appelait, une vie extraordinaire, un grouillement de gens de toutes conditions, marqués chacun d'un trait net, parlant chacun avec l'accent de son état, une création infatigable de mots bouffons ou satiriques, de *coq-à-l'âne,* de saillies imprévues, d'imaginations saugrenues : là-dessus, Voltaire jette à pleine main les actualités mordantes, les méchancetés salées, et tous ces ingrédients se mêlent, en proportions infiniment variables, à la discussion des idées.

Là est l'attrait pour un auteur, le piquant pour un lecteur de cette forme souple : on y fait ce qu'on veut, et jamais le ton ne se soutient ni ne se prévoit. Tantôt l'invention se réduit à un titre amusant ; tantôt elle pousse, au travers des expositions sérieuses, toute sorte de lestes croquis ou de fantaisies malicieuses.

Au milieu d'un grave examen sur les religions, tout d'un coup, un juif, « fouillant dans sa poche sale et grasse », nous fait passer devant les yeux les habitants de ces *ghettos* de Hollande ou d'Allemagne que Voltaire connaissait bien : car il avait souvent été en affaires ou aux prises avec eux, et il avait vu leur geste quand ils lui présentaient un compte ou un billet.

Ou bien c'est un cabaret de la rue Saint-Jacques, où un moine entre pour boire un coup et caresser Fanchon ; ou bien le comptoir de M. Gervais, cafetier et libraire à Romorantin, chez qui les bénédictins voisins viennent prendre leur café et feuillettent les brochures.

Ou bien c'est une douzaine de paysans assemblés sous un de ces tilleuls qu'on appelait des *rosnys* (parce qu'ils avaient été plantés par Sully) pour entendre lecture d'un édit de Turgot.

C'est là, enfin, que le style court sur les rythmes les plus légers, que les mots tintent comme des grelots fous, de façon à donner les effets les plus capricieux et les plus imprévus.

Tout le monde n'a pas le génie de Voltaire ; mais tout le monde peut manier les procédés fondamentaux du genre ; de là, ces centaines de pièces, feuilles, libelles, où des gens de tout talent et de tout esprit essaient d'égayer les écrits didactiques ou polémiques. Les habitudes prises persisteront pendant la Révolution, et lorsque Camille Desmoulins feindra de traduire Tacite, ou que Hébert fera « gueuler » le *Père Duchêne*, marchand de fourneaux, ils seront dans la tradition littéraire de Montesquieu et de Voltaire.

Au XIX° siècle, deux rares artistes la continueront : Paul-Louis Courier, sous son masque de vigneron tourangeau, et M. Anatole France, en faisant monologuer et dialoguer *de omni re* l'abbé Jérôme Coignard, M. Bergeret, M. Masure et tant d'autres originaux délicieux.

Tous ces *rogatons* et *petits pâtés*, comme disait Voltaire, sont, si l'on veut, de petits produits de l'art du xviiie siècle, adaptés à l'utilité journalière. La littérature y sert à l'amélioration sociale. C'est de l'art industriel. Nous savons, aujourd'hui, qu'il ne faut pas le dédaigner et que, souvent, ses productions sont plus originales, plus charmantes que celles du grand art académique qui ne s'abaisse pas jusqu'à la vie. C'est le cas pour la littérature du xviiie siècle.

CHAPITRE XIV

DEUX PHRASES ARTISTIQUES DU XVIIIe SIÈCLE

LA PHRASE MUSICALE DE JEAN-JACQUES ROUSSEAU
LA PHRASE PITTORESQUE DE BERNARDIN
DE SAINT-PIERRE

L'instrument de Voltaire et de Montesquieu, vers 1750, ne suffit plus à tout le monde. On désire une phrase moins leste et plus étoffée, une harmonie plus grave et plus large, et autre chose que le perpétuel accompagnement de malice et de persiflage.

Je laisse de côté les grands hommes oubliés qui surent enchanter les âmes sensibles par le tintamarre emphatique de leur phrase ; prédicateurs attendris, ou philosophes enthousiastes qui font ronfler les mots généreux et déploient l'épithète pathétique : *mortels, vertu, nature, humanité, sublime, barbare, terrible, touchant, auguste.* Qu'on entremêle ces expressions de *volcans,* de *torrents,* de *couronnes,* de *lauriers,* de *fers,* ou de *vers rongeurs ;* qu'on dise le *guerrier* pour le soldat, le *char* pour la voiture, le *ministre de la religion* pour le prêtre, et *le chantre des bois* pour le rossignol ; qu'on applique constamment la *catachrèse* et la *métonymie,* et qu'on risque l'*apostrophe* ou la *prosopopée* : si, avec cela, on sait arrondir mollement la période, on pourra aspirer à la gloire, ou à l'Académie. Si vous voulez voir comment on supplée au sentiment par les figures, vous n'aurez que l'embarras du choix parmi les discours profanes et sacrés ; mais plus instructif est le cas de Vauvenargues. On peut étudier dans son *Eloge d'Hippolyte de Seytres*, comment un sentiment vrai, profond, est étouffé par l'artifice du style. Ce jeune officier est mort à Prague, dans une ville que l'armée française venait de prendre, et d'où elle fit, ensuite, une désastreuse retraite :

« *O funeste* (1) guerre! O climat *redoutable!* O *rigoureux* hiver! O terre qui contiens la cendre (2) de tes conquérants *étonnés* (3)! Tombeaux, monuments *effroyables des faveurs* (4) *perfides* du sort! Voyage *fatal!* murs *sanglants* (5)! etc.

« Qu'êtes-vous devenue, *ombre* (6) digne des cieux (7)? Mes regrets vont-ils jusqu'à vous? ... Je frissonne... O profond abîme! ô douleur! ô mort! ô tombeau, *voile obscur, nuit impénétrable* (8), mystère de l'éternité (9)! Qui pourra calmer l'inquiétude et la crainte qui me dévorent (10)? Qui me révélera les conseils de la mort (10)? O terre (11)! crains-tu de *violer le secret affreux de tes*

---

(1) Banalité des adjectifs.

(2) Métonymie.

(3) Toute la proposition est une antithèse.

(4) Métaphore banale.

(5) Suite d'exclamations.

(6) Métaphore.

(7) Prosopopée.

(8) Métaphore.

(9) Exclamation.

(10) Interrogation, et personnification de la mort

(11) Apostrophe.

antres (1)? Tu te tais, tu prêtes l'oreille (2), tu caches ton *sanglant larcin* (3). »

Pas une proposition, presque pas un mot où ne gîte une figure : tout le secret de l'art est là. On voit aussi, dans cet exemple, le procédé des points suspensifs qui, non seulement indiquent des pauses pathétiques, mais amplifient et prolongent les vibrations de la voix. La plus plate prose de vaudeville et de mélodrame se décore, par cet artifice, de *trémolos* et d'intonations mouillés, à quoi les bonnes âmes ne résistent pas : Scribe et d'Ennery le sauront bien.

Mais restons au XVIIIe siècle.

Voici la noble prose de M. de Buffon, magnifique et froide ; termes généraux qui éloignent l'esprit de la réalité basse que les mots propres évoqueraient ; vocabulaire moral qui drape par-dessus la vulgarité naturelle de la vie animale toutes les idées de l'homme civilisé ; largeur oratoire qui emplit l'oreille et achève d'agrandir, d'*embellir* les sujets. C'est ainsi que M. de Buffon décrit les bêtes, en demandant pardon pour elles d'être des bêtes, quand il ne peut le faire oublier, ou nous occuper de nous. On me dispensera d'en donner des exemples. Qu'on lise : « La plus noble conquête... », ou qu'on prenne le *tigre*, ou l'*aigle*, ou le *serin ;* ou qu'on ouvre au hasard l'*Histoire Naturelle*.

Voici la prose désordonnée, tumultueuse, tour à tour bravement *encanaillée*, ou lyrique éperdument, de M. Diderot. Il pratique le style *sensible* dans toute son horreur. C'est lui qui, dans la prose romanesque du théâtre, a le premier affecté l'excès

---

(1) Métaphore.
(2) Prosopopée.
(3) Métaphore.

de l'exclamation, des mots entrecoupés, des *hoquets*, des points suspensifs. Il étale la morale dans ses phrases avec intempérance, par plaques. Mais il a, quand son impression le maîtrise, un réalisme franc, succulent, « épais », qui ne mêle plus d'esprit ni d'intention intellectuelle dans la peinture de la vie, et qui ne cherche ses effets que dans la saveur même du réel qu'il présente. *Jacques le Fataliste*, le *Neveu de Rameau*, sont remplis de croquis, de silhouettes, de petites scènes de mœurs qui ne sont des Saint-Aubin ni même des Greuze, mais des estampes à la manière anglaise. Il a, dans ces rencontres, le mot cru, simple, qui montre la vie à nu, la phrase pleine, dense, où ne se combinent que des mots expressifs. Et il a des richesses de vocabulaire qui font penser à Rabelais, des accumulations de mots qui changent la couleur ou emportent la phrase dans un mouvement frénétique.

Ailleurs, elle s'envole en couplet poétique, et elle prend une allure de strophe ; si bien, comme on sait, qu'il arrivera à Musset de transcrire tout simplement, dans son *Souvenir*, quelques lignes de Diderot.

Mais, je ne puis insister : il faut que j'arrive aux deux maîtres dont la leçon a été le mieux entendue, et qui ont créé l'instrument de Chateaubriand, à Rousseau et à Bernardin de Saint-Pierre.

I

Jean-Jacques Rousseau — c'est la condition même de son succès — n'a pas rompu violemment avec la prose traditionnelle. Il a débuté par l'éloquence, par une phrase de grand rhéteur, où se mélangeaient Bos-

suet, Fénelon et Massillon, et dont la rhétorique classique dirigeait les évolutions ; il ne s'est jamais débarrassé de ses habitudes oratoires. Il a cultivé la phrase
sentimentale et moralisante, où l'épithète larmoyante
ou orageuse coudoie le substantif édifiant, et qui
achève la peinture en précepte. Jamais les tableaux
attendrissants n'ont manqué chez lui, non plus que
chez Diderot, et il a trouvé moyen de traiter à la
Greuze des sujets plutôt faits pour Baudouin et Fragonard. Mais il y a chez lui, au travers de tout cela,
un tempérament réaliste qui fait souvent éclater les
cadres traditionnels de la prose.

On trouvera aisément, dans sa *Nouvelle Héloïse*,
des scènes *vues* ou *vécues*, où, sans doute, l'émotion
douce ou désordonnée du peintre s'ajoute à la peinture des choses, mais où l'émotion ne s'exprime presque plus que par des détails pittoresques de composi-
sition, groupes, attitudes, accessoires : telle est cette
matinée à l'anglaise, où tous les mots évoquent des
images de paix domestique et de tendresse filiale.

Il rejette alors, pour faire ce qu'il veut, les préceptes de l'art classique : il se moque du mot *noble*,
du mot *reçu*, du *bon* ou du *bel usage*. Il prend le vocabulaire populaire, trivial, archaïque, étranger, genevois ou italien, peu lui importe. Il nomme toutes
choses par leurs noms, et fait, sans scrupule, tous les
emprunts qu'il juge utiles aux dictionnaires de toutes
les sciences et de tous les métiers. Il parle, dans
l'*Emile*, d'*identité*, d'*ubiquité*, de *calcul différentiel*,
et de *précipitations métalliques*, d'*amnios* et de *méco-
nium*, de *ronde-bosse* et d'*intervalle*, de *doloire* et de
mortaise. Dans sa *Nouvelle Héloïse*, il ne nomme pas
seulement les plantes nobles ou idylliques, la *rose* et la
tulipe, le *thym* et le *serpolet*, mais les plus vulgaires,

houblon, liseron, couleuvrée; il admet les noms exotiques, *mangle,* ou latins, *trifolium.*

Aucune image ne l'effraie : il reçoit celles du peuple, il en fait de toutes sortes, avec des mots populaires ou des mots techniques, sans inquiétude académique, et sans souci que de s'exprimer (1). Il y a une catégorie de ces métaphores sur laquelle l'attention doit se poser : ce sont celles qui naissent d'une association personnelle, et qui mêlent intimement les deux mondes moral et physique, qui les fait comme pénétrer l'un dans l'autre.

« La direction [des allées d'un parc] ne sera pas toujours en ligne droite; elle aura je ne sais quoi de *vague, comme la démarche d'un homme oisif qui erre en se promenant.* — Ce même esprit vous paraît lâche, *moite et comme environné d'un épais brouillard* (2). »

Ce sont là des images alors très neuves, et qui donnent au style de Jean-Jacques, vieilli par tant d'endroits, une couleur très moderne.

Il n'a pas seulement ce réalisme qui peint la vie humaine, la maison, le cabaret, la ville, la rue : c'était celui des classiques et des burlesques; il a le pittoresque qui peint la nature, les choses rustiques et sauvages, sans fadeur idyllique et même parfois, sans parti pris philosophique. Il a des notations sobres qui dégagent d'un mot l'impression morale d'un paysage : « Des forêts de *noirs* sapins l'ombrageaient *tristement* à droite (3). » L'adverbe est moral, mais l'adjectif et le verbe sont objectifs.

___

(1) Voyez Gohin, *Ouvr. cité,* p. 107-113.
(2) *Nouvelle Héloïse,* V. 7 ; *Émile,* II. (Gohin, p. 111.)
(3) *Nouvelle Héloïse,* IV. (Gohin, p. 112.)

Il essaie, contre les règles de goût traditionnel, de grouper les mots selon les affinités des sensations, et non plus selon les exigences de la logique analytique. Les alliances de mots fameuses du xviie siècle n'étaient guère que des rapprochements antithétiques d'idées morales ordinairement incompatibles : *zélé persécuteur, saintement homicides,* etc. Rousseau en essaie qui sont des rapprochements de sensations que l'analyse sépare, mais qui coexistent dans la vie et l'âme, et se fondent dans l'unité de l'impression. Les transpositions hardies d'un ordre de perception à un autre restituent à la langue la puissance synthétique que le travail de la bonne compagnie et des grammairiens lui avait peu à peu retirée. Ainsi, Rousseau nous exprime le « *frémissement argenté,* dont l'eau *brillait* sous un clair de lune (1) ». Ainsi, le qualificatif du nom qui exprime le mouvement est une *couleur,* et le verbe, qui rend une idée de *lumière,* est déterminé par ce substantif de *mouvement :* c'est-à-dire que couleur, mouvement, lumière, tout cela ne fait qu'une perception instantanée, et c'est ce que la combinaison des mots a su rendre.

Mais la principale puissance de la prose de Rousseau, la force qui transmet et multiplie l'effet de son vocabulaire et de ses images, c'est son rythme. Il a été vraiment un grand musicien, et, en un temps où le vers ne savait plus chanter, il a orchestré sa prose avec éclat. Au monotone ronron des alexandrins uniformes, il a opposé les cadences larges de sa prose, à laquelle il a su donner la forme sensible, l'harmonie riche que les poètes ne trouvaient plus. Je n'ai ici qu'à citer ; aucune explication ne vaut la sensation

_____

(1) Gohin, p. 112.

directe de ce rythme, dont je me bornerai à mettre
à nu les procédés et les effets par la disposition typographique :

12 *Mais hélas!   vois la rapidité   de cet astre
                              qui jamais n'arrête.*
12 *Il vole, et le temps fuit, l'occasion s'échappe.*
11 *Ta beauté, ta beauté même   aura son terme.*
11 *Elle doit décliner   et périr un jour*
4   *comme une fleur*
10 *qui tombe-sans avoir été cueillie.*
                         (*Nouvelle Héloïse,* P. I, l. 26.)

10 *Tristes victimes d'un moqueur espoir,*
11 *toucherons-nous sans cesse   au plaisir qui fuit, .*
5   *sans jamais l'atteindre?*
                                   (P. I, l. 53.)

11 *O Julie! éternel charme de mon cœur,*
12 *Voici les lieux   où soupira jadis,   pour toi,*
8   *le plus fidèle amant du monde!*
13 *On n'y voyait alors   ni ces fruits ni ces ombrages.*
13 *Ces oiseaux   n'y faisaient point entendre   leurs*
                                             [*ramages.*
11 *Le vorace épervier, le corbeau farouche,*
8   *et l'aigle terrible des Alpes*
12 *faisaient seuls   retentir de leurs cris   ces cavernes.*
6   *Tout respirait ici*
12 *les rigueurs de l'hiver   et l'horreur des frimas.*
14 (6 + 8) *Les feux seuls de mon cœur   me rendaient*
                              [*ce lieu supportable*
13 (8 + 5) *et des jours entiers s'y passaient   à penser*
                              [*à toi.*

9   *Voilà la pierre où je m'asseyais*
11 *pour contempler au loin   ton heureux séjour;*
10 *Sur celle-ci fut écrite la lettre*
5   *qui toucha ton cœur;*

5 .   *Ces cailloux tranchants*
11 *Me servaient de burin   pour graver ton chiffre.*
10   *Ici, je passai   le torrent glacé*
15 (8 + 7) *pour reprendre une de tes lettres   qu'em-*
                    [*portait un tourbillon* (1);
11 *Là, je vins relire   et baiser mille fois*   ,
 9   *la dernière que tu m'écrivis;*
11 *Voilà le bord   où d'un œil   avide et sombre*
12 *je mesurais   la profondeur   de ces abimes.*
13 *Enfin, ce fut ici   qu'avant mon triste départ*
10 *je vins te pleurer mourante, et jurer*
 6   *de ne pas te survivre.*
 8   *Fille trop constamment aimée,*
 7   *O toi pour qui j'étais né,*
14 (9 + 5) *faut-il me retrouver avec toi   dans les mê-*
                              [*mes lieux,*
 6   *et regretter le temps*
11 *que j'y passais à gémir de ton absence!*

(P. IV, 1. 17.)

Comme on voit, les bases sont des groupes connus
et sensibles de six, huit, dix, douze syllabes. Mais,
les mètres impairs s'y mêlent abondamment : cinq,
sept, neuf, et surtout, onze et treize, dont Rousseau
a véritablement révélé l'harmonie inégale : ses effets
de onze syllabes sont délicieux, soit qu'il les coupe en
6+5, en précipitant le mouvement au second hémistiche, soit qu'il les coupe en 5+6, débutant par l'allure vive et la ralentissant. Il s'affranchit, naturellement, de toutes les règles convenues de la métrique
classique sur le repos et l'accent à l'hémistiche, plus
rarement de l'hiatus. De temps à autre, des lignes
moins réductibles au rythme mathématique rompent
la mesure et l'empêchent de se déterminer trop sen-

---

(1) Le rythme se voile un moment.

siblement en forme de vers. Parfois, aussi, les éléments mesurés qui, dans les vers, forment des hémistiches et sont limités par les accents et les césures, peuvent s'assembler de plusieurs façons, et l'on a plutôt une suite de membres rythmiques, bases ordinaires des vers, que des vers réellement construits et seulement dépouillés de la rime.

Ainsi s'est formé le rythme instable, imprécis, et sensible de la prose de la *Nouvelle Héloïse*, sans moules réguliers ni loi définissable, se faisant sans cesse et se défaisant, se marquant ou s'atténuant selon la nature des pensées, nettement dégagé dans les passages de sentiment intense et de ravissement lyrique, plus voilé ou tout à fait rompu dans les morceaux d'analyse, de raisonnement, ou de récit.

II.

Après Rousseau, la prose poétique, développée en thèmes, variations et reprises, marquant la mesure par les symétries et les parallélismes et par l'emploi des bases mathématiques sur lesquelles la versification est fondée, prit un grand développement. C'est que cette forme ne faisait que continuer, enrichir la phrase oratoire, avec laquelle elle se combina souvent à la fin du XVIIIe siècle.

Plus rare alors sera la phrase pittoresque : elle s'organisera pourtant aussi, grâce à Bernardin de Saint-Pierre. Ce quinteux personnage, idéaliste doucereux dans sa doctrine et philosophe niais, sera le vrai créateur de la phrase pittoresque, de celle qui n'est que sensation pure, sensation des yeux, ou émotion de peintre traduite en formes et en couleurs. Il demandera au vocabulaire des sciences naturelles, de l'optique, de la chimie, de la peinture, de la navigation, les éléments d'une transposition littéraire des sensations visuelles, et les mots évocateurs se juxtaposeront ou se fondront dans sa phrase comme les tons sur la palette ou dans la toile d'un maître. Il fera des *marines* autrement sérieuses et tragiques que celles de Vernet dont s'émouvait Diderot, et dont toute la puissance sera dans la notation exacte par les termes propres :

« Au point du jour, je remontai sur le pont. On voyait au ciel quelques nuages *blancs*, d'autres *cuivrés*. Le vent venait de l'Ouest, où l'horizon paraissait d'un *rouge ardent*, comme si le soleil eût voulu se lever dans cette partie ; le côté de l'Est était tout *noir*. *La mer formait des lames monstrueuses, semblables à des montagnes pointues formées de plusieurs étages de collines* (1). *De leur sommet s'élevaient de grands jets d'écume qui se coloraient de la couleur de l'arc-en-ciel*. Elles étaient si élevées que, du *gaillard d'arrière*, elles nous paraissaient plus hautes que les *hunes*. Le vent faisait tant de bruit dans les cordages qu'il était impossible de s'entendre. *Nous fuyions vent arrière sous la misaine*. Un tronçon du *mât de hune* pendait au bout du *grand mât* qui était éclaté en *huit* endroits jusqu'au niveau du *gaillard, cinq des cercles de fer* dont il était lié étaient fondus (2) ; les *passavants* étaient couverts des débris des *mâts de hune* et de *perroquet*. Au lever du soleil, le vent redoubla avec une fureur inexprimable ; notre vaisseau, ne pouvant plus obéir à son gouvernail, *vint en travers*. Alors, *la misaine ayant fasié*, son *écoute* rompit ; ses secousses étaient si violentes, qu'on crut qu'elle *amènerait* le mât à bas. Dans

---

(1) La comparaison n'est pas ornementale ni poétique : elle sert à faire imaginer, elle est à l'usage des gens qui n'ont pas vu de pareils spectacles.

(2) Par la foudre qui était tombée sur le vaisseau.

12

l'instant, le *gaillard d'avant* se trouva comme *engagé;* les
vagues *brisaient* sur le *bossoir de bâbord,* en sorte qu'on
n'apercevait plus le *beaupré.* Des nuages d'écume nous
inondaient jusque sous la *dunette.* Le navire ne *gouvernait* plus; et, étant tout à fait *en travers de la lame,* à
chaque *roulis* il prenait l'eau *sous le vent* jusqu'au pied
du *grand mât,* et se relevait avec la plus grande difficulté (1)! »

Les épithètes n'ont rien de rare; la comparaison
n'a que le mérite d'être claire pour les terriens. Tout
le morceau est fait de noms de couleurs et de termes
de marine. C'est un journal de bord. Il n'y a plus
ici de littérateur, ni de moraliste, ni de métaphysicien,
ni même d'homme sensible : c'est la scène nue, rendue
avec une précision de procès-verbal. L'art n'est plus
que dans le choix et le groupement, d'où l'intensité
de l'effet résulte.

Voici, maintenant, un lever du jour :

« Transportez-vous dans une campagne d'où l'on puisse
apercevoir les premiers feux de l'aurore. [Voici l'expression consacrée et banale : c'est l'indication du thème pour
le public; mais poursuivons.] Vous verrez d'abord blan-
chir, à l'horizon, le lieu où elle doit paraître... Cette blancheur monte insensiblement au ciel, et se teint en jaune
à quelques degrés au-dessus de l'horizon; le jaune, s'éle-
vant à quelques degrés plus haut, passe à l'orangé; et cette
nuance d'orangé s'élève au-dessus en vermillon vif qui
s'étend jusqu'au zénith. De ce point, vous apercevez au
ciel, derrière vous, le violet à la suite du vermillon; puis
l'azur, ensuite le gros bleu ou indigo, et, enfin, le noir
tout à fait à l'Occident (2). »

---

(1) *Voyage à l'Ile-de-France.*
(2) *Eludes sur la Nature,* **X.**

Et le coucher du soleil n'est pas d'un rendu moins
étonnant. Ne dirait-on pas un fragment du carnet d'un
peintre, des notes techniques prises devant la nature
pour le travail de l'atelier? La philosophie, la sensibilité de M. de Saint-Pierre, suspendent leur tyran-
nie, répriment leur indiscrétion, se taisent ; son œil
seul est actif, et seul appelle les mots qui rendent
toutes les nuances de sa perception. Seuls subsistent la
préoccupation de faire la phrase qui traduit la symphonie des couleurs, les rapports de valeurs du lever
du jour que l'écrivain a regardé.

Après Bernardin de Saint-Pierre, le mot, instrument de pensée ou de sentiment, est appliqué à la
stricte notation de la perception des sens. Jusqu'ici, la
littérature, la prose comme le vers, a été organisée
surtout pour rendre l'homme, et la vie morale de
l'homme ; maintenant, le monde extérieur, particulièrement le paysage, en un mot le domaine des peintres,
est annexé à la littérature, et la phrase se met en
état de recevoir tout ce qui semblait ne pouvoir s'exprimer que sur la toile. .

CHAPITRE XV

LE PREMIER DES MAITRES MODERNES

CHATEAUBRIAND

Au moment où va s'ouvrir le xixe siècle, l'état de la prose artistique peut se définir de la façon suivante : goût persistant, auquel la Révolution donne une recrudescence, pour la phrase oratoire, pour les figures nobles et les périodes arrondies ou véhémentes ; goût persistant aussi pour tous les artifices de parole qui donnent à la phrase l'intonation sentimentale, ou attendrie, ou orageuse ; mais aussi besoin de force et de renouvellement qui fait accepter des phrases et surtout des métaphores populaires ou techniques ; curiosité de la nature et de la vie qui introduit dans le style des éléments pittoresques, ou même réalistes, ·le mot exact et concret, l'épithète locale et colorée ; enfin, exigence de l'oreille qui réclame même de la prose des modulations harmonieuses et un développement musical. C'est un état extraordinairement confus et troublé, où tout se mêle, et d'où, pourtant, se dégage, en général, un effort pour remplacer la composition dialectique et l'ampleur oratoire par le mouvement lyrique et le nombre poétique. Au moment où le vers est encore ligoté par les règles classiques, la prose, vraiment, se met à faire toutes les fonctions du vers. En voici un exemple, dans un morceau, jadis

fameux, dont il a été fait d'innombrables répliques :
la *Prière sur l'Acropole* est encore une manière de
reprise du même thème.

(Ceci, c'est quelque chose qui commence : le goût
plastique, l'influence gréco-romaine, qui se traduit
par la recherche du relief sculptural, par la composition soignée des attitudes et des groupes ; c'est l'art
de David et de Canova dans la littérature.)

« Je m'assis (1) sur le tronc d'une colonne, et là, le
coude appuyé sur le genou, la tête soutenue sur la main,
tantôt portant mes regards sur le désert, tantôt les fixant
sur les ruines, je m'abandonnai à une rêverie profonde. »

« (Thème) : Ici, me dis-je, ici *fleurit* (2) une ville
opulente, ici fut le siège d'un empire *puissant*. — 1° (Antithèse de la vie et de la mort.) Oui, ces lieux maintenant si déserts, jadis une multitude vivante *animait leur
enceinte* (3) ; une foule *active* circulait dans ces routes
aujourd'hui *solitaires*. En ces murs où *règne* (2) un *morne*
silence, retentissaient sans cesse le *bruit des arts* (4) et
les cris d'allégresse et de fête ; ces marbres *amoncelés*
formaient des palais *réguliers*; ces colonnes abattues or-
naient la *majesté des temples* (5) ; ces galeries écroulées
dessinaient les places publiques (6). — 2° (Autrefois : la
vie.) Là, pour les devoirs *respectables* de son culte, pour
les soins *touchants* de sa subsistance, affluait un peuple
nombreux. Là, une industrie *créatrice* des jouissances (7)

---

(1) Volney : les *Ruines* (il s'agit, ici, des ruines de Palmyre),
ch. I et II.

(2) Métaphore élégante.

(3) Périphrase noble.

(4) Règle : nommer tout par les termes les plus généraux.

(5) Élégance, pour les *temples majestueux*.

(6) Fausse symétrie : *publiques* ne s'oppose pas à *écroulées*
comme *réguliers* à *amoncelés*.

(7) Epithète philosophique.

appelait les richesses de tous les *climats* (8), et l'on voyait s'échanger la pourpre de Tyr pour le fil *précieux* de la Sérique (9); les tissus *moelleux* de Cachemire pour les tapis *fastueux* de la Lydie; l'ambre de la Baltique pour les perles et les parfums arabes; l'or d'Ophir pour l'étain de Thulé (10). — 3° (Aujourd'hui : la mort.) Et, maintenant, voilà ce qui subsiste de cette ville *puissante*, un lugubre *squelette* (11)! Voilà ce qui reste d'une *vaste* domination, un souvenir *obscur* et *vain!* — 4° (Reprise, en sens inverse, de l'antithèse de la vie et de la mort.) Au concours *bruyant* qui se pressait sous ces portiques, a succédé une *solitude de mort.* Le *silence des tombeaux* s'est substitué au *murmure des places publiques* (12). *L'opulence* (13) d'une *cité* (13) de commerce s'est changée en une pauvreté *hideuse.* Les *palais des rois* sont devenus le *repaire des fauves;* les troupeaux parquent au seuil des temples, et les reptiles *immondes* habitent les sanctuaires des dieux. — 5° (Conclusion.) Ah! comment s'est éclipsée (14) tant de gloire? Comment se sont anéantis tant de travaux? Ainsi donc périssent les ouvrages des hommes! Ainsi s'évanouissent les empires et les nations! »

La première phrase pose le thème : en ce désert *fleurit une ville.* Dans les deux suivantes, le thème se développe par analyse, en maintenant dans chaque proposition les deux images contrastantes d'aujourd'hui et autrefois. Puis, l'imagination échappe à la sensation présente, et le passé se réveille tout entier, et seul. Mais, les yeux se reposent sur les ruines, et

---

(8) Métonymie noble, pour *pays.*

(9) Périphrase, la *soie.*

(10) Mots propres et particuliers, précisions géographiques, essai de couleur locale.

(11) Métaphore sentimentale.

(12) Variation sur l'idée de la troisième phrase.

(13) Mot noble.

(14) Métaphore.

l'autre partie du thème reparaît. Alors reprend l'expression contrastée du passé et du présent ; ce sont des variations enrichies sur l'idée du premier développement. Deux interrogations et deux exclamations dégagent la signification poétique de la méditation. Dans le détail de l'expression, mélange des substantifs nobles et des termes particuliers, luxe d'épithètes morales et intensives, recherche du verbe pittoresque (*circulait, se pressait*), alternant avec le verbe incolore et noble (*fleurit, règne*). Poursuite sensible du nombre, des sons expressifs (*lugubre* squelette, souvenir *obscur;* l'*i* dans les quatre phrases de conclusion). Mais le procédé le plus curieux est l'emploi des redoublements symétriques, des tours parallèles : *Ici..., ici... Pour les devoirs..., pour les soins... Voilà ce qui subsiste... Voilà ce qui reste... Ah! comment...? Comment...? Ainsi donc... Ainsi.* Le rythme poétique du morceau est fait de ces sensibles parallélismes.

Avec Volney, nous touchons à Chateaubriand, en qui se résumera tout le travail artistique du XVIIIᵉ siècle. Mais il ira bien au delà de ses devanciers : il créera l'art du XIXᵉ siècle ; il révélera tout ce que la prose librement maniée, sans souci des arbitraires conventions de goût, peut rendre d'effets artistiques. Il sera, comme disaient ses amis, le *magicien, l'enchanteur.*

I

Et, d'abord, indiquons une seule fois ce qui le distingue de ses devanciers et de ses contemporains : une singulière puissance d'agrandissement et comme d'orchestration de la phrase. Quoi qu'il y mette, de quelques éléments qu'il la compose, elle est intense, elle est large, elle vibre et chante.

Voici le soir au désert, tel que le lui offrait Volney, dans le passage des *Ruines* qui précède celui que je citais tout à l'heure :

« Le soleil venait de se coucher ; un bandeau rougeâtre marquait encore sa trace à l'horizon lointain des monts de la Syrie ; *la pleine lune à l'orient s'élevait sur un fond bleuâtre*, aux planes rives de l'Euphrate ; le ciel était pur, l'air calme et serein ; l'éclat mourant du jour tempérait l'horreur des ténèbres ; la fraîcheur naissante de la nuit calmait les feux de la terre embrasée ; les pâtres avaient retiré leurs chameaux ; *l'œil n'apercevait plus aucun mouvement sur la plaine monotone et grisâtre ; un vaste silence régnait sur le désert ; seulement, à de longs intervalles, on entendait les lugubres cris de quelques oiseaux de nuit et de quelques chacals...* L'ombre croissait, et déjà, dans le crépuscule, mes *regards ne distinguaient plus que les fantômes blanchâtres des colonnes et des murs... Ces lieux solitaires, cette soirée paisible, cette scène majestueuse, imprimèrent à mon esprit un recueillement religieux.* »

Lumière bleuâtre, immobilité, formes fantomales des choses, silence souligné de bruits intermittents, horreur religieuse : Volney a tout su marquer. Regardez, maintenant, la nuit au Nouveau Monde : avec quelle fougue d'invention verbale et musicale, mêlant à Volney Bernardin de Saint-Pierre, Chateaubriand a développé son thème et substitué au dessin sobre et presque schématique de chaque motif de somptueuses variations :

« La lune (1) était au plus haut point du ciel : on

---

(1) « La lune paraissait au milieu du firmament, entourée d'un rideau de nuages, que ses rayons dissipaient par degrés... Les étoiles étincelaient au ciel. » (*Paul et Virginie.*)

voyait, çà et là, dans de grands intervalles épurés, scintiller mille étoiles. Tantôt la lune reposait sur un groupe de nuages, qui ressemblait à la cime de hautes montagnes couronnées de neige; peu à peu, ces nues s'allongeaient, se déroulaient en zones diaphanes et onduleuses de satin blanc, ou se transformaient en légers flocons d'écume, en innombrables troupeaux errants dans les plaines bleues du firmament. Une autre fois, la voûte aérienne paraissait changée en une grève où l'on distinguait les couches horizontales, les rives parallèles tracées comme par le flux et le reflux réguliers de la mer; une bouffée de vent venait encore déchirer le voile; et partout se formaient dans les cieux de grands bancs d'une ouate éblouissante de blancheur, si doux à l'œil qu'on croirait ressentir leur mollesse et leur élasticité (1). La scène sur la terre n'était pas moins ravissante : le jour céruléen et velouté de la lune flottait silencieusement sur la cime des forêts (2), et, descendant dans les intervalles des arbres, poussait des gerbes de lumière jusque dans l'épaisseur des plus profondes ténèbres. L'étroit ruisseau qui coulait à mes pieds, s'enfonçant tour à tour sous des fourrés de chênes-saules et d'arbres à sucre, et reparaissant un peu plus loin dans des clairières tout brillant des constellations de la

---

(1) Voici, dans Bernardin de Saint-Pierre, les *montagnes*, la *neige*, la *soie*, les *flocons*, les *grèves*, et le travail du vent sur les nuages : « Les vents alizés... cardent les nuages comme si c'étaient des flocons de soie... Ils les roulent en énormes masses blanches comme la neige, les contournent sur leurs bords en formes de croupes, et les entassent les uns sur les autres comme les Cordillères du Pérou, en leur donnant des formes de montagnes, de cavernes et de rochers... Ces vallons célestes présentent, dans leurs divers contours, des teintes inimitables de blanc qui fuient à perte de vue dans le blanc... Ici, ce sont de sombres ouvertures, le bleu pur du firmament (ce sont les *intervalles épurés* de Chateaubriand); là, ce sont de longues grèves sablées d'or qui s'étendent, etc... » (*Etudes de la Nature*, X.)

(2) La lumière (de la lune) se répandait insensiblement sur les montagnes de l'île et sur leurs pitons qui brillaient d'un vert argenté. » (*Paul et Virginie.*)

nuit (1), ressemblait à un ruban de moire et d'azur semé de crachats de diamants, et coupé transversalement de bandes noires. De l'autre côté de la rivière, dans une vaste prairie naturelle, la clarté de la lune dormait sans mouvement sur les gazons où elle était étendue comme des toiles. Des bouleaux dispersés çà et là dans la savane, tantôt, selon le caprice des brises, se confondaient avec le sol en s'enveloppant de gazes pâles, tantôt se détachaient du fond de craie en se couvrant d'obscurité et formant comme des îles d'ombres flottantes sur une mer immobile de lumière. Auprès, tout était silence et repos, hors la chute de quelques feuilles, le passage brusque d'un vent subit, les gémissements rares et interrompus de la hulotte (2) ; mais, au loin, par intervalles, on entendait les roulements solennels de la cataracte de Niagara, qui, dans le calme de la nuit, se prolongeaient de désert en désert, et expiraient à travers les forêts solitaires.

« La grandeur, l'étonnante mélancolie de ce tableau, ne sauraient s'exprimer dans les langues humaines, etc. (3). »

Cette fois, la révolution était faite. L'idée, même le sentiment moral, restent en bordure. Toute la puis-

---

(1) « Les étoiles étincelaient au ciel et se réfléchissaient au sein de la mer qui reflétait leurs images tremblantes. » (*Paul et Virginie.*)

(2) « Un profond silence régnait dans ces solitudes, et on n'y entendait d'autre bruit que le bramement des cerfs. » (*Paul et Virginie.*)

(3) *Essai sur les Révolutions*, deuxième partie, chapitre 57 et dernier. Bernardin de Saint-Pierre, à la suite de sa description des nuages (étude X), a noté l'impression religieuse du soir. — Chateaubriand annonçait ainsi sa nuit : « C'était une de ces nuits américaines que le pinceau des hommes ne rendra jamais, et dont je me suis rappelé le souvenir avec délices. » Bernardin de Saint-Pierre avait introduit la sienne presque dans la même teneur : « Il faisait une de ces nuits délicieuses si communes entre les tropiques, et dont le plus habile pinceau ne rendrait pas la beauté. » (*Paul et Virginie.*)

sance de l'âme est appliquée à la sensation et aux prolongements sentimentaux de la sensation, purs états poétiques de volupté mélancolique. L'art n'est plus décoration, draperie ou placage ; il n'est plus un accessoire ou un outil : il est le but, et la matière même du travail littéraire est tout artistique. Seulement, la méthode artistique d'invention s'exerce si vigoureusement, si brusquement, qu'il y a excès de création, un trop-plein de formes dans l'imagination et de mots dans la phrase. L'impression d'ensemble, si nette dans la sécheresse de Volney, se brouille ici par la multitude des détails, des accidents, des analogies : les arbres, comme on dit, empêchent de voir la forêt. Mais c'est là le signe des nouveaux temps que la tâche de l'écrivain consiste à réprimer, et non plus à solliciter dans son style les sensations d'art, les expressions d'artiste.

Chateaubriand va nous donner, maintenant, une grande leçon de goût en travaillant sur cette esquisse puissante (1).

La lune était... : c'est mort, et c'est inexact. Quiconque contemple un peu longuement la nuit voit la lune se déplacer. Donc, correction : *la lune monta peu à peu au zénith du ciel.* Mais *zénith* est pédant : *dans le ciel* sera mieux.

Les *étoiles scintillantes* coupent le tableau de la lune dans les nuages. Cela distrait de l'impression. Toute la proposition est à supprimer.

---

(1) Le morceau est repris dans le *Génie du Christianisme* (première partie, chapitre XII). Les deux retouches que j'analyse sont celles de l'impression faite à Londres en 1799-1800 (édition Furne, XII, 600 : ou bien Garnier, VIII, 554), et celle du texte définitif de 1809. Sur ces diverses rédactions, cf. Giraud : *Chateaubriand, Études Littéraires,* pages 181-198.

La description des nuages est trop longue, avec trop de particularité. C'est bien à Bernardin de Saint-Pierre, qui fait une étude générale, d'indiquer tous les aspects des nuages ; mais ici, pour peindre une nuit particulière et réelle, la vraisemblance exige qu'on n'assemble point trop de formes diverses. Puisque le tableau s'ordonne par rapport à la lune, il ne la laissera pas disparaître de la phrase ; *peu à peu ces nues s'allongeaient* fera place à : *tantôt elle s'enveloppait de ces mêmes nues*, qui s'équilibre mieux avec *tantôt elle reposait*. L'épithète *onduleuses* disparaîtra, puisque *l'allongement* des nues disparaît ; cette suppression est un allégement. Supprimés les *troupeaux errants ;* supprimée la *grève*. La liaison se fera simplement ainsi : *quelquefois un voile uniforme s'étendait sur la voûte azurée ; mais soudain, une bouffée de vent déchirant ce réseau, on voyait se former*, etc. La fin allait bien ; rien à faire qu'à ôter le banal adjectif *grand : des bancs* dit tout autant.

Pourtant, c'est encore long. Il y revient de nouveau, et abrège : *la lune s'enveloppant, le voile uniforme, le vent déchirant le réseau*, tombent. Tous les détails, d'ailleurs, ne sont pas des améliorations dans ces retouches.

« L'astre solitaire — pompeux : *la lune* valait mieux (1) — monta peu à peu dans le ciel: *tantôt il suivait paisiblement sa course azurée* (*course azurée* est bien prétentieux), *tantôt il reposait sur des groupes de nues qui ressemblaient à la cime des hautes montagnes couronnées de neige. Ces nues, ployant et déployant leurs voiles, se*

---

(1) Dans la phrase qui précède, il a introduit par la dernière retouche une *reine des nuits* avec sa *fraîche haleine* qui sont bien du style Empire.

déroulaient en zones diaphanes de satin blanc, se dispersaient en légers flocons d'écume, ou formaient dans les cieux, etc... »

Cette fois, au prix de quelques sacrifices, les trois détails expressifs (*satin blanc, flocons d'écume, bancs d'ouate*) sortent seuls : l'œil ne se fatigue pas à voir ce que l'écrivain décrit, l'impression se forme spontanément.

La suite est bien venue : *céruléen*, incolore et pédantesque est remplacé par *bleuâtre*, qui fait voir. Cependant, la seconde revision fait disparaître un beau trait : *flottait silencieusement sur la cime des forêts.* C'était bien, mais cela retardait l'impression dominante du mélange d'ombre et de lumière. Cela ne ramenait pas l'*œil sur la terre* comme le promettait l'auteur, mais l'égarait vers les hauteurs du ciel.

L'effet de la rivière est beau. Mais est-ce qu'on s'attarde la nuit à distinguer les essences des arbres? Plus de *chênes-saules*, ni d'*arbres à sucre;* pour compenser la diminution de couleur locale, *devant nos huttes* remplacera d'abord à *mes pieds;* mais une nouvelle retouche fera disparaître ce placage superflu : nulle forme des choses ne doit tirer l'œil. La comparaison du ruisseau à un ordre royal, à un *cordon bleu*, avec des complications et fioritures, n'est qu'une réminiscence spirituelle de la vie artificielle des cours qui efface la grande impression de la nature : donc, le *ruban de moire et d'azur*, les *crachats de diamants*, etc., sont à supprimer. La forme définitive sera donc :

« La rivière qui coulait à mes pieds, tour à tour se perdait dans le bois, tour à tour reparaissait brillante des constellations de la nuit, qu'elle répétait *dans son sein.* »

(Cette dernière expression est un peu banale, mais il n'importe ; elle s'efface dans l'impression totale de la phrase.)

Trop spirituelle aussi la comparaison de la clarté de la lune à des toiles étendues dans un pré. Trop compliquée la gesticulation des bouleaux. A grands coups de ciseaux, Chateaubriand dégage les deux effets importants. Un seul détail sera retouché dans la dernière revision; pourquoi la vague périphrase : une *vaste prairie naturelle?* Le mot local; une *savane,* dit plus, et plus vite. Voici donc le résultat obtenu :

« Dans une savane, de l'autre côté de la rivière, la clarté de la lune dormait sans mouvement sur les gazons; des bouleaux agités par les brises et dispersés çà et là formaient des îles d'ombres flottantes sur cette mer immobile de lumière. »

La fin devait rester ; il n'y avait rien qui affaiblît ou dispersât l'effet. Chateaubriand, d'abord, n'y change rien. Cependant, à la dernière revision, il fait quelques légères retouches ; il ôte quelques adjectifs peu nécessaires, *brusques, rares et interrompus;* il remplace *roulements solennels,* qui est un peu *solennel,* par *sourds mugissements,* qui est simplement pittoresque.

Ce qu'on ne saurait trop remarquer dans ces corrections, c'est qu'il n'y en a point qui soient faites au nom des règles, ou des bienséances, peu qui soient faites au nom du goût collectif. Si l'on excepte deux ou trois détails moins heureux, et d'ailleurs sans importance, où l'on sent l'influence d'une mode littéraire, elles sont déterminées uniquement par la considération d'effets à rendre, c'est-à-dire que l'artiste n'a souci que de créer dans le lecteur une vision de la scène analogue à la sienne, une émotion de la scène analogue à la sienne. La libération de l'art est accomplie.

II

Si j'étais ici un historien de la littérature, je ne pourrais me dispenser d'évoquer les aspects vieillots du style de Chateaubriand, d'indiquer les parties et les manies qui le datent. Il y a du classique encore, du pseudo-classique dans le style de Chateaubriand, et l'on peut s'égayer des *glaives de Bayonne* qui sont des baïonnettes, des artilleurs qui deviennent des *cyclopes*, et des dragons dont il fait des *centaures au vêtement vert*. La *diane*, qui sonne dans un camp, se transforme à l'antique en un *air de Diane :* c'est le calembour servant à *styliser* la réalité vulgaire. Il n'a renoncé, ni aux figures qui déguisent nettement l'idée, ni à l'adjectif vaguement moral, ni à la phrase oratoire ronronnante et creuse. Il a mêlé aux débris d'art classique, qui font de lui l'héritier de Massillon et de Thomas, des boursouflures et des *trémolos* ossianesques ; il aime la phrase orageuse, échevelée, qui étale emphatiquement, à force d'apostrophes et d'exclamations, les désordres du cœur. Mais il est peintre, dressé par Bernardin de Saint-Pierre à la recherche des mots propres, locaux, techniques, de l'épithète exacte et classée. A côté des conventions décentes, de la métonymie et de la synecdoche classiques, il étale une débauche de tons crus, des placages d'exotisme et d'enluminure, *calumets de paix, tomahawks, flamants roses, serpents*

verts, etc. Et, dans ce bariolage souvent criard de
son style, il ne cesse encore de penser à la ligne,
au relief ; il dessine, comme David, des attitudes
fières, ou modèle, comme Canova, des groupes élé-
gants. Et, par-dessus tout cela, se dépose une certaine solennité, un peu de tension majestueuse, ou,
pour dire le vrai mot, de pose qui fait draper sa
phrase à grands plis, et qui n'est que le reflet du
moi de M. de Chateaubriand, et de la préoccupation qu'il a de le présenter partout en nobles attitudes.

Mais faisons abstraction des tics et des modes. Chateaubriand a construit la phrase la plus dégagée
qu'on eût vue encore des habitudes impersonnelles,
du goût, des traditions et des règles. Là même où
il obéit à une tradition, à un goût collectif, ce n'est
pas qu'il leur reconnaisse une autorité : c'est qu'il
y trouve de la beauté ou son plaisir. Il crée une phrase
libre, personnelle, et surtout *artistique*, une phrase
qui est une *forme*, d'une puissance et d'une séduc-
tion jusque-là inconnues.

Je ne reviens pas sur cette précision du rendu qui
le fait vraiment l'égal d'un peintre : les canards sauvages « le cou tendu et l'aile sifflante, s'abattant
tout d'un coup » sur un étang, lorsque « la vapeur
du soir enveloppe la vallée » (1) ; les corbeaux du
Parthénon dont les « ailes noires et lustrées étaient
glacées de rose par les premiers reflets du jour » (2) ;
le campement arabe, les hommes accroupis autour
du feu, dont les reflets colorent leurs visages, tandis
que « quelques têtes de chameaux s'avançaient au-

(1) *Génie*, l. V, 7.
(2) *Itinéraire*, I.

dessus de la troupe et se dessinaient dans l'ombre (1) ».

Mais il faut remarquer que Chateaubriand a compris, avant les poètes romantiques, la valeur de l'épithète, non pas morale, ni non plus vague, mais imprécise, illimitée, de l'épithète non formelle, qui efface au contraire le contour et ajoute une impression d'immensité ; l'épithète, non plus significative des accidents des choses finies, mais évocatrice des infinis d'espace et de durée : « la *cime* indéterminée *des forêts;* les *rivages* antiques *des mers; le désert déroulait maintenant devant nous ses* solitudes démesurées (2) ».

C'est par ces élargissements imprévus de l'expression qui ouvrent à l'imagination des perspectives sans fin, que Chateaubriand a été, pour ses contemporains, le *magicien,* ou *l'enchanteur ;* par là, et par la musique de sa phrase. Le magicien fut surtout un musicien.

Il y a ici quelque chose de plus que dans Rousseau : celui-ci rythmait la passion, les épanchements ou les convulsions du cœur. Ici, c'est la nature qui est peinte par des sons, des accords, des mouvements : la nature visible est traduite musicalement ; des transpositions de sensations en rendent la beauté sensible à l'oreille. Ai-je besoin de dire que ce procédé n'est pas une tentative d'imitation des formes par des sons, mais, selon la nature de la musique, un dégagement

---

(1) *Martyrs*, l. XIX. — Dans l'*Itinéraire* (III), ce sont des chevaux. Chateaubriand a mis, dans les *Martyrs*, des chameaux : c'est plus « couleur locale ». D'ailleurs, le tableau de l'*Itinéraire* n'est pas moins fait. Chateaubriand n'a eu à en retirer, avec les chevaux, que le café, qui eût fait anachronisme.

(2) *Atala*.

du sens des formes et de l'impression qui entre dans l'âme par les yeux ?

« On eût dit que l'âme de la solitude soupirait dans toute l'étendue du désert.

« Bientôt, elle (la lune) répandit dans les bois ce grand secret de mélancolie qu'elle aime à raconter aux vieux chênes et aux rivages antiques des mers (1). »

Il trouve moyen, remarque ici Sainte-Beuve, avec raison, d'ajouter encore quelque chose aux *clairs de lune* si délicieux et si élyséens de Bernardin de Saint-Pierre.

Chateaubriand, par son maniement de la prose, livrait au poète le secret du remaniement du vers. Le réalisme, à la fois coloré et plastique de Bernardin de Saint-Pierre, aidé de l'art pompéien de la fin du XVIIIe siècle, avait montré la voie à André Chénier : des épithètes infinies de Chateaubriand et des profondes harmonies de sa phrase sortira l'art des poètes romantiques.

----

(1) *Ibid.*

CHAPITRE XVI

LES ÉLÉMENTS ARTISTIQUES
DE LA PHRASE AU XIXᵉ SIÈCLE

SUBSTANTIFS

Ici, il nous faut changer de méthode. Jusqu'à Chateaubriand, l'art n'était pas le but de la prose littéraire, et nous pouvions considérer l'un après l'autre les efforts individuels qui furent tentés pour faire passer la phrase de l'ordre intellectuel à l'ordre esthétique. Maintenant, il est acquis que le littérateur qui voudra être entendu du grand public devra être un artiste, et que la *belle* prose n'est pas une prose exacte, logique, intelligible parfaitement, mais une prose qui absorbe en elle et recèle dans sa forme toutes les vertus essentielles de la musique, de la peinture et des vers.

Nombreuses sont les proses médiocres, nombreuses les *ratées* : mais l'intention ou la prétention d'art est partout, jusque dans des manuels scolaires, jusque dans des articles de journaux, jusque dans des discours parlementaires. Le couplet tend partout à détrôner le paragraphe, et le mot frissonnant à chasser le mot qui définit.

Mais nombreux aussi furent, tout du long du XIXᵉ siècle, les vrais artistes, et nombreuses les belles,

les magnifiques, les délicieuses proses. Il ne faut pas craindre de dire que le xixe siècle est le grand siècle de l'art littéraire en France. Je ne puis donc plus prétendre à passer en revue tous les écrivains qui firent la phrase en artistes. Je vais examiner, successivement, les divers éléments de la phrase, vocabulaire, adjectifs, images ; puis, l'organisation de la phrase, les modifications de la structure grammaticale et syntaxique qui furent nécessitées par certaines recherches d'art ; ensuite, les mouvements et les rythmes ; enfin les modèles artistiques auxquels beaucoup d'écrivains assortirent la couleur et la ligne de leur style.

Depuis Chateaubriand, il n'y a plus de règles : la seule règle est le besoin qu'a le prosateur d'une certaine forme pour s'exprimer complètement. Il importe donc moins, désormais, de signaler la présence de certains éléments, que les modes et mesures de leur emploi, leurs combinaisons avec d'autres qui les limitent et qu'ils attirent, et les propriétés originales qu'un style retire de ces mélanges.

I

Chaque siècle, en notant sa prose, a une ou deux *clés* qui donnent des valeurs différentes aux mêmes signes. Avant de déchiffrer les accidents des tempéraments ou des goûts individuels, il faut lire chaque prose en sa teneur générale dans la *clé* de l'époque : et cette clé c'est, pour le xviie siècle, la raison qui la fournit, pour le xviiie, le sentiment des bienséances ; pour le xixe, c'est l'art. Ainsi, quand nous trouvons un terme général, si c'est dans une phrase du

XVIIᵉ siècle, il faut d'abord regarder l'effet logique qu'il opère, par la réduction de l'espèce au genre ; si c'est dans une phrase du XVIIIᵉ, l'idée de représentation noble à laquelle il satisfait, par la dissimulation du mot propre, évocateur trop aisément de réalité basse ; mais, dans une phrase du XIXᵉ siècle, il faut essayer de le lire comme une note d'émotion ou de poésie, et le replacer dans la gamme des valeurs esthétiques. M. Maurice Barrès écrit, en peignant l'instant d'une séparation :

« Le train s'éloigna, et je la vis, petite *chose* résignée, évoluer à travers les gros colis vers la sortie de la gare (1). »

Au contact des nettes images juxtaposées, le mot *chose*, le plus incolore et amorphe des mots, devient le support d'une vision mélancolique.

Le plus souvent, d'ailleurs, c'est par les termes particuliers, concrets, colorés, que nos prosateurs font leurs effets. Un ou deux exemples suffiront. Voici une façade de pension bourgeoise : c'est très soigneusement mis en perspective ; chaque objet est inventorié, colorié exactement ; un adjectif renforce les impressions visuelles par une sensation auditive (*sonnette criarde*) qui s'harmonise avec elles. Les mots nécessaires à la construction grammaticale sont rares, neutres, d'une indifférente banalité : *vous la voyez, règne, laisse apercevoir :*

« La façade de la pension donne sur un jardinet, en sorte que la maison tombe à angle droit sur la rue Neuve-

---

(1) *Jardin de Bérénice*, page 233.

Sainte-Geneviève, où vous la voyez coupée dans sa profondeur. Le long de cette façade, entre la maison et le jardin, règne un cailloutis en cuvette, large d'une toise, devant lequel est une allée sablée, bordée de géraniums, de lauriers-roses et de grenadiers plantés dans de grands vases en faïence bleue et blanche. On entre dans cette allée par une porte bâtarde, surmontée d'un écriteau sur lequel est écrit: MAISON VAUQUER, et dessous: *Pension bourgeoise des deux sexes et autres*. Pendant le jour, une porte à claire-voie, ornée d'une sonnette criarde, laisse apercevoir au bout du petit pavé, sur le mur opposé à la rue, une arcade peinte en marbre vert par un artiste du quartier (1). »

Cela fait l'effet d'une photographie enluminée.

Voici, maintenant, un morceau où des créatures humaines nous sont présentées : l'image physique nous suggère la structure morale, et les notations morales évoquent des attitudes du corps. Le sujet est une noce en Normandie :

« Les dames, en bonnet, avaient des robes à la façon de la ville, des chaînes de montre en or, des pèlerines à bouts croisés dans la ceinture, ou de petits fichus de couleur attachés dans le dos avec une épingle, et qui leur découvraient le cou par derrière. Les gamins, vêtus pareillement à leurs papas, semblaient incommodés par leurs habits neufs (beaucoup même étrennèrent, ce jour-là, la première paire de bottes de leur existence), et l'on voyait à côté d'eux, ne soufflant mot, dans la robe blanche de sa première communion, rallongée pour la circonstance, quelque grande fillette de quatorze ou seize ans, leur cousine ou leur sœur aînée sans doute, rougeaude, ahurie, les cheveux gras de pommade à la rose, et ayant bien peur de salir ses gants (2). »

---

(1) *Père Goriot*, page 5.
(2) *Madame Bovary*, page 28.

Une des parties remarquables de l'art de Flaubert, c'est la largeur dans la précision. Il est sobre, et il sait faire les sacrifices dont sortent les grands effets. Il dit *les robes à la façon de la ville* : notation courte, négative, qui exclut seulement la façon rustique, et nous laisse la liberté d'imaginer ce que nous voudrons en robes de ville, étoffes et coupes. Flaubert ne veut qu'esquisser des silhouettes, de vagues façons de robes prétentieuses, sur lesquelles se poseront les détails qui accrochent l'œil, *chaînes de montre en or, pèlerines à bouts croisés dans la ceinture, fichus de couleur épinglés dans le dos.* En disant seulement *à la façon de la ville*, il suggère, avec la forme générale de la toilette, l'état mental de la personne qui la porte à s'habiller *à la façon de la ville.* Voilà tout ce qu'ont voulu ces paysannes, ce dont elles sont fières ; aucun goût, aucun désir d'élégance ou de beauté ne leur a fait choisir leur robe, mais l'unique ambition de se mettre comme les dames de la ville. Autre sacrifice : rapide et amortie est la peinture des garçons, à côté de laquelle ressort puissamment celle des fillettes gauches et raidès dans leurs robes blanches ; il n'y a pas là un seul mot qui ne détermine l'image, si l'on excepte ce banal *on voyait*, qui constitue l'armature grammaticale de la phrase, réduite, comme on voit, au moindre volume. Le dernier trait : *ayant bien peur de salir ses gants*, n'est pas purement psychologique ; d'abord, il met des gants aux mains rougeaudes des paysannes, et, de plus, il exprime une attitude de raideur et d'immobilité qui se loge dans notre œil.

II

La condition de la prose artistique, c'est l'absolue liberté du vocabulaire : pour évoquer avec le *maxi-*

mum de précision les images des choses visibles, il faut pouvoir employer tous les noms particuliers des choses, archaïques, exotiques, techniques, populaires. Aucune restriction ne doit être mise à cet emploi, sinon celle de les employer à un effet d'art, et non à un bariolage pédantesque qui brouille plus qu'il ne colore la vision.

On pourrait se demander s'il n'y a pas plus de bariolage que de couleur dans des phrases comme celle-ci :

« Je vous le demande, messer Cicero et messer Seneca, dont je vois les exemplaires tout racornis épars sur le carreau, que me sert de savoir mieux qu'un général des monnaies ou qu'un juif du pont aux Changeurs, qu'un écu d'or à la couronne vaut trente-cinq unzains de vingt-cinq sous parisis chaque, et qu'un écu au croissant vaut trente-six unzains de vingt-six sous et six deniers tournois pièce, si je n'ai pas un misérable liard à risquer sur le double six (1)? »

Tous ces noms d'anciennes monnaies fatiguent peut-être plus qu'ils ne suggèrent. Mais voici un passage d'une composition merveilleuse, où les noms propres flamands, les noms de magistratures communales, les noms d'étoffes, fondent toutes leurs impressions dans une tonalité générale :

« C'était maître Loys Roelof, échevin de la ville de Louvain ; messire Clays d'Etuelde, échevin de Bruxelles ; messire Paul de Baeust, sieur de Voirmizelle, président de Flandre ; maître Jean Coleghens, bourgmestre de la

_____

(1) *Notre-Dame de Paris*, II, page 43, cité par Huguet, *Revue d'Histoire Littéraire*, 1901, page 629.

ville d'Anvers ; maître George de la Moere, premier échevin de la Kuerc de la ville de Gand ; maître Gheldolf van
der Haga, premier échevin des parchons de ladite ville ;
et le sieur de Bierbecque, et Jehan Pinnock, et Jehan
Dymaerzelh, etc., etc., etc. ; baillis, échevins, bourgmestres ; bourgmestres, échevins, baillis ; tous raides,
gourmés, empesés, endimanchés de velours et de damas,
encapuchonnés de cramignoles de velours noir à grosses
houppes de fil d'or de Chypre ; bonnes têtes flamandes,
après tout, figures dignes et sévères, de la famille de celles
que Rembrandt fait saillir, si fortes et si graves, sur le
fond noir de sa *Ronde de Nuit* (1). »

On remarquera, ici, les précautions prises par l'é-
crivain contre ces mots particuliers qui servent à la
couleur. Les sonorités flamandes des noms propres
enfoncent, comme à coups répétés, une impression
que les titres de charges commencent à éclaircir. La
reprise en ordre renversé : *baillis, échevins, bourgmestres ; bourgmestres, échevins, baillis*, dégage
l'image du défilé qui était contenue dans la brute énumération des noms propres. Des noms connus d'étoffes
et de passementeries (*velours, damas, houppes de fil
d'or*) entourent l'obscurité technique des *cramignoles*,
dont le terme *encapuchonnés* fait ressortir suffisamment la valeur ; et, par ces *cramignoles*, se mêle, dans
la description des costumes, une sorte d'étrangeté
lointaine. Enfin, pour préciser à la fois et illuminer
l'image, Victor Hugo appelle à son secours un tableau
célèbre de Rembrandt, dont le souvenir la prépare,
en quelque sorte, dans les esprits ; mais, pour ceux à
qui Rembrandt ne serait pas familier, il a soin de

---

(1) *Notre-Dame de Paris*, I, page 4

fournir quelques notations générales à l'aide desquelles l'imagination peut construire le tableau (*bonnes têtes flamandes, dignes et sévères, fortes et graves*). C'est d'un art à la fois vigoureux et délicat.

Il est aisé de pêcher dans les dictionnaires spéciaux
des arts, des métiers et des sciences, dans les dictionnaires des langues étrangères, toutes sortes de mots à
qui l'étrangeté, l'inusité donnera de la couleur. L'art
est de les entourer, de les fondre, — je ne dis pas
pour les faire passer, c'est le point de vue de l'ancien
goût qui mettait la beauté dans la difficulté vaincue,
et défendait certains mots pour se faire un plaisir
de l'adroite transgression de la défense, — mais pour
leur faire rendre l'effet qu'on veut avec toute la
clarté et toute l'énergie possible. Victor Hugo prend
ces mots modernes, industriels et positifs, *locomotive,
steamer, ballon*, et il les enveloppe d'évocations fantastiques qui agrandissent prodigieusement les formes
réelles des objets ; c'est comme un Gustave Doré :

« Jadis, les premières races humaines voyaient avec
terreur passer devant leurs yeux l'hydre qui soufflait sur
les eaux, le dragon qui vomissait du feu, le griffon qui
était le monstre de l'air, et qui volait avec les ailes d'un
aigle et les griffes d'un tigre : bêtes effrayantes qui étaient
au-dessus de l'homme. L'homme, cependant, a tendu ses
pièges, les pièges sacrés de l'intelligence, et il a fini par y
prendre les monstres. Nous avons dompté l'hydre, et
elle s'appelle le steamer ; nous avons dompté le dragon,
et il s'appelle la locomotive ; nous sommes sur le point de
dompter le griffon, nous le tenons déjà, et il s'appelle le
ballon. Le jour où cette œuvre prométhéenne sera terminée, et où l'homme aura définitivement attelé à sa volonté
la triple chimère antique : l'hydre, le dragon et le griffon,
il sera maître de l'eau, du feu et de l'air, et il sera, pour

le reste de la création animée, ce que les anciens dieux étaient, jadis, pour lui (1). »

Mais la plus commune difficulté n'est pas de faire servir ces mots de toute provenance à la poésie : c'est de les empêcher de rendre le style inintelligible. L'accumulation des mots scientifiques, techniques ou exotiques, embrume le style et étourdit l'esprit. Tous les grands artistes le savent et s'arrangent pour mettre des lumières où il faut.

On a souvent cité cette phrase de Flaubert comme un modèle d'absurdité verbale ; le culte du mot pré-cis, à ce point, aboutit, dit-on, à cesser de parler français :

« Dans la quatrième dilochie de la douzième syntagme, trois phalangites, en se disputant un rat, se tuèrent à coups de couteau (2). »

J'ignore, en effet, ce que c'est exactement qu'une *dilochie*, une *syntagme*, un *phalangite*, et il est peu probable que je recoure à un dictionnaire grec ou à un dictionnaire d'antiquités. Est-ce à dire que je me résigne à ne pas comprendre ? Non, je comprends ce qu'il faut, rien de plus, rien de moins. Je com-prends sans traduire expressément :

« Dans la quatrième compagnie du douzième bataillon ou régiment, trois fantassins... »

L'avantage des mots *dilochie*, etc., c'est de pré-

---

(1) *Les Misérables*, V· 1. 1, ch. 5.

(2) *Salammbô*, page 193.

venir, d'écarter les associations d'images que *compagnie*, *bataillon*, *régiment*, *fantassins* risqueraient d'attirer : ils me défendent de voir des pantalons rouges. Je sais que ces termes ont rapport à l'organisation militaire, et cela me suffit. Enfin, dans la phrase, l'effet important, réel, est d'une netteté vigoureuse, et obtenu par des mots communs :

« En se *disputant* un *rat*, se *tuèrent* à coups de couteau (1). »

Flaubert a fait de *Salammbô* un véritable musée d'archéologie grecque et phénicienne ; tout le dictionnaire de ces civilisations antiques y passe, mais avec une sobriété, une sûreté, qui sont rarement en défaut. En voici encore un exemple :

« Il était comme enfoncé dans l'huile de *cinnamome* dont on avait empli la vasque ; et, tout en se baignant, il mangeait, sur une peau de bœuf étendue, des langues de *phénicoptères* avec des graines de pavot assaisonnées au miel (2). »
« Le *Chef-des-Odeurs* offrit au suffète, sur une cuiller d'*electrum*, un peu de *malobathre* à goûter ; puis, avec une *alêne*, il perça trois besoars indiens. Le maître, qui

---

(1) L'art étant multiple, le procédé inverse peut être employé et réussir. On peut vouloir identifier et non distinguer, et ajouter les accidents de la vie contemporaine sur le dessin de la vie antique ou exotique. Renan : « On peut dire que le premier article de *journaliste intransigeant* a été écrit huit cents ans avant J.-C., et que c'est Amos qui l'a écrit. » (*Histoire d'Israël*, II, 425.) « Des *monômes* de prophètes. » (*Ibidem.*) Ou bien le mot ancien et le mot moderne se corrigent en se juxtaposant : « Ce vieux *militarisme* avec sa *poliorcétique* avancée. » (*Ibidem* II, 454) ; « *forbannerie, aechmalote* » (457). Le procédé, ici, ressemble fort au *pointillé*.
(2) *Salammbô*, page 111.

savait les artifices, prit une corne pleine de baume, et,
l'ayant approchée des charbons, il la pencha sur sa robe ;
une tache brune y parut, c'était une fraude. Alors, il considéra le Chef-des-Odeurs fixement, et, sans rien dire,
lui jeta la *corne de gazelle* en plein visage (1). »

La moitié des mots spéciaux qui sont ici sont familiers à tout le monde, les autres s'éclairent par leur
position.

De même, dans chaque roman de Zola, un vocabulaire technique s'est déposé ; on dirait que l'écrivain a dépouillé les *Manuels Roret*. La langue des
chemins de fer, celle du commerce, celle de l'industrie, celle de la banque, tout à tour se versent dans
l'œuvre littéraire. Dans *Germinal*, celle de l'industrie minière :

« Il y avait là des herscheurs, des moulineurs, jusqu'à
des galibots de quatorze ans, toute la jeunesse des fosses,
buvant plus de genièvre que de bière (2). »

Herscheurs, moulineurs, galibots, je ne sais ce que
c'est, mais une vague cohue d'ouvriers, de mineurs,
s'esquisse en mon esprit ; la fin de la phrase me fournir les valeurs principales, précises celles-là et
intenses : *jeunesse, buvant*, etc.

III

Un autre emploi des vocabulaires spéciaux ou
étrangers est de représenter la couleur des pensées,

---

(1) *Salammbô*, page 153.
(2) *Germinal*, page 171.

l'accent de la parole des personnages. Un homme se caractérise par son vocabulaire, dans lequel se peignent sa profession, sa condition sociale, sa nationalité.

Voici toute une kyrielle de termes d'anatomie pathologique :

« Il avait un pied faisant, avec la jambe, une ligne presque droite, ce qui ne l'empêchait pas d'être tourné en dedans, de sorte que c'était un équin mêlé d'un peu de varus, ou bien un léger varus fortement accusé d'équin...
« Or, puisque c'était un équin, il fallait couper le tendon d'Achille, quitte à s'en prendre, plus tard, au muscle tibial antérieur pour se débarrasser du varus (1). »

Ce n'est pas Flaubert qui parle : c'est Bovary qui pense, un officier de santé qui, péniblement, rappelle ses souvenirs des livres spéciaux qu'il a étudiés. Et quand, plus loin, nous lisons : « Qu'a donc notre intéressant *stréphopode ?* », la pédantesque substitution du mot *stréphopode* au vulgaire *pied-bot* exprime la suffisance satisfaite du pharmacien Homais.

Comme dans la description, il y a ici deux tendances, ou deux procédés principaux, selon que l'artiste est plus épris d'idées claires ou de réalité intense. L'artiste épris de clarté, plus voisin des classiques, n'écrit pas un mot exotique ou spécial sans le commenter ou le traduire en langage commun. Mérimée ne nous dirait pas seulement d'Orso que « c'était un homme très comme il faut, d'une famille de *caporaux* », sans expliquer ce dernier mot, s'il ne fondait sur l'équivoque du terme un incident ultérieur de sa

---

(1) *Madame Bovary*, page 191.

nouvelle. Ailleurs, il ne se dispensera pas du commentaire :

« Le matelot ne doutait pas qu'Orso ne revînt en Corse pour *faire la vengeance*, c'était son expression, et affirmait qu'avant peu on verrait *de la viande fraîche* dans le village de Pietranera. Traduction faite du terme national, il résultait que le seigneur Orso se proposait d'assassiner deux ou trois personnes (1). »

Ce système lui permettra de risquer des mots corses, entièrement incompréhensibles sans cela :

« Mademoiselle est le *tintinajo* de la famille, à ce qu'il paraît, dit le préfet d'un air de raillerie. »

Et, en note :

« On appelle ainsi le bélier porteur d'une sonnette qui conduit le troupeau, et, par métaphore, on donne le même nom au membre d'une famille qui la dirige dans toutes les affaires importantes (2). »

Les artistes plus imaginatifs qu'intellectuels, romantiques ou naturalistes, qui veulent plutôt former une vision qu'une idée dans le lecteur, retranchent ces commentaires dans lesquels se dissipe l'impression. Ils laissent au contexte le soin de déterminer approximativement le contenu du mot étranger ou spécial, ils en utilisent la couleur plutôt que le sens ; j'ai montré, tout à l'heure, comment s'y prenaient

(1) *Colomba*, page 17.
(2) *Colomba*, page 85.

Victor Hugo et Flaubert. Balzac qui, dans la narration ou la description, explique volontiers son vocabulaire dès qu'il n'est plus celui de la langue commune, est d'un réalisme impitoyable dans son dialogue ; il ne nous fait pas grâce des déformations de l'accent provincial ou étranger. Si bien que nous ne croyons plus entendre du français quand parlent Schmucke ou Rémonencq :

« Eh, montame Zipod ? il fus opéira, répondit Schmucke, gar ile feu fifre bir son pon hami Schmucke, che le carandis (1). »

« Eh bien ! voichine, comment que cha va là-haute ? demande Rémonencq ; chavez-vous che que vautte chette collectchion ? (2) »

Jamais Balzac ne daignera nous traduire ou éliminer ce jargon alsacien ou auvergnat.

Il ne s'agit là que d'un accent. Maupassant se fera un vocabulaire normand pour faire dialoguer ses paysans ou ses pêcheurs du littoral de la Manche.

IV

Cependant, il ne faudrait pas penser qu'on n'obtienne de couleur exacte qu'en rejetant le vocabulaire commun. Une solide invention psychologique et dramatique pourra souvent se passer de mots spéciaux ou étrangers.

---

(1) *Le Cousin Pons*, page 124.
(2) *Le Cousin Pons*, page 126.

Ainsi Mérimée peindra un bandit corse uniquement par la nature et l'enchaînement de ses pensées :

« Tenez, Ors'Anton', dit le bandit, s'emparant de la bride du cheval, voulez-vous que je vous parle franchement ? Eh bien ! sans vous offenser, ces deux pauvres jeunes gens me font de la peine. Je vous prie de m'excuser... Si beaux..., si forts..., si jeunes !... Orlanduccio, avec qui j'ai chassé tant de fois... Il m'a donné, il y a quatre jours, un paquet de cigares... Vincentello, qui était toujours de si belle humeur !... C'est vrai que vous avez fait ce que vous deviez faire... Et, d'ailleurs, le coup est trop beau pour qu'on le regrette... Mais, moi, je n'étais pas dans votre vengeance... Je sais que vous avez raison ; quand on a un ennemi, il faut s'en défaire. Mais les Barricini, c'était une vieille famille... En voilà encore une qui fausse compagnie !... Et par un coup double ! C'est piquant (1). »

La couleur locale, ici, n'est nulle part dans les mots. Il y aura quelque chose de plus dans le passage suivant, d'Anatole France ; mais avec deux ou trois locutions et tours qu'il mêlera dans sa prose, il suggérera l'accent, la logique et tout le système mental d'une servante de curé :

« Voilà ce que c'est ! dit la servante. Monsieur l'archiprêtre est servi dans la porcelaine fine. *Il n'y a rien de trop beau* pour monsieur l'archiprêtre. Mais *tant plus* la porcelaine est fine, *tant plus* elle craint le feu. Ce plat-ci est en terre de pipe qui n'est pas trop *craintive* ni du chaud ni du froid. Quand mon maître sera évêque, on lui servira des omelettes soufflées dans un plat d'argent (2). »

---

(1) *Colomba,* page 117.
(2) *Le Mannequin d'Osier,* page 151.

Cette discrète combinaison n'opère pas l'intense évocation réaliste qui dresse la vie vulgaire devant nous ; mais elle suggère une image atténuée, vraie et précise encore, et infiniment élégante en sa netteté adoucie.

CHAPITRE XVII

LES ÉLÉMENTS ARTISTIQUES
DE LA PHRASE AU XIXᵉ SIÈCLE

SUBSTANTIFS ET ADJECTIFS

I

Un des éléments les plus intéressants du vocabulaire artistique au XIXᵉ siècle a été le mot abstrait, employé comme productif de couleur et de vision. Victor Hugo nous en fournit autant d'exemples qu'on en peut désirer. Commençons par les plus simples :

« Une *prodigalité* de lumière se versa du haut du ciel ; la vaste *réverbération* de la mer sereine s'y joignit (1). »

« D'un côté, les *étendues*, les vagues, les vents, les éclairs, les météores, de l'autre, un homme (2). »

« Les larges *aplanissements* des flots dans le golfe avaient, çà et là, des *soulèvements* subits. Le vent dérangeait et froissait cette nappe...

« Au loin, confusément, les *étendues* d'eau remuaient dans le clair-obscur sinistre de l'*immensité* (3). »

---

(1) *Les Travailleurs de la Mer.* II, 47.
(2) *Les Travailleurs de la Mer.* II, 4, 6.
(3) *L'Homme qui rit*, 1, 1, 3.

« Contre la *matérialité* de saint Jacques, s'élevait, deux pas, la *spiritualité* de saint Jean (1). »

Le mot abstrait dégage, illumine l'aspect des choses que l'écrivain veut considérer ; il tire au premier plan la qualité qui seule importe parmi le faisceau des qualités dont le total constitue l'être ou la chose.

Mais lisez, dans les *Travailleurs de la Mer*, le chapitre intitulé les « Vents du Large » :

« D'où viennent-ils ? De l'incommensurable. Il faut à leur envergure le diamètre du gouffre. Leurs ailes démesurées ont besoin du recul indéfini des *solitudes*. L'Atlantique, le Pacifique, ces vastes *ouvertures* bleues, voilà ce qui leur convient... Ils ont pour labeur l'*enflure* éphémère et éternelle du flot... Dans cette obscurité de l'*étendue* qui remue toujours, ils apparaissent, faces de nuées.

« Les *blancheurs* de la mer sous l'averse éclairent des lointains surprenants ; on voit se déformer des *épaisseurs* où errent des *ressemblances*. Des nombrils monstrueux creusent les nuées. Les vapeurs tournoient, les vagues pirouettent, les naïades ivres roulent ; à perte de vue, la mer massive et molle se meut sans se déplacer ; tout est livide, des cris désespérés sortent de cette *pâleur*.

« Au fond de l'*obscurité* inaccessible, de grandes gerbes d'ombre frissonnent. Par moments, il y a *paroxysme*. La *rumeur* devient *tumulte*, de même que la vague devient houle. L'horizon, *superposition* confuse de lames, *oscillation* sans fin, murmure en basse continue ; des *jets de fracas* y éclatent bizarrement ; on croit entendre éternuer des hydres (2). »

On voit très bien, ici, la valeur artistique du mot

---

(1) Michelet : *Histoire de France* (édition Lemerre). T. V, p. 185.
(2) *Les Travailleurs de la Mer*, II, 3, 2.

abstrait. Il indique sans limiter. Il évoque une colo-
ration, un modèle, un mouvement sans dessiner un
objet particulier, sans arrêter la vision dans des
lignes immobiles et fixes. Et ainsi il est excellent pour
mettre sous les yeux le continu, l'illimité, l'espace
sans bornes ou la succession sans fin :

« Ces vastes *ouvertures* bleues. — L'*enflure* éphémère et éternelle. — On voit se déformer des *épaisseurs*.
— L'horizon, *superposition* confuse de lames, *oscillation*
sans fin. »

Et, dans Loti :

« L'*étendue* brille et miroite sous le soleil éternel. »

Même l'abstraction se redouble : des *jets de fracas*. L'eau qui est la matière du phénomène disparaît ; l'artiste ne retient que les deux qualités qui la
représentent en s'unissant : l'élan et le bruit. Nous
ne réalisons les qualités sensibles qu'à l'aide de représentations particulières ; mais ces représentations ne
servent que de support à la sensation correspondante
au mot abstrait, qui seule se détache en pleine lumière : toutes les particularités restent dans la pénom-
bre, confuses et faibles. Dans le dernier morceau que
j'ai cité, les mots abstraits, appuyés de quelques adjectifs : *incommensurable*, *indéfini*, donnent des impressions vagues et puissantes. D'autres expressions
dessinent des formes inachevées, fragmentaires ; ce ne
sont pas des êtres, mais des parties d'être qui surgissent dans l'imagination ; détachées de l'ensemble avec
lequel la réalité les présente toujours, agrandies par
des épithètes intensives, elles ont quelque chose de

14

fantastique. Elles précisent la vision sans davantage la borner :

« Leurs *ailes* démesurées. — Ils apparaissent, *faces* de nuées. — Des *nombrils* monstrueux creusent les nuées. — Des *cris* désespérés sortent. »

Parfois, s'ébauche une image exacte et complète : « Les naïades ivres roulent. » Et, parfois, l'expression directe se présente : « A perte de vue, la mer massive et molle se meut sans se déplacer. » C'est la forme la plus simple et peut-être la plus puissamment représentative du phénomène. Mais c'est, pour Hugo, trop clair et trop finement précis : il lui faut rendre l'énormité effrayante de la mer fouettée des vents ; c'est ce qu'il essaie de faire par l'orchestration de sa phrase. L'expression directe, l'image parfaite, l'image partielle, l'abstraction confuse, sont les instruments divers par lesquels il fait passer le thème des vents qui soulèvent les flots : et, dans cet orchestre, une des parties principales appartient au mot abstrait.

III

Tout proche du substantif abstrait est l'adjectif employé au neutre avec l'article. Il désigne aussi une qualité générale. Il sera donc propre à évoquer des sensations indéterminées, des visions indéfinies. Pas plus que le mot abstrait, il ne trace des contours précis. Il détache les apparences phénoménales de leurs supports solides, et se prête, par conséquent, à suggérer, par delà les qualités perçues, l'abîme de l'inconnaissable. Il y a de l'infini et du mystère dans l'adjectif employé au neutre substantivement. D'où la prédilection de Hugo pour ce moyen d'expression.

Il combine volontiers l'adjectif neutre avec l'image fragmentaire et le mot abstrait :

« Le *possible* est une matrice formidable. Le mystère se concrète en monstres (1). »

Il serait amusant de résoudre cette phrase en prose classique. On aurait quelque chose comme ceci :

« Tout est possible ; et il y a quelque chose d'effrayant dans cette pensée. Les monstres ne sont des monstres que pour notre ignorance, dont ils sont la preuve palpable. »

L'expression de Victor Hugo condense et réalise. Elle fait de l'idée contenue dans l'adjectif et le nom abstrait une sorte d'être mythologique :

« Le rugissement de l'abîme, rien n'est comparable à cela. C'est l'*immense voix bestiale du monde*...

« Les autres voix expriment l'âme de l'univers ; celle-ci exprime le monstre. C'est l'*informe hurlant*. C'est l'*inarticulé parlé par l'indéfini*. Chose pathétique et terrifiante. Ces *rumeurs* dialoguent au-dessus et au delà de l'homme...

« Dans ce *vagissement* se manifeste confusément tout ce qu'endure, subit, souffre, accepte et rejette l'*énorme palpitation ténébreuse* (2). »

Une *voix bestiale* qui rugit, des *rumeurs qui dialoguent*, une *énorme palpitation ténébreuse* qui se manifeste par un *vagissement*, voilà d'indécises et

---

(1) *Les Travailleurs de la Mer*, II. 4, 2.
(2) *L'Homme qui rit*. I. 2, 7.

pourtant nettes sensations auditives. L'*informe* devient sensible par le *hurlement* qui suggère, sinon un corps, du moins une *bouche*. Mais les adjectifs neutres ont pour fonction propre, dans ces phrases, d'effacer les contours des formes ; le hurlement, quand c'est l'*informe* qui hurle, ne peut sortir que d'une bouche énorme et fantastique.

III

L'inverse de l'adjectif substantivé est le substantif épithète. Victor Hugo, dans les vers de sa maturité, a rendu ce procédé fameux :

Le pâtre promontoire, au chapeau de nuées...
La marmite budget pend à la crémaillère.

Il ne faudrait pas croire que ce tour ait été réservé au vers. C'est même en prose qu'on le constate d'abord. Victor Hugo, dès 1834, écrivait sur Mirabeau : « C'était une colère lionne. » Et Michelet, dans son *Histoire de France*, à propos des costumes étranges du temps de Charles VI :

« D'abord les *hommes-femmes*, gracieusement attifés, et traînant mollement des robes de douze aunes ; d'autres se dessinant dans leurs jaquettes de Bohême avec des chausses collantes ; mais leurs manches flottaient jusqu'à terre. Ici des *hommes-bêtes* brodés de toute espèce d'animaux ; là des *hommes-musique* historiés de notes qu'on chantait devant et derrière, tandis que d'autres s'*affichaient* d'un grimoire de lettres et de caractères qui, sans doute, ne disaient rien de bon (1). »

_____

(1) Edition Lemerre. T. V, p. 73.

Ici, d'ailleurs, le procédé n'a pas pour but la représentation figurée et symbolique du mot-idée par le mot-image, mais de présenter aux yeux une sorte d'hybride qui unit les deux formes désignées par les deux mots. C'est un artifice curieux d'expression, grammaticalement identique au procédé de Victor Hugo, mais psychologiquement, esthétiquement distinct.

D'ailleurs, ni l'un ni l'autre de ces emplois du substantif n'a pu se vulgariser dans la prose : ils sont restés en réserve pour des effets tout à fait exceptionnels. Mais l'effet cherché par Hugo, dans la production simultanée de l'image et de l'idée, a été souvent obtenu par un procédé atténué qui, dans l'échelle des formes, est antérieur à l'autre, en est comme l'ébauche, la préparation. Il consiste à placer les deux substantifs en opposition l'un à l'autre, en étayant le substantif symbolique d'un démonstratif ou d'un adjectif :

« Des morceaux d'ombre sortent *de ce bloc*, l'*immanence* (1). »

Il n'y a plus qu'un pas à faire pour écrire : le *bloc immanence*.

Lorsque l'auteur est un romantique, c'est le mot concret qui se superpose au mot abstrait et l'enveloppe d'un symbole visible. Mais dans nos plus récentes proses, l'inverse pourra se produire, et ce sera le mot abstrait qui enfoncera dans la forme réelle un symbole intelligible. Dans l'immense univers mysté-

_____

(1) *Les Travailleurs de la Mer.* II, 4, 2.

rieux, M. Barrès nous invite à regarder le *mystère canard* et le *mystère âne* :

« Ces *canards*, *mystères dédaignés*, qui naviguent tout le jour sur les petits étangs et venaient me presser affectueusement à l'heure des repas, et cet *âne*, *mystère douloureux*, qui me jetait son cri délirant à la face, puis, s'arrêtant net, contemplait le paysage avec les plus beaux yeux des grandes amoureuses (1). »

IV

Il serait impossible de dire tout ce que les prosateurs du XIXᵉ siècle ont fait de l'adjectif. Il est plus aisé de dire ce qu'ils n'en ont pas fait. Ils ont évité l'adjectif commun, connu. Leur grand souci a été que l'adjectif fît saillir un aspect des choses ou imprévu ou caché, ou étroitement relatif à l'ensemble de la description, ou fortement caractéristique de l'émotion personnelle de l'artiste.

Ils ont, par de hardies transpositions, donné à l'adjectif une rare intensité de sens, et, de cet accessoire trop souvent employé à allonger la phrase, ils ont tiré des effets d'évocation condensée et sobre.

Ils ont cultivé, bien entendu, les adjectifs concrets, les qualificatifs de forme, couleur, grandeur, volume, etc. Mais, ce qui me paraît surtout intéressant dans leurs arts si divers, c'est de voir avec quelle délicatesse et avec quel succès ils ont fait servir au pittoresque des adjectifs qui, proprement, n'avaient qu'une valeur morale :

« L'Auvergne est battue d'un vent *éternel et contradictoire* (2). »

---

(1) *Le Jardin de Bérénice*, p. 171.
(2) Michelet : *Histoire de France* (édition Lemerre). T. II, 95.

Il n'y a point d'épithète prise dans l'ordre physique qui exprimât mieux la violence de ces vents
d'Auvergne.

Michelet, d'un seul adjectif, colore l'automne :

« Chaque vie a son automne, sa saison *jaunissante*, où
toute chose se fane et pâlit (1). »

C'est presque classique encore, cette transposition
qui applique la qualité du feuillage à la saison, et
colle une impression visuelle sur une idée de durée.
Mais voici qui est plus hardi :

« Les figues *fiévreuses* de Fréjus (2). »

C'est le pays qui est fiévreux : l'adjectif évoque,
autour du fruit et de l'arbre qui le porte, la plaine
basse et marécageuse, tout un paysage du littoral
méditerranéen.

Michelet est un des écrivains qui ont le mieux connu
la puissance de l'adjectif, peut-être parce qu'il avait
beaucoup pratiqué les poètes latins. Il sait la puissance réaliste de l'adjectif précis :

« Quelques-uns, de *discret maintien*, de *douce* et *ma-
toise* figure, portaient *humblement* la robe *royale*, l'*ample*
robe *rouge fourrée d'hermine* (3). »

Cela a la vigueur claire d'un portrait de Jean Fou-

___

(1) Michelet : *Histoire de France* (édition Lemerre). T. V, 83.
(2) *Ibidem*. T. II, 113.
(3) *Ibidem*. T. V, 74

quet. Et l'on peut dire que ce sont ici les adjectifs (1) qui font la phrase.

Mais il sait aussi, par un adjectif, dégager vivement, brusquement, une âme des réalités matérielles, ajouter la vie morale aux formes qu'expriment les substantifs :

« Saint-Jacques la Boucherie était la paroisse des bouchers et des lombards, de l'*argent* et de la *viande*. *Dignement* enceinte d'écorcheries, de tanneries, et de mauvais lieux, la *sale* et *riche* paroisse s'étendait de la rue Troussevache au quai des Peaux ou Pelletier (2). »

Et, surtout, l'adjectif sert à ce grand visionnaire, à cet halluciné prodigieux, pour mêler le monde moral et le monde physique. Les substantifs ne se laissent pas manier ainsi, ni les verbes : ils s'emploient au propre et au figuré. Il faut choisir. Les adjectifs, eux, sont, si je puis dire, amphibies : ils peuvent avoir à la fois, une vie morale et une forme physique ; ils se prêtent à évoquer des états d'âme sans cesser de représenter des aspects de choses. Ainsi font-ils pénétrer les deux mondes l'un dans l'autre. Voici les villes

---

(1) Je n'en distingue pas l'adverbe, qui contient un adjectif : « d'humble façon ».

(2) Michelet : *Histoire de France*. T. V, 113. On remarquera que l'argent et la viande, pour les banquiers et les bouchers, sont tout simplement de bonnes vieilles métonymies. Michelet avait fait sa rhétorique. Mais la différence entre son art et l'art du dix-septième siècle, c'est que ce n'est pas pour obéir à un précepte d'école, à une convention d'élégance qu'il emploie la métonymie : elle lui sert à rendre son impression personnelle, à dégager le signe, distinctif et caractéristique pour lui, des choses qu'il considère : ici, *argent* et *viande* font saillir l'épaisse matérialité des professions rassemblées sur la paroisse de Saint-Jacques.

de la fin du moyen âge, fin du XIVᵉ, début du XVᵉ siècle. Un adjectif vague, intensif, donne le *la*, ébranle l'imagination et lui indique le frisson qui doit envelopper tout le détail :

« Ce sont d'*étranges* époques. On nie, on croit tout. Une *fiévreuse* atmosphère de superstition *sceptique* enveloppe les villes *sombres*. L'ombre augmente dans leurs rues *étroites*; leur brouillard va s'*épaississant* aux fumées d'alchimie et de sabbat. Les croisées *obliques* ont des regards *louches*. La boue *noire* des carrefours grouille en *mauvaises* paroles. Les portes sont fermées tout le jour ; mais elles savent bien s'ouvrir le soir, pour recevoir l'homme du *mal*, le juif, le sorcier, l'assassin (1). »

Après qu'*étranges* a dessiné l'impression générale, *fiévreuse* y glisse quelque chose de morbide, *sceptique* définit la mentalité, et *sombres* peint, à la fois, l'aspect des villes et le fond des âmes. *Obliques* s'achève en *louches*, et *noire* prend une valeur psychique par son contact avec les *mauvaises* paroles. Les substantifs concourent à l'effet : l'*ombre* est dans les âmes comme dans les rues *étroites*, et le *brouillard* matériel des rues s'épaissit des *fumées* métaphysiques d'alchimie et de sabbat. Les portes s'animent comme les croisées, qui ont des regards, et comme la boue, qui a des paroles. De vagues notations morales, *mauvaises* paroles, *homme du mal*, laissent la réalité des actes dans une incertitude qui est d'accord avec l'état général de malaise inquiet que l'historien veut peindre. L'ensemble fait une vision puissante et troublante sous un éclairage fantastique ; c'est un cauchemar d'historien.

---

(1) Michelet : *Histoire de France*. T. V, 116.

En face de ce tableau, comme au pôle opposé de l'art, je placerai l'effet de trois épithètes très simples accolées à trois substantifs communs, qui suffisent à évoquer un vaste et poétique paysage :

« Les Nomades regrettaient la chaleur des sables où les corps se momifient, et les Celtes, trois pierres *brutes*, sous un ciel *pluvieux*, au fond d'un golfe *plein d'î-lots* (1). »

Cela a la beauté large et simplifiée d'un Puvis de Chavannes. Un seul accident sur la terre, trois pierres (et notez qu'ici Flaubert a rejeté le mot spécial, le nom celtique), un seul accident dans ces pierres, elles ne sont pas taillées ; un seul accident dans le ciel, *pluvieux :* donc nuées, lumière diffuse et atténuée, ciel bas, humidité, tristesse ; un seul accident dans le golfe, *plein d'îlots :* donc mer agitée et écumeuse, lumières sur les rochers, et colorations diverses des flots. Toute la rudesse barbare de la vie celtique, toute la profonde mélancolie et aussi toute la fine et insinuante beauté du paysage celtique tiennent dans ces trois adjectifs qui flanquent les trois substantifs : ceux-ci sont le dessin et ceux-là la couleur (2).

Les adjectifs de Flaubert sont tous objectifs, impersonnels. Ceux de Michelet sont personnels et subjectifs : ils représentent les choses en lui, la forme que son impression leur donne.

_____

(1) *Salammbô*, p. 238.
(2) Noter le rythme qui va s'élargissant :
   4   Trois pierres brutes,
   6   sous un ciel pluvieux,
   8 au fond d'un golfe plein d'îlots.

Voici, maintenant, un paysage symbolique, d'une lumineuse netteté d'abord, mais interprété, ensuite, par la réflexion de l'écrivain. Là, encore, on verra la fonction capitale des adjectifs :

« Maintenant, à mes pieds, Aigues-Mortes, *misérable damier de toits à tuiles rouges*, était *ramassée* dans l'enceinte *rectangulaire* des *hautes* murailles que cerne l'*admirable* plaine, terres *violettes*, étangs d'*argent* et de *bleu clair*, *frissonnant* de solitude sous la brise *tiède;* puis, à l'horizon, sur la mer, des *voiles gonflées* vers des pays *inconnus* symbolisaient *magnifiquement* le départ et cette fuite pour qui sont *ardentes* nos âmes, nos *pauvres* âmes, *pressées de vulgarités* et *besogneuses* de toutes ces parts d'*inconnu* où sont les réserves de l'*abondante nature* (1). »

L'image d'Aigues-Mortes et sa plaine, moins nerveusement ramassée, n'est ni moins large ni moins poétique que le paysage celtique de Flaubert. Seuls se glissent, dans la description, deux adjectifs moraux : *misérable, admirable*, par lesquels M. Barrès signale à notre impression des directions. Mais la seconde partie étale le rêve en face du réel qu'on vient de voir ; à l'image des voiles *gonflées* s'accroche un chapelet d'adjectifs moraux : *inconnus, ardentes, pauvres, pressées, besogneuses*, encore *inconnu, abondante*, renforcés d'abstractions : *départ, fuite, vulgarité, réserves, nature*, et ramassés sous un adverbe impérieux qui nous commande d'imaginer *magnifiquement*. Le changement d'origine et de nature des adjectifs traduit le double effet du morceau. Le verbe exprime la part de réflexion, de volonté et de cons-

---

(1) *Le Jardin de Bérénice*, p. 97.

cience qui, dans cet art, organise la spontanéité des impréssions et des associations. L'artiste sait qu'il traduit et veut traduire : il ne veut pas seulement suggérer en nous la traduction, mais nous bien avertir qu'elle vient de lui. Il ne se laisse pas oublier.

CHAPITRE XVIII

LES ÉLÉMENTS ARTISTIQUES
DE LA PHRASE AU XIX' SIÈCLE

IMAGES, VERBES ET CONSTRUCTION GRAMMATICALE

I

Je ne m'arrêterai pas longuement aux images. Il faudrait un volume pour décrire les emplois et les effets auxquels elles ont servi dans la prose du XIXᵉ siècle ; et cette étude nous ferait sortir de notre sujet : elle impliquerait, en effet, l'analyse des qualités et du mécanisme de l'esprit des écrivains. Il me suffira, ici, d'indiquer les directions les plus communes.

Distinguons, ici, encore l'image directe de toutes les espèces de métaphores. C'est un procédé toujours cher aux artistes, depuis La Bruyère, que celui qui consiste à représenter les sentiments moraux par leurs manifestations physiques. Ainsi, Michelet célèbre :

« ... Les Duguay-Trouin, les Jean Bart, les Surcouf, ceux qui *rendaient pensifs les gens de Plymouth* (voilà l'expression morale), qui leur faisaient *secouer tristement*

la tête à ces Anglais, qui les *tiraient de leur taciturnité,*
qui les *obligeaient d'allonger leurs monosyllabes* (1). »

Et voilà la transposition physique du moral.

De là, d'ailleurs, à la **métaphore**, il n'y a qu'un
pas. A la même page, Michelet rappelle Guise *qui*
leur arracha Calais des dents : John Bull s'est peint
dans son cerveau en *bull-dog*, aux mâchoires terribles.

La métaphore — ou la compar**aison**, qui est une
métaphore développée — est, pour les grands artistes, non un ornement, mais une partie nécessaire
de l'expression : elle rend ce que le mot propre ne
peut rendre, une nuance, un accent ; elle entoure
l'idée principale de ses harmoniques ; elle l'élargit
et la complique ; elle est le puissant instrument d'évocation et de suggestion.

Elle se prend souvent comme moyen d'expression
dramatique, comme vraie par rapport au personnage
qui parle ou dont on parle. Il est naturel qu'un Ha-
milcar dise à son adversaire, dans une discussion :

« Tu fais comme le rhinocéros qui piétine dans sa
fiente : tu étales ta sottise, tais-toi (2). »

L'invention de la comparaison fait partie de la
construction psychologique et de la résurrection historique qui tente Flaubert. Mais ce qui appartient
proprement au travail de l'artisan d'une prose d'art,
c'est de continuer, en dehors du dialogue, à chercher
des métaphores ou des comparaisons assorties à la
spécialisation de son sujet. Ainsi Flaubert écrit : un

---

(1) Michelet : *Histoire de France*. **II**, 148.
(2) *Salammbô*, 130.

visage « plus, plissé de rides qu'une pomme de reinette flétrie », lorsqu'il peint une servante de basse-
Normandie ; un regard « plus tranchant que ses bis-
touris », en parlant d'un chirurgien. Ces images sont
harmoniques aux sujets qu'elles décorent : elles les
entourent des visions accessoires qui conviennent à
leur caractère fondamental.

« Rien de sinistre et de formidable, dit Michelet,
comme cette côte de Brest ; c'est la limite extrême, la
pointe, la *proue* de l'ancien monde (1). »

La première métaphore est très générale, elle se
précise dans la seconde : cette image navale renforce
l'impression générale que Michelet veut donner de
l'extrémité de la presqu'île bretonne. A la peinture
locale de la côte et de l'Océan qui la bat, se superpose
aisément la vision large et classique d'une proue fendant la mer écumeuse (2).

Voici une harmonie plus lointaine et encore précise :

« Ils attendaient Salammbô, et, durant des heures,
ils criaient contre elle, comme des chiens qui aboient à
la lune (3). »

---

(1) *Histoire de France.* T. II, 76.

(2) Du même ordre sont ces images : « Ce Rhône *emporté comme
un taureau qui a vu du rouge.* » (II, 114.) Les taureaux de la Ca-
margue expliquent le choix de l'image : « Les vives et belles filles
d'Arles et d'Avignon... ont *pris par la main* le Grec, l'Espagnol,
l'Italien, leur ont, bon gré mal gré, mené la *farandole.* » (II, 113.)
L'image, en même temps qu'elle réalise l'idée, ce qui est sa fonction générale, est prise des mœurs du pays provençal et crée ainsi
de la couleur locale.

(3) *Salammbô,* 197.

La comparaison porte précisément sur l'attitude de ces barbares, ànxieux et hurlant, le regard levé dans l'attente de Salammbô. Mais des associations complémentaires forment des liaisons plus fines entre les deux objets ; une fusion se fait de la grossièreté des hommes et de la sauvagerie des bêtes, de la fière et froide vierge avec

... La lune errante aux livides clartés (1).

devant qui se lamentent les chiens maigres. Et le lecteur accorde aisément barbares et chiens dans une même vague idée de la « monstrueuse » Afrique dont ils sont, sur des points divers, les manifestations épisodiques.

La mort a été souvent comparée à la nuit, et bien anciennement les poètes ont représenté l'agonie comme des ténèbres qui montent, noyant les yeux et l'âme. Flaubert ajoute à cette image traditionnelle, de façon qu'il la renouvelle, toute la mélancolie des soirs qui tombent. Il dit de Mme Bovary mourante :

« Une confusion de crépuscule s'abattait en sa pensée (2). »

Ici, l'image devient nettement poétique, plus que dramatique, psychologique, ou productrice de couleur locale. C'est le cas de toutes les images qui déploient et évoquent ou de larges paysages indéfinis, ou des coins de nature rafraîchissants, sur le fond narratif ou analytique du développement :

« Une vapeur blanchâtre, *comme la buée d'un fleuve*

---

(1) Leconte de Lisle : *Poèmes Barbares.* Les Hurleurs.
(2) *Madame Bovary*, 352.

par un matin d'automne, flottait au-dessus de la table entre les quinquets suspendus (1). »

La comparaison, dans ce banquet de comice agricole, fait l'effet d'une fenêtre de cabaret ouverte sur la campagne, par où l'œil fuit, loin de la joie vulgaire des hommes, vers la calme et délicieuse nature.

« En te révélant à moi, tu oublieras ta solitude, dit M. Barrès à sa Bérénice; tu t'épancheras et donneras ainsi la *gaieté des eaux vives* aux douleurs qui croupissent en toi (2). »

Ici, l'image ne divertit plus, par un contraste reposant ou charmant, de l'objet principal : elle l'exprime, en l'enrichissant d'une note de poésie; elle substitue à la notation psychologique une représentation symbolique; *eaux vives* et *mares croupissantes* dessinent à nos yeux des paysages où sont incluses les idées de *joie* et de *douleur* que l'écrivain veut exprimer.

J'ai eu déjà l'occasion de signaler, en passant, la puissance singulière de l'indétermination ou de l'inachevé des images. Dans l'art classique, porté vers l'expression morale et abstraite, les images valent, le plus souvent, en raison de leur précision. Depuis Chateaubriand et le romantisme, nos écrivains ont eu le droit et le don de peindre les choses en leurs formes particulières; et ils en ont si largement usé que le réalisme exact, la couleur locale de l'expression, sont devenus des mérites assez communs. Trou-

---

(1) *Madame Bovary,* 167.

(2) *Le Jardin de Bérénice,* 145.

ver des mots qui cernent les contours et mettent
nettement le dessin des objets sous les yeux, c'est ce
que savent presque tous les débutants ; plus difficile
et plus rare est l'expression large qui, tout à la fois,
évoque une réalité sensible et ménage aux yeux ou
à l'esprit de vastes horizons, des fuites dans des lointains illimités de paysages ou d'impressions. L'image
partielle, fragment de forme réelle émergeant de l'ombre qui noie le reste de l'objet et surgit seule en vive
lumière, y réussit à merveille. Victor Hugo en fait
de l'effroi, du mystère, il y accroche les sensations de
l'infini. Aux exemples précédemment donnés, je
n'ajouterai que celui-ci :

« La mer apparaît comme un *guet-apens;* un *clairon
invisible sonne* on ne sait quelle guerre ; de *grands coups
d'haleine furieuse* bouleversent l'horizon ; il fait un vent
terrible. L'*ombre siffle et souffle.* Dans la profondeur
des nuées, la *face noire* de la tempête *enfle ses joues* (1). »

Guet-apens forme en nous une confuse image de
formes louches embusquées dans des ténèbres. Nous
imaginons un clairon qui sonne, et ni le bras ni le
corps du sonneur ne s'évoquent en nous. Nous sen-
tons dans le vent l'haleine d'une bouche qui ne se
dessine pas, nous entendons des sifflements et des
souffles qui viennent d'un trou d'ombre, comme d'une
bouche autour de laquelle ne se formerait pas un
visage. Seulement, dans la dernière phrase, une image
précise mythique se forme, incomplète encore, les
joues enflées d'une face noire, dont le corps se perd,
sans doute, dans les nuées.

_____

(1) *Les Travailleurs de la Mer*, 1, 4, 6.

Mais le même procédé qui sert à Victor Hugo pour faire de l'épouvante et du fantastique, d'autres, comme Barrès, l'emploient simplement pour faire de la poésie. Dans la phrase citée plus haut, la *gaieté des eaux vives, croupissant*, servent de support à des visions claires et imprécises ; nous ne voyons que l'eau qui jaillit et court, et la vaste pourriture de l'eau dormante, et nous mettons autour le paysage que nous voulons, inachevé et flou, faute d'une direction fournie par l'écrivain. Il y aurait eu de la sécheresse et de la mièvrerie à dessiner plus complètement le décor autour des claires images fondamentales.

II

Substantif, adjectif, images : ayant parlé de ces trois éléments, il ne me reste plus qu'à dire quelques mots du verbe.

Le verbe, chez les écrivains qui ne sont pas artistes, ou qui le sont insuffisamment, est souvent incolore. Il n'est, souvent, qu'une sorte de crochet qui sert à unir les termes pittoresques ou poétiques, un lien grammatical de valeur tout abstraite entre des substantifs et adjectifs où sont contenus tout le réel et tout le sensible du style. Tout l'effort de l'écrivain artiste tend à bannir ces admirables *queues d'aronde* par lesquelles le sujet s'assemble avec les compléments *régner, posséder, comporter, former, formuler*, etc., et d'autres verbes ternes, dont les pires sont ceux, comme *régner*, où traîne une métaphore usée, aujourd'hui cliché banal et inexpressif. Par delà ces verbes qui font les styles pâteux, il y a les verbes suffisants, qui fournissent exactement l'action appropriée à la relation du verbe et du complément. L'artiste cherche une note plus vigoureuse : le *ric à ric* ne le contente pas. Il lui faut des mots colorés et vibrants. Il veut un verbe qui enrichisse d'évocations accessoires le rapport énoncé. Michelet n'écrit pas : le roi était *habillé*..., *coiffé* ; il dit :

« Le roi était *enterré* dans un habit de velours noir, la tête *chargée* d'un chapeau écarlate aussi de velours. Les princes *traînaient* (pour *venaient*) derrière, sournoisement (1). »

Hugo ne nous montre pas les envoyés flamands vêtus, mais « *endimanchés* de velours et de damas (2) ».

Ordinairement, c'est le substantif avec ses épithètes qui, dans la phrase, est chargé de la réalisation artistique des idées ; le verbe se subordonne à l'effet, auquel il ajoute, s'il peut. Parfois, chez les artistes qui savent à fond le métier, ce rapport des valeurs est renversé. Le verbe sert à suggérer de ces images incomplètes dont je parlais ; le procédé consiste à introduire entre un sujet et un complément de sens abstrait ou moral, de puissance évocatrice confuse ou nulle, un verbe qui dessine une action que ne peuvent exécuter que des formes précises dont la représentation s'ébauche ainsi accessoirement. Ainsi dans l'exemple de tout à l'heure : « L'ombre *siffle* et *souffle* », il faut un gosier, un palais, une bouche. Et dans un autre que j'ai donné antérieurement : « Des morceaux d'ombre sortent de ce bloc, l'imma-

---

(1) *Histoire de France*. T. V, 120.
(2) *Notre-Dame de Paris*, I, 4.

nence, *se déchirent, se détachent, roulent, flottent, se co. densent*, etc... »

Ombre et *immanence* neutralisent *morceaux* et *bloc;* la vision s'opère surtout par les verbes qui font mouvoir nettement des choses indistinctes.

Dans certains cas, pourtant, l'artiste conservera un verbe de ton neutre, lorsqu'il s'agira de tirer après lui des substantifs incompatibles. C'est la figure bien connue de ceux qui étudient les écrivains latins de l'Empire, Tacite, par exemple ; c'est ce que les grammairiens anciens appelaient le *zeugma*. Michelet appelle l'armée de Waterloo :

« La dernière levée de la France, légion imberbe, sortie à peine de la France et du baiser des mères (1). »

Le verbe, on le voit, convient à la fois à l'idée d'une limite géographique et à celle d'un geste affectueux : il faut qu'il ne soit pas trop déterminé dans un sens ou dans l'autre. Mais il pourra, pourtant, y avoir une rupture d'équilibre au profit du sens concret : l'énergie sensible du style gagnera à la transposition qui s'opérera ainsi pour le second complément du moral au physique :

« Le duc d'Anjou partit enfin, tout *chargé d'argent et de malédictions* (2). »

Ce procédé a l'avantage de condenser l'expression, et c'est à quoi tend tout véritable artiste. Une lutte s'est établie au XIXe siècle, entre l'écrivain et le gram-

---

(1) *Histoire de France.* T. V, 86.
(2) *Histoire de France.* T. II, 146.

mairien, pour réduire au strict *minimum* la place ac-
cordée dans la phrase aux articulations logiques, aux
signes de dépendances et rapports syntaxiques, de
façon à n'y laisser subsister que les éléments positifs
du style artistique.

On a commencé par les alliances de mots hardies
qui rapprochent des verbes et des substantifs de valeurs très éloignées :

L'Auvergne a été un « vaste *incendie* éteint, aujourd'hui *paré* d'une forte et rude végétation (1) ».

Cette phrase est le produit d'une élimination de
tous les mots inertes qui analyseraient l'idée ; elle ne
présente que les résultats sensibles de l'analyse: *incendie*, *paré*, le *sous-sol* et le *paysage*.

On a accroché à un seul verbe incolore et bref tout
ce qu'on pouvait y suspendre de compléments ou d'at-
tributs. La phrase s'est développée par juxtaposition,
par énumération :

« C'était le milieu de l'été, les jours brûlants, les
lourdes chaleurs d'août... Seul, il (Charles VI) traversait
les ennuyeuses forêts du Maine, de méchants bois pauvres
d'ombrage, les chaleurs étouffées des clairières, les mi-
rages éblouissants du sable à midi (2). »

De là à la suppression du verbe, il n'y a qu'un pas.
Michelet l'a franchi souvent. Cette décomposition syntaxique, par élimination du terme fondamental qui
lie l'attribut au sujet, et qui représente précisément
la part de l'esprit affirmant ou niant l'un de l'autre, est particulièrement visible chez les écrivains pit-

---

(1) *Histoire de France* T. II, 9.
(2) *Histoire de France*. T. V, 120.

toresques. Ils n'ont réellement besoin que du verbe
être, le verbe qui attribue des qualités aux choses ;
ils le sous-entendent aisément. Les autres verbes, indi-
cateurs d'actions sont faux, quand ils ne sont pas
ternes, lorsqu'il s'agit de décrire des états et des aspects. Voici le désert :

« ... Un grand pays de collines expirant dans un pays
plus grand encore, et plat, baigné d'une éternelle lumière ; assez vide, assez désolé pour donner l'idée de
cette chose surprenante qu'on appelle le désert ; avec un
ciel toujours à peu près semblable, du silence et, de tous
côtés, des horizons tranquilles. Au centre, une sorte de
ville perdue, environnée de solitude ; puis, un peu de verdure, des îlots sablonneux ; enfin, quelques récifs de cal-
caires blanchâtres, ou de schistes noirs au bord d'une
étendue qui ressemble à la mer ; dans tout cela, peu de
variété, peu d'accidents, peu de nouveautés, sinon le soleil qui se lève sur le désert et va se coucher derrière les
collines, toujours calme, dévorant sans rayons ; ou bien
des bancs de sable qui ont changé de place et de forme aux
derniers vents du sud. De courtes aurores, des midis
plus longs, plus pesants qu'ailleurs, presque pas de crépuscule ; quelquefois, une expansion soudaine de lumière
et de chaleur, des vents brûlants qui donnent momenta-
nément, au paysage, une physionomie menaçante et qui
peuvent produire alors des sensations accablantes ; mais,
plus ordinairement, une immobilité radieuse, la fixité un
peu morne du beau temps ; enfin, une sorte d'impassibi-
lité qui, du ciel, semble être descendue dans les choses,
et des choses avoir passé dans les visages (1). »

On conçoit l'application du procédé au désert, immobile par nature et identique. Loti l'applique à
l'étendue mobile, à la mer ; il l'applique à la narra-

_____

(1) Fromentin, *Un été dans le Sahara.*

tion, au conflit des énergies humaines et des forces
brutales :

« *La mer, la mer grise.*

« Sur la grand'route non tracée qui mène, chaque été,
les pêcheurs en Islande, Yann filait doucement depuis un
jour [...] (1). »

« ... *Tout à coup, un bruit sourd (2), à peine percep-*
tible, mais inusité et venu d'en dessous, avec une sensa-
tion de raclement, comme en voiture lorsqu'on serre les
freins des roues! Et la *Marie,* cessant sa marche, demeura
immobilisée...

« *Echoués!!! où et sur quoi? Quelque banc de la côte*
anglaise, probablement (3). »

Dans ces phrases, la suppression artistique du verbe
s'autorise d'une raison psychologique. L'écrivain
peint les sensations brutes d'un cerveau qui n'analyse pas ; les mots notent les successions de sensations
dans une intelligence peu raffinée qui pense par juxtaposition d'images : *mer grise, bruit sourd,*
échouage, côte anglaise.

III

Avant Loti, avant Fromentin, l'historien de la littérature devrait s'arrêter aux Goncourt, qui, s'ils
n'ont pas été autant qu'ils ont cru les créateurs de
l'*écriture artiste,* ont beaucoup contribué à en fixer

---

(1) Je distingue par des crochets les points que j'ajoute pour
marquer la suppression que je fais dans le texte. Les autres points
appartiennent au texte.

(2) Elimination du verbe banal *se produisit, on entendit.*

(3) *Pêcheur d'Islande,* 133.

les procédés. Ils pratiquaient avec constance un impressionnisme exaspéré, dont le principe est de n'employer que des mots intenses et de les juxtaposer dans la phrase en rejetant tout ce qui ne serait que liaison logique, tous les intermédiaires qui amortiraient et fondraient les tons ; c'est un pointillé violent où se mêlent les vibrations des termes juxtaposés, parfois avec un éclat heureux, parfois avec une dureté criarde :

« (1856) Dans la rue. Tête de femme, aux cheveux retroussés en arrière, dégageant le bossuage d'un petit front étroit, les sourcils remontés vers les tempes, l'arcade sourcilière profonde, l'œil fendu en longueur avec une prunelle coulant dans les coins, le nez d'une courbure finement aquiline, la bouche serrée et tirée par une commissure à chaque bout, le menton maigre et carré ; un type physique curieux de l'énergie et de la volonté féminines (1). »

Notes de *Journal*, dira-t-on, qui ne prouvent rien. Ne nous y trompons pas. Ce Journal est très *écrit :* on n'y sent jamais l'abandon, la furie de la notation improvisée. Ils ont seulement profité de la forme du Journal pour dévoiler tout à nu leur procédé et rejeter toute entrave syntaxique et logique. Ce style est fait essentiellement de substantifs et d'adjectifs, liés par des participes, ou égrenés sans lien ; parmi les termes de rapport, les prépositions trouvent grâce, petits mots de quelques lettres qui, en un clin d'œil, peuvent accrocher des substantifs et toute une bande d'adjectifs ou de participes.

Cependant, on ne se passe point du verbe. Il faut

---

(1) *Journal des Goncourt.* I, 134.

se résigner à s'en servir, et en tirer parti par l'expression. Le plus simple, mais le plus malaisé, est de le prendre, comme j'ai dit, intense et coloré. Mais il reste nombre de verbes, incolores, quoique signifiants, et nécessaires ; le sens les impose, on ne peut s'y dérober. L'usage des romanciers naturalistes a conféré une valeur artistique à l'imparfait de l'indicatif ; ils l'ont constamment substitué aux autres temps du passé, et au présent, souvent employé par leurs devanciers pour le passé comme donnant plus de vivacité au récit :

« Rapidement, on *dressait* une tente, tandis qu'on déballait du fourgon le matériel nécessaire, les quelques outils, les appareils, le linge, de quoi procéder à des pansements hâtifs... Il n'y avait là que des aides. Et c'étaient surtout les brancardiers qui faisaient preuve d'un héroïsme têtu et sans gloire (1). »

« ... Enfin, les deux batteries de l'artillerie de la réserve arrivaient (2). »

« Lui aussi (Etienne) la *chassait* (Catherine), l'*injuriait*, en sentant remonter à ses joues le sang des gifles qu'elle avait reçues. Mais elle ne se *rebutait* pas, elle l'*obligeait* à jeter la hache, elle l'*entraînait* par les deux bras, avec une force irrésistible (3). »

Quelle est donc cette valeur artistique de l'imparfait ? Proprement (4), l'imparfait « marque une action passée, dont la durée coïncide avec une autre action également passée », ou bien « il désigne une action sou-

---

(1) Emile Zola : *La Débâcle*, 299.

(2) *La Débâcle*, 308.

(3) *Germinal*, 416

(4) C. Ayer, *Grammaire Comparée de la Langue Française*, 466, 198.

vent répétée ou prolongée..., et, par là, il exprime l'habitude et la qualité ». On le détourne de ces emplois,
et on l'applique à la description,- de façon que, rete-
nant et comme fixant tous les détails successifs du
récit par l'imparfait qui implique prolongement de
durée et simultanéité, on les coordonne en un tableau.
Les présents et passés narratifs donnent au style cette
réalité pure que traduit l'image de la glace sans tain ;
l'imparfait composé un réalisme artistique et fait
voir les actions comme sur la toile d'un peintre. Il est
le temps pittoresque de notre langue. Chateaubriand
s'en était douté. Mais ce sont nos naturalistes qui
l'ont démontré, jusqu'à l'abus.

CHAPITRE XIX

LA PHRASE ARTISTIQUE DU XIX· SIÈCLE

MOUVEMENTS ET RYTHMES

La *clé* de la prose du XIXᵉ siècle, ai-je dit, c'est l'*art*. Tous les éléments de la phrase ont été reformés ou étudiés en vue de l'usage artistique : de là ce caractère général de l'emploi des mots et des images, qu'on peut définir la prédominance des associations esthétiques sur les rapports logiques, la subordination de l'exactitude grammaticale à l'intensité pittoresque ou poétique. C'est là la conclusion qui se dégage des études précédentes.

On n'aura donc pas de peine à comprendre que, dans l'assemblage de ces éléments, dans la structure de la phrase, dans la succession des phrases et leur déroulement progressif, il ne suffise pas de considérer les rapports intellectuels, la justesse syntaxique, le développement de l'idée, pas même encore la loi de groupement et de composition des images fournies par les mots ; la phrase, chez les grands artistes, du moins, vaut musicalement, par ses rythmes et ses sonorités. L'enveloppement et le renforcement des images par l'harmonie du style est un des caractères communs à toutes les grandes proses du XIXᵉ siècle. On est arrivé, sur ce point, à une richesse, à des finesses d'effets insoupçonnés.

La cadence oratoire a été délaissée. Elle n'a plus guère été, sauf chez des philosophes, moralistes ou critiques, insuffisamment artistes, qu'un moyen d'imitation réaliste, ou même de parodie, lorsqu'il s'agissait, pour le romancier, de rendre à l'oreille la sensation des discours qu'il rapportait ou résumait.

Le seul rythme du discours du comice agricole suffit, dans *Madame Bovary* (1), à faire éclater la pauvreté odieuse de la pensée officielle :

« Le temps n'est plus, messieurs, où la discorde civile ensanglantait nos places publiques, où le propriétaire, le négociant, l'ouvrier lui-même, en s'endormant le soir d'un sommeil paisible, tremblaient de se voir réveillés tout à coup au bruit des tocsins incendiaires, où les maximes les plus subversives sapaient audacieusement les bases... »

Même il ne faudrait plus se contenter de compter les syllabes pour faire apparaître les bases numériques de ces proses. Toutes sortes de correspondances, allitérations, consonances, éclat ou étouffement des sons, poids ou légèreté des syllabes, accélérations ou ralentissements des mesures, symétries ou inégalités des groupements, concourent ici à la qualité musicale de la phrase. Elle est le principal instrument d'idéalisation et de poésie qui, n'ôtant rien à la réalité des peintures, leur ôte la vulgarité et la sécheresse du réel, et leur communique un pouvoir presque illimité de suggestion et d'émotion.

C'est le rythme et l'harmonie qui font la souveraine

---

(1) Page 157.

beauté des mots pittoresques assemblés, à la fin d'un paragraphe, dans cette simple ligne que j'ai citée :

« Trois pierres brutes, sous un ciel pluvieux, au fond d'un golfe plein d'îlots. »

C'est un effet rythmique, qui, dans le morceau de Flaubert, que j'ai cité au commencement de ces études, ferme le développement avec une vigueur prodigieuse. « Ainsi se tenait — devant ces bourgeois épanouis — ce demi-siècle de servitude. » Une brève mesure, suivie de deux groupes antithétiques, contenant deux images : l'une matérielle, l'autre morale, et qui s'équilibrent exactement : c'est une cadence courte et nerveuse.

Otez la caresse musicale de la phrase, dans la *Prière sur l'Acropole ;* que ne perdraient pas les fines colorations du style? Le sentiment même, subtilement inclus à cette musique, ne s'évaporerait-il pas avec elle?

« Je suis né, déesse aux yeux bleus, de parents barbares, chez les Cimmériens, bons et vertueux, qui habitent au bord d'une mer sombre, hérissée de rochers, toujours battue par les orages. On y connaît à peine le soleil, les fleurs sont les mousses marines, les algues et les coquillages coloriés qu'on trouve au fond des baies solitaires. Les nuages y paraissent sans couleur, et la joie même y est un peu triste; mais des fontaines d'eau froide y sortent du rocher, et les yeux des jeunes filles y sont comme ces vertes fontaines où, sur des fonds d'herbes ondulées, se mire le ciel. »

Dans ces proses merveilleuses, l'élément le plus personnel est fait de cette harmonie.

Les précédés pittoresques ou intensifs sont, en quelque sorte, à tout le monde. Mais chaque prose a sa musique, et, dans l'unité complexe de notre impression, c'est cette musique qui, souvent, fait la couleur diverse des phrases, et différencie des images de même nature ou des procédés identiques d'expression.

La prose des *Travailleurs de la Mer* nous fait entendre toutes les harmonies des vers de la *Légende*, des *Contemplations*, ou des *Châtiments* : quelque chose de plus même, de plus brusque, de plus libre, de plus personnel ; car le poète, dans la prose, est délié des cadences traditionnelles auxquelles, malgré tout, il ne peut dérober son vers, et n'est plus obligé de rompre le rythme individuel de sa forme à des mesures toutes faites.

Tous les nerfs de Michelet passent dans sa phrase frémissante, sensuelle, électrique, féline. Flaubert enregistre ses images sobres et puissantes dans un rythme ferme, clair, riche sans fioritures, à la fois large et carré, un rythme *classique*, non pas au sens littéraire, mais plutôt au sens que l'histoire de la musique donne au mot (1). Chez Daudet, dans ses *Contes*, c'est quelque chose comme un chant de cigale, une mélodie claire, pure et grêle. Zola, dans les œuvres où il essaie de trouver une notation serrée et réaliste, comme *la Conquête de Plassans*, ne se soucie guère du rythme de la phrase. A mesure qu'il s'abandonne à sa puissance d'invention poétique, il cherche davantage les effets de mouvement et de sonorité. Ce grand peintre des masses et des cohues les exprime par le dessin de ses phrases :

« Près de trois mille charbonniers étaient au rendez-

_____

(1) Etudier, par exemple, le tableau de Carthage, la nuit. (*Salammbô*, page 347.)

vous, une foule grouillante, des hommes, des femmes, des enfants, emplissant peu à peu la clairière, débordant au loin sous les arbres; et des retardataires arrivaient toujours; le flot des têtes, noyé d'ombre, s'élargissait jusqu'aux taillis voisins. Un grondement en sortait, pareil à un vent d'orage dans la forêt immobile et glacée (1). »

Le début de la phrase indique l'idée : *près de trois mille charbonniers étaient au rendez-vous :* il n'y a là aucun effet d'art ; mais, dans la suite, ces appositions, ces propositions qui s'ajoutent, se surchargent, — *une foule grouillante,* — *des hommes, des femmes, des enfants,* — *emplissant peu à peu la clairière,* — *débordant au loin sous les arbres ;* — *et des retardataires arrivaient toujours;* — *le flot des têtes, noyé d'ombre, s'élargissait jusqu'aux taillis voisins,* — c'est comme une mer qui monte ; cela donne la sensation de l'afflux, de l'entassement. Ce dessin de phrase se combine avec les termes expressifs et évocateurs qu'il enserre : *grouillante, débordant, le flot des têtes s'élargissait,* pour produire la sensation visuelle de la foule ; elle se complète d'une sensation auditive, par la petite phrase de chute, — *un grondement,* etc., — où la comparaison fait penser à Chateaubriand.

La musique du style de Zola, avec son déchaînement assez vulgaire de gros effets et de tapages exubérants, a une réelle puissance. Elle est capable de soutenir, par ces harmonies épaisses et ses infatigables *crescendo,* la peinture lyrique de l'animalité furieuse ; elle orchestre comme il faut l'idylle naturaliste de l'abbé Mouret et d'Albine, enveloppés des excitations génésiques de la luxuriante végétation du Paradou. Elle scande à merveille le piétinement, le

---

(1) *Germinal,* page 311.

halètement, la ruée des foules, mineurs de *Germinal*, régiments de la *Débâcle*, processions de *Lourdes*.

Anatole France nous ramène aux rythmes légers et fins de Renan, à la phrase onduleuse et souple, accompagnement exquis de l'idée et de l'image qu'elle « dévulgarise » et vaporise en quelque sorte ; toute réalité se poétise, se dépouille de sa brutalité, s'allège de sa matérialité, quand elle nous est apportée par cette musique.

« Les ormes du Mail revêtaient à peine leurs membres sombres d'une verdure fine comme une poussière, et pâle (1). Mais, sur le penchant du coteau, couronné de vieux murs, les arbres fleuris des vergers offraient leur tête ronde et blanche ou leur rose quenouille au jour clair et palpitant qui riait entre deux bourrasques. Et la rivière, au loin, riche des pluies printanières, coulait blanche et nue (2), frôlant de ses hanches pleines les lignes des grêles peupliers qui bordaient son lit, voluptueuse, invincible, féconde, éternelle (3), vraie déesse, comme au temps où les bateliers de la Gaule romaine lui offraient des pièces de cuivre et dressaient en son honneur, devant le temple de Vénus et d'Auguste, une stèle votive où l'on voyait, rudement sculptée, une barque avec ses avirons (4). Partout, dans la vallée bien ouverte, la jeunesse timide et charmante de l'année frissonnait sur la terre antique. Et M. Bergeret cheminait seul, d'un pas inégal et lent, sous les ormes du Mail. Il allait l'âme vague (5),

---

(1) Mis en valeur par l'asymétrie.

(2) Nudité mythologique à demi évoquée, imprécise.

(3) Rythme d'invocation rituelle, de litanie : ce chapelet d'épithètes donne à la phrase un peu de la gravité d'un hymne antique.

(4) La mélodie s'est atténuée pendant cette évocation archéologique. Elle reprend aussitôt : la phrase qui suit est d'une étonnante délicatesse musicale.

(5) Toute la fin de la phrase est d'une structure desserrée, vague, abandonnée, comme la pensée dont elle est l'expression : sans éclat de sonorités, doucement décolorée comme cette pensée

diverse, éparse, vieille comme la terre, jeune comme les fleurs des pommiers, vide de pensée et pleine d'images confuses, désolée et désirante, douce, innocente, lascive, triste, traînant sa fatigue, et poursuivant des Illusions et des Espérances dont il ignorait le nom, la forme, le visage (1). »

Il faut faire lire ce morceau par quelqu'un qui sait lire — non pas en comédien — pour en sentir la perfection. Mais le plus grand charme en est l'intime, l'indissoluble harmonie du son et de la couleur, du rythme et de l'idée. Quand j'appelle l'attention sur le caractère musical de cette page, c'est par une abstraction qui, à vrai dire, la détruit. L'effet réel est synthétique et simultané, résultant de tous les éléments, intellectuels, sentimentaux, colorés, musicaux, dont la combinaison est justement la beauté du style. Aujourd'hui que le souci des rythmes est devenu commun par les exemples et les leçons des maîtres, c'est dans cette correspondance, ce concours parfait de la forme auditive, de la forme visuelle et des valeurs intellectuelles qu'est la vraie difficulté, le vrai mérite.

Avec Maurice Barrès, triomphent encore l'harmonie souple et les sonorités délicates, un peu contournées parfois, mais si personnelles. Toutes ses phrases, même les moindres, s'arrangent musicalement, ont un dessin mélodique dont la ligne est exquise.

« Les plus belles filles, on peut les avoir pour un bout de ruban (2). »

_____

(1) _Le Mannequin d'Osier_, page 220.
(2) _L'Ennemi des Lois_, page 49.

Ce n'est rien, et cela sonne à l'oreille avec une gaieté charmante. Et voici une phrase étoffée :

« Or, comparant son agitation d'esprit et la sérénité de sa fonction (1), qui est de pousser à l'état de vie tout ce qui tombe en elle, je fus écœuré de cette surcharge d'émotions sans unité, dont je défaille, et je songeai avec amertume qu'il est, sur la terre, mille paradis étroits, analogues à celui-ci, où, pour être heureux, il suffirait d'être comme mon amie, une belle végétation, et de me chercher des racines, ces assises morales qu'elle avait trouvées en pleurant dans les bras de M. de Transe (2). »

Ce n'est qu'une réflexion, un mouvement de pensée ; mais le chant de la phrase fait sortir toutes les émotions secrètes dont l'idée s'accompagne dans la conscience de l'écrivain.

Jusqu'où peut se porter le travail rythmique du prosateur ? Nous pourrions trouver, dans ces vingt dernières années, des proses modulées, assonancées, proses à reprises, à refrains, et comme à ritournelles, amenées à des états aussi voisins que possible de la structure et du développement métriques. Je renvoie le lecteur curieux à Péladan et à Paul Fort. Dans les *Ballades Françaises* de ce dernier, la prose et le vers se rejoignent. On peut dire même que, malgré la figure typographique, qui est celle de la prose, ce sont bien des vers que nous donne Paul Fort : l'harmonie est une harmonie d'alexandrin ou de décasyllabe, aussi atténuée, décomposée ou dissonante qu'on voudra. Un moule rythmique préexiste à la pensée, et

---

(1) Celle de Bérénice.
(2) *Le Jardin de Bérénice*, page 134.

cela suffit à séparer ces ballades de la vraie prose,
dont le rythme naît *avec* et *de* la pensée ; chaque
phrase y est une individualité rythmique uniquement, singulièrement réalisée pour un état de pensée artistique unique aussi et singulier ; harmonie,
style et idée sont, dans la prose, indissociables.

CHAPITRE XX

LA PHRASE ARTISTIQUE DU XIX· SIÈCLE

COULEUR ET TONALITÉ GÉNÉRALES

Il faut, pour la prose du xixᵉ siècle, faire une observation qui, dans les siècles précédents, ne se présentait pas. Les écrivains, aux xviᵉ, xviiᵉ, xviiiᵉ siècles, expriment leurs idées en logiciens ou en orateurs, en poètes ou en peintres, selon leur tempérament. Chacun d'eux ne prend son modèle que dans son sujet, ou dans son cœur, à moins qu'il ne reçoive la loi des gens du monde qui sont son public. Au xixᵉ siècle, un phénomène nouveau se produit. Entre le modèle objectif ou subjectif et l'œuvre, quelque chose s'interpose : non pas un idéal, mais l'idée d'une manière, d'un procédé d'art ou d'un effet d'art à obtenir, plus précisément l'idée d'un autre art auquel la littérature s'efforce de s'assimiler, dont elle veut exciter les sensations spéciales. Cela a commencé avec Chateaubriand, même, avant lui, avec Bernardin de Saint-Pierre. Celui-ci, visiblement, cherche à donner à sa description le caractère d'une notation de peintre ; il ne veut pas seulement nous donner la sensation visuelle du lever ou du coucher du soleil, mais celle des tons qui se fondent dans cette sensation, celle des couleurs qu'il prend comme sur une palette pour composer ces tons. Chateaubriand, visiblement, cherche à .

16

donner à certaines de ses descriptions l'aspect d'un marbre antique, les lignes d'une statue ou d'un groupe de Canova : il ne se contente pas de faire voir, il nous fait voir sous la forme proprement sculpturale. Théophile Gautier, tout à tour, se fait coloriste ou modeleur ou émailleur ; dans sa prose, comme dans ses vers, on sent souvent sans peine une intention de rivaliser avec la technique d'un autre art. Banville donne à sa prose le chatoiement joyeux, le clair ruissellement de joaillerie, les reflets dansants d'étoffes précieuses, tout l'éblouissement pailleté que son rêve de lumière et de couleur lui met dans les yeux.

Voyez ces lignes de Flaubert :

« La lune se levait à ras des flots, et, sur la ville encore couverte de ténèbres, des points lumineux, des blancheurs, brillaient ; le timon d'un char dans une cour, quelque haillon de toile suspendu, l'angle du mur, un collier d'or à la poitrine d'un dieu. Les boules de verre sur les toits des temples rayonnaient, çà et là, comme de gros diamants. Mais de vagues ruines, des tas de terre noire, des jardins, faisaient des masses plus sombres dans l'obscurité, et, au bas de Malqua, des filets de pêcheurs s'étendaient d'une maison à l'autre, comme de gigantesques chauves-souris déployant leurs ailes (1). »

Sauf la dernière image, qui est d'essence poétique, le reste du morceau est de la peinture : je veux dire que Flaubert voit et rend comme s'il n'avait à sa disposition qu'une toile et des couleurs ; il nous offre les effets que le peintre offrirait. C'est la lumière qui est l'objet de sa description, qui en fait l'unité ; la lune au ras des flots en est la source, et, de là,

----

(1) *Salammbô*, page 47.

l'éclairage se répand, posant des lumières sur les objets, qui sont présentés uniquement selon ce qui s'y accroche ; comme contraste, des formes confuses, noyées dans le noir. La plume a voulu être, ici, un pinceau.

Mais il sera difficile de préciser à quelle école de peinture il faut attribuer ce tableau ; tout ce qu'on pourrait dire, c'est qu'il n'appartient pas à la tradition classique et académique qui donne au dessin le premier rang et fait des « images » instructives ; le personnage essentiel que glorifie ici la peinture, c'est la lumière, que les objets indiqués obligent à révéler ses accidents variés. Flaubert est bien le contemporain, le disciple de la moderne école de paysage.

Il arrive que le modèle artistique, chez les écrivains qui ne sont pas maîtres absolument de leur forme, contredise le modèle littéraire. En voici un exemple assez frappant :

George Sand avait un Holbein dans la pensée au début de la *Mare au Diable*. Mais, dans les yeux, elle avait la peinture de son temps. Et c'est en un Rosa Bonheur qu'elle a transporté son souvenir d'Holbein. En réalité, elle n'avait eu que l'*idée* d'Holbein ; c'était son esprit qui avait lu et commenté le vieux maître. Il n'avait pas touché sa vision.

M. Anatole France paraît souvent se proposer non pas seulement de donner la vision d'une époque, mais de la donner dans une couleur, par des effets propres à l'art de cette époque ; sa prose prend des reflets d'art grec, ou florentin, ou français, selon que son sujet est grec, florentin ou français. Il ne s'assimile pas seulement, pour peindre des scènes de la vie du XVIIIe siècle, l'esprit de la littérature de ce temps, mais la manière et la facture des estampes et des petits tableaux de genre. A Voltaire, à Rétif de la Bretonne, il ajoute Baudouin, Saint-Aubin, Cochin, Fragonard ou Pater.

Voltaire écrivait :

« Frère Triboulet, de l'ordre de Frère Montepulciano, de Frère Jacques Clément, de Frère Ridicous (1), etc., et, de plus, docteur de Sorbonne, chargé de rédiger la censure de la fille aînée du roi, appelée le *concile perpétuel des Gaules*, contre Bélisaire, s'en retournait à son couvent tout pensif. Il rencontra, dans la rue des Maçons, la petite Fanchon, dont il est le directeur, fille du cabaretier qui a l'honneur de fournir du vin pour le *prima mensis* (2) de messieurs les maîtres.

« Le père de Fanchon est un peu théologien comme le sont tous les cabaretiers du quartier de la Sorbonne. Fanchon est jolie, et Frère Triboulet entra pour... boire un coup.

« Quand Frère Triboulet eut bien bu, il se mit à feuilleter les livres d'un habitué de paroisse, frère du cabaretier, homme curieux qui possède une bibliothèque assez bien fournie...

« Il compilait, compilait, compilait, quoique ce ne soit plus la mode de compiler ; et Fanchon lui donnait, de temps en temps, de petits soufflets sur ses grosses joues, et Frère Triboulet écrivait ; et Fanchon chantait, lorsqu'ils entendirent dans la rue la voix du docteur Tamponnet et de Frère Bonhomme, cordelier à la grande manche et du grand couvent, qui argumentaient vivement l'un contre l'autre, et qui ameutaient les passants. Fanchon mit la tête à la fenêtre ; elle est fort connue de ces deux docteurs, et ils entrèrent aussi pour... boire (3). »

---

(1) Dominicains régicides ou accusés de complots régicides.

(2) *Prima (dies) mensis :* assemblée mensuelle de la Faculté de théologie.

(3) *Seconde anecdote sur Bélisaire.*

Ecoutons, maintenant, M. France :

« Quand je sortis de la rôtisserie, il faisait nuit noire.
A l'angle de la rue des Ecrivains, j'entendis une voix
grasse et profonde qui chantait : .

> « *Si ton honneur elle est perdue,*
> « *La bell', c'est qu' tu l'as bien voulu.*

« Et je ne tardai pas à voir, du côté d'où venait cette
voix, Frère Ange qui, son bissac ballant sur l'épaule et
tenant par la taille Catherine la dentellière, marchait
dans l'ombre d'un pas chancelant et triomphal, faisant
jaillir sous ses sandales l'eau du ruisseau en magnifiques
gerbes de boue, qui semblaient célébrer sa gloire crapu-
leuse, comme les bassins de Versailles font jouer leurs machines en l'honneur des rois. Je me rangeai contre une
borne dans un coin de porte, pour qu'ils ne me vissent
point. C'était prendre un soin inutile, car ils étaient
assez occupés l'un de l'autre. *La tête renversée sur
l'épaule du moine, Catherine riait.* [Un rayon de lune
tremblait sur ses lèvres humides et dans ses yeux, comme
dans l'eau des fontaines.] Et je poursuivis mon chemin,
l'âme irritée et le cœur serré, songeant à la taille ronde
de cette belle fille, que pressait dans ses bras un sale capucin (1). »

Le sujet est analogue à celui de la petite narration
de Voltaire ; la facture est toute différente. Ce n'est
pas d'un livret satirique du xviiiᵉ siècle que M. Anatole France a voulu donner l'impression, c'est d'une
peinture galante et voluptueuse. Il est possible que
l'origine du récit soit livresque ; mais, assurément,
l'imagination de l'écrivain s'est excitée, guidée, dé-
terminée par des estampes et des tableaux. Et cette

(1) *La Rôtisserie de la reine Pédauque,* page 101.

remarque ne suffit pas. Comme l'artiste est trop
grand pour se confiner dans le pastiche, une phrase
exquise — celle que j'ai mise entre crochets — met
dans cette image du xviiie siècle une note d'art contemporain ; une poésie qui n'est pas du xviiie siècle
se répand sur le dessin précis de la scène graveleuse,
la poésie d'un paysage moderne ; c'est par un délicat
effet de lumière que se poétise un groupe vulgaire,
comiquement saisi dans une attitude libertine.

Voulez-vous voir l'influence de Gavarni, de Dau-
mier et de la caricature? Lisez ceci :

« Portrait d'un vieux monsieur en omnibus. Face massive et mafflue. Des taches blanchâtres au lieu de sourcils.
Yeux en verroterie bleue à fleur de tête. Poches jaunâtres
et bleuissantes sous les yeux. Petit nez très relevé, au
bout couleur de nèfles. Oreilles couleur de vieille cire
avec, dessus, un duvet blanc comme sur des orties (1).

« ... (Prévost-Paradol). Un torse qui commence aux
genoux, un nez de comique, des favoris d'homme grave,
un col rabattu.

« ... Raide sur sa chaise, sérieux comme un doctrinaire
qui politique (2). »

La peinture et la sculpture, les arts visuels de la
couleur et du relief, sont ceux dont les écrivains ont
le plus souvent, pendant la plus grande partie du
xixe siècle, essayé d'emprunter la technique et les
beautés spéciales. La musique les a moins tentés. Les
rythmes et harmonies, qui sont souvent si riches dans
leur prose, ne doivent rien aux musiciens. Cette négation cesse d'être vraie dans les dernières années du

---

(1) *Journal des Goncourt*, 1, 16
(2) *Ibidem*, 1, 183.

xixᵉ siècle. La poésie symbolique a été très certainement influencée par la musique : plusieurs de ses meilleurs représentants ont été hantés de l'idée de tirer des mots ce que les musiciens tirent des notes. Wagner (il est vrai que c'est peut-être souvent pour sa littérature) a été un de leurs inspirateurs.

Le propre de la musique, par rapport à la littérature, est d'employer à l'expression artistique des sons qui n'ont pas de *sens*, qui, intellectuellement, ne définissent, ne représentent aucune idée. Mallarmé a essayé de traiter les mots comme sons musicaux, suggestifs, et non signifiants : il a voulu faire abstraction des valeurs et des rapports intelligibles, et grouper les mots en phrases musicales, en harmonies évocatrices de sensations et d'affections sans que le vulgaire mot à mot d'une traduction positive fût possible. Il a retiré aux mots les sens que les dictionnaires donnent ; il a gardé les possibilités vagues et variables de suggestion qu'ils renferment : c'est par là qu'ils diffèrent encore des simples notes. Mais ce n'est que par le groupement des mots que se déterminent, en une certaine mesure, les suggestions dont l'auteur a fait usage.

Sans aller à cette rigueur absolue de doctrine, beaucoup de prosateurs de ces dernières années, comme Barrès, ont remis aux valeurs musicales de la phrase la fonction d'exprimer bien des choses qui, autrefois, se formulaient, ou, plus souvent, se réalisaient en images. De subordonnés à l'image, le rythme et la mélodie sont, en plus d'une page, devenus prédominants.

Mais on ne comprendrait qu'une partie de l'art littéraire du xixᵉ siècle, si l'on se contentait de regarder les cas où la prose essaie de se donner la couleur, les effets des beaux-arts. En réalité, il n'est pas de métier, de science, à qui l'on ne puisse, selon la méthode de nos prosateurs, emprunter la tonalité générale d'un style. J'ai dit, précédemment, que, dans le choix de leurs images, ils avaient usé d'une liberté entière, sans guide que leur goût propre, sans loi que l'effet à produire : il n'y a plus eu d'images privilégiées, de vocabulaire imposé : tout a été permis à tous, à condition de réussir. Mais il s'agit ici de quelque chose de plus, de réduire toutes les expressions dans toute une œuvre, ou dans un long morceau, à un même caractère sensible, de les tirer toutes d'un même ordre de faits ou de connaissances. Cela ne se fait pas seulement par des images, mais par tous les éléments du style, mots abstraits, mots incolores. La couleur résulte de l'unité d'origine, de la convergence précise des expressions particulières. C'est leur provenance commune, non leur éclat individuel, qui crée ici la saveur artistique. Comme il y a des styles qui se traduisent en sensations pittoresques, ou plastiques, ou musicales, il y en a qui imposent à l'imagination des représentations d'ordre scientifique, qui transfusent, par exemple, les faits moraux et sociaux en expressions chimiques, biologiques, philosophiques, etc., traduites elles-mêmes en visions plus ou moins confusément concrètes. Il n'est rien, il n'y a même pas un art manuel, où l'adresse technique de nos prosateurs ne puisse trouver de quoi colorer un style d'une teinte d'art. Huysmans a joué cette difficulté, dans *En Route* et dans la *Cathédrale*, de résoudre les choses de l'Eglise et de la vie religieuse en images grasses ou acides, pharmaceutiques ou culinaires :

« Au loin, dans la nef presque vide, un ecclésiastique

parlait en chaire. Il reconnut à la *vaseline* de son débit,
à la *graisse* de son accent, un prêtre solidement nourri,
qui versait d'habitude, sur ses auditeurs, les moins omises
des rengaines.

« — Pourquoi sont-ils si dénués d'éloquence, se disait
Durtal? J'ai eu la curiosité d'en écouter un grand nombre, et tous se valent. Seul le son de leurs voix diffère.
Suivant leur tempérament, les uns l'ont *macéré dans le*
vinaigre, et les autres l'ont *mariné dans l'huile*... Après
tout, reprit-il, ce sont ces médiocres-là que réclame la poi-
gnée de dévotes qui les écoute. Si ces *gargotiers* d'âme
avaient du talent, s'ils servaient à leurs pensionnaires des
nourritures fines, des *essences* de théologie, des *coulis* de
prières, des *sucs* concrets d'idées, ils végéteraient, incom-
pris des ouailles (1). »

« Comme un antiseptique supraterrestre, comme un
thymol extrahumain, la liturgie épure, désinfecte la laideur impie de ces lieux (2). »

Dans la *Cathédrale*, surtout, M Huysmans s'est
diverti à faire passer toutes les idées religieuses par la
langue de la cuisine. Dans *En Route*, le thème métaphorique est moins restreint ; le procédé de transcription consiste à désigner les « objets de piété » par les
plus basses, les plus grosses matérialités.

Une des constatations les plus intéressantes est celle
que l'on peut faire souvent des essais qui ont été
tentés pour traduire des conceptions non scientifiques en formules ou en images scientifiques. La
langue courante au XIXᵉ siècle a fait d'innombrables
emprunts au vocabulaire des sciences. La diffusion
de la culture scientifique, les applications industrielles,
aujourd'hui familières à tous, des découvertes scienti-

---

(1) *En Route*, page 5. Page 19 : « Les basses sont blettes. »
(2) *Ibidem*, page 18.

fiques, la popularité de certaines hypothèses des savants, — travesties ou compromises, il n'importe, —
ont été cause que, pour réparer l'usure de la langue,
le public s'est, souvent, adressé aux sciences. Les écrivains ont suivi le mouvement, et les sciences ont été
pour eux de riches, d'inépuisables dépôts de métaphores. Mais quelques-uns ne se sont pas contentés
d'utiliser çà et là figurément des expressions scientifiques : ils ont voulu donner à l'ensemble d'un développement la couleur d'une exposition scientifique.
Ils ont pris à une théorie ou à une hypothèse de la
science les éléments de la forme artistique du sujet
qu'ils traitaient.

M. Bergeret est délicieux pour exprimer les choses
de la vie contemporaine en fonction des vérités scientifiques :

« M. Roux ôta de dessus un vieux fauteuil de moleskine
le *Dictionnaire* de Freund, et fit asseoir Mme Bergeret.
M. Bergeret considéra tour à tour les in-quarto poussés
contre le mur et Mme Bergeret qui y avait été substituée
dans le fauteuil, et il songea que ces deux groupes de
substance, si différenciés qu'ils fussent à l'heure actuelle
et si divers quant à l'aspect, la nature et l'usage, avaient
présenté une similitude originelle et l'avaient longtemps
gardée, lorsque l'un et l'autre, le dictionnaire et la dame,
flottaient encore à l'état gazeux dans la nébuleuse primitive.

« — Car enfin, se disait-il, Mme Bergeret nageait dans
l'infini des âges, informe, inconsciente, éparse en légères
lueurs d'oxygène et de carbone. Les molécules qui devaient, un jour, composer ce lexique latin, gravitaient en
même temps durant les âges dans cette même nébuleuse,
d'où devaient sortir enfin des monstres, des insectes et
un peu de pensée. Il a fallu une éternité pour produire
mon dictionnaire et ma femme, monuments de ma pénible

vie, formes défectueuses, parfois importunes. Mon dictionnaire est plein d'erreurs. Amélie contient une âme injurieuse dans un corps épaissi. C'est pourquoi il n'y a guère à espérer qu'une éternité nouvelle crée enfin la science et la beauté. Nous vivons un moment et nous ne gagnerions rien à vivre toujours. Ce n'est ni le temps ni l'espace qui fit défaut à la nature, et nous voyons son ouvrage (1). »

M. Barrès applique à l'analyse de son *moi*, dans l'*Homme Libre*, la *méthode* et la forme des *exercices spirituels* d'Ignace de Loyola. C'est l'inverse d'Huysmans : il emprunte à la mystique la notation artistique des objets profanes. Ailleurs, il transpose en écriture philosophique ses sensations pittoresques et ses conceptions politiques.

« Au soir d'une chaude journée, après s'être *associés* jusqu'à en défaillir à la déclivité du soleil sur les falaises de l'Adriatique (2). »

Il y a, dans ce seul mot, *associés*, une vision philosophique de l'univers, dont le support est une théorie des relations du *moi* et du *non-moi*, de leur essentielle indistinction, et de leur réelle continuité.

Voici, du même auteur, une formule apologétique de la calomnie politique, qui a été obtenue par l'assimilation des faits moraux aux faits astronomiques :

« La science, en effet, admet couramment ceci : « *La planète Neptune, n'eût-elle jamais été vue, devait être*

---

(1) Anatole France : *Le Mannequin d'Osier*, page 11.
(2) *L'Ennemi des Lois*, page 112.

affirmée. Fût-elle un astre purement fictif, la concevoir serait rendre un grand service à l'astronomie, car seule elle permet de mettre de l'ordre dans des perturbations jusqu'alors inexplicables. » **De même** les vices de nos adversaires, fussent-ils fictifs, me permettent de relier, sans trente-six subtilités de psychologue, un grand nombre de leurs actes fâcheux ; c'est une conception qui explique d'une manière très heureuse la réprobation et l'animosité qu'ils doivent, en effet, inspirer, quoique pour des raisons un peu plus compliquées. En combattant leurs vices imaginaires, vous triomphez de leurs défauts réels (1). »

L'image devient ainsi une méthode d'invention artistique. En soumettant l'expression littéraire aux fins et aux conditions d'un art ou d'une science, en identifiant l'idée littéraire à un problème d'art ou de science, on se donne une ligne de développement, et au style une couleur générale.

Je ne sais qui a dit de la construction métaphysique qu'elle n'était, en somme, que l'art de développer une métaphore. **On pourrait faire une remarque** analogue sur les grandes constructions de la critique littéraire, en les considérant du point de vue du sujet que je traite. Si je fais abstraction de ce qu'on y trouve d'hypothèses légitimes, d'analogies probables, de connaissances exactes, de résultats positifs, pour ne faire attention qu'à leur forme et les traiter en œuvres d'art, je puis me représenter Taine comme un artiste qui fait passer ses idées et ses impressions littéraires par le vocabulaire de l'histoire naturelle de son temps, de la physique et de la chimie ; je puis me représenter M. Brunetière comme un artiste qui fait

---

(1) *Le Jardin de Bérénice*, page 205.

passer les faits de l'histoire littéraire par le vocabulaire évolutionniste.

La même création verbale d'ordre esthétique se
retrouve dans les livres de critique où non plus toute
la littérature, mais l'œuvre d'un écrivain est rame-
née à une métaphore fondamentale, dont les élargissements successifs et les applications imprévues arrivent, si l'auteur a du talent, à exprimer le contenu
de cette œuvre. Aussi, dans un ingénieux essai, demeuré inachevé, M. Ruel, professeur à l'Ecole des
Peaux-Arts, a voulu expliquer tout Montaigne, toute
sa morale, toute sa conception de la vie, sa façon
de la regarder et de la régler, par le sentiment artistique : quoi qu'il remarque dans Montaigne, il lui
faut l'enregistrer dans une formule empruntée à l'esthétique. Le problème est de trouver des réductions
élégantes d'un ordre de phénomènes à un langage
créé pour en exprimer un autre ; c'est la même difficulté dont M. Huysmans se jouait en exprimant par
des termes de cuisine les cérémonies et les émotions
du culte catholique. C'est pour cela que quelques-uns
de ces critiques, lorsque leurs doctrines seront, comme
il arrive toujours, en partie abandonnées comme hypothèses qui ont fait leur temps, en partie versées au
dépôt public de la science comme vérités communes,
resteront dans la littérature à titre de créateurs d'une
œuvre artistique.

———— —

CHAPITRE XXI

LE FAUX ART

CONCLUSION

Il faudrait, maintenant, réunir tous ces éléments épars et montrer comment se sont organisées, dans le cours du XIXᵉ siècle, sous l'influence des grandes modifications du goût et de l'imagination, diverses phrases de caractères bien nettement tranchés : après la phrase plastique, harmonieuse et souvent enc... solennelle de Chateaubriand, la phrase bariolée et rugissante, envolée ou convulsive des romantiques, la phrase marmoréenne et de haut relief de Gautier et des Parnassiens, la phrase nerveuse ou matérielle, vibrante ou épaisse, du naturalisme, la phrase souple, compliquée, dissonante et musicale des symbolistes. Mais, dans la prose plus encore que dans le vers, ces distinctions d'écoles sont artificielles, et la réalité sans cesse déborde et brise nos cadres : les tempéraments individuels ne peuvent s'exprimer que par des formules individuelles. Je dois donc m'arrêter : aller plus loin serait faire l'histoire de la littérature en prose au XIXᵉ siècle. Je ne puis que renvoyer aux livres où elle est faite.

Je pourrais montrer aussi par quel travail se fait une belle prose, et qu'il n'y a pas de création sans effort et sans souffrance. Nous avons, dans la littérature, de beaux génies négligés, de grands écrivains dont l'invention facile a coulé comme un fleuve. Mais, justement, ceux-ci ont eu peut-être tout le reste, idées, imagination, sensibilité : on n'en indiquera pas un qui ait créé une prose. Ils ont eu des dons, des germes, des trouvailles, des moments ; ils n'ont jamais été sans défaillances, et leur style est un mélange de matériaux inférieurs, de beautés inachevées, et de réussites merveilleuses. Il n'y a que le travail obstiné et même douloureux qui vienne à bout de la résistance des mots : écrire juste est difficile, mais combien plus inventer une belle forme !

On en aurait la preuve en étudiant les brouillons de quelques grands écrivains. Nous pouvons, dans les manuscrits de Bossuet, de Rousseau, de Bernardin de Saint-Pierre, de Chateaubriand, de Flaubert surtout, voir par quels tâtonnements, par combien de retouches ils sont arrivés à la phrase qui les satisfait, et qui nous semble nécessaire. On en trouvera de curieux exemples dans le volume de M. Albalat, auquel je n'aurais à reprocher que son titre : *Le travail du Style enseigné par l'Exemple des Grands Écrivains* (1). Il est utile de faire comprendre, constater comment les grands écrivains ont fait leur style : c'est une excellente leçon d'esthétique expérimentale, un exercice de goût efficace. Mais il ne faut pas nous laisser croire, à nous tous qui sommes de bons bourgeois, professeurs, gens du monde, industriels, financiers, journalistes, etc., que ces procédés artistiques de création d'un style soient à notre usage. Nous nous servons, nous,

---

(1) Voyez aussi l'article de M. Armand Weil sur Flaubert, dans la *Revue Universitaire* (15 avril 1902), et mon article sur l'invention chez Bernardin de Saint-Pierre (*Un manuscrit de Paul et Virginie*), dans la *Revue du Mois*, 10 avril 1908.

de la parole et de l'écriture pour nous faire entendre, pour des fins intellectuelles et pratiques, et non pour donner des régals d'art à nos contemporains ou à la postérité. Nous n'apprenons pas à écrire pour être des Chateaubriand et des Flaubert, pas plus que l'on n'apprend à dessiner, dans les écoles, pour devenir des Raphaël ou des Léonard de Vinci. L'exercice du style, comme celui du dessin, est un instrument de culture intellectuelle, et a pour but, en même temps, l'acquisition d'une faculté pratique. Il faut laisser l'art et les procédés d'art à ceux qui se sentent artistes : c'est le bien petit nombre. Pour nous, qui sommes le public, contentons-nous de jouir des belles proses, et d'affiner, de multiplier par l'étude et l'observation nos jouissances ; ne croyons pas nous grandir en nous mettant en état de faire — facilement ou laborieusement — du *simili*, du haïssable *simili*.

Rien n'est plus odieux que le faux art. Et c'est où arrivent fatalement les braves gens, intelligents, sincères, qui ont quelque chose à dire, et le diraient bien, s'ils se contentaient de l'énoncer justement. Mais la justesse ne leur suffit pas, ils veulent la beauté ! Et c'est piteux. Voici quelques échantillons de faux art :

1° *Style XVI I* siècle, genre Rousseau :

« Tu sais que j'habite les bords de la Seine, vers la pointe de cette île où se voit *la statue du meilleur des rois* (double périphrase banale : *cette île où*, etc. = l'île de la Cité ; *le meilleur des rois* = Henri IV ; attendrissement convenu). Le fleuve qui vient de la droite *laisse couler* paisiblement, devant ma demeure, *ses ondes salutaires* (*laisse couler ses ondes*, pour *coule*, expression arrondie en vue d'une fausse noblesse ; *ondes*, pour *eaux*, style noble, de convention ; *salutaires*, épithète banale, sans si-

gnification précise ici) ; *la succession continue* (prétentieux, pour le *cours*) *de ses flots* (mot noble, pour *eaux*)
épurés (épithète banale, sans valeur précise) se trouve
ralentie par le pont *qui sert de communication aux deux
côtés de la ville* (platitude : tous les ponts réunissent la
rive droite d'un fleuve à sa rive gauche ; ces mots ne servent qu'à arrondir la phrase ; mauvais effet d'ampleur
obtenu par remplissage). Après avoir *franchi cet obstacle*
(noble et banal), le fleuve *étend son lit* (prétentieux, pour
s'élargit), s'avance *avec majesté* (emphatique), *glorieux*
(le fleuve se personnifie, figure banale et froide) de voir
sur ses rives ce Louvre dont *l'architecture exquise* fixe les
regards enchantés (tons emphatiques. *Exquis* est une
épithète intensive qui aurait un bon sens si elle renfor-
çait un substantif énonçant le genre de beauté du monu-
ment ; mais *architecture*, terme général, aurait besoin de
se compléter par une épithète précise. *Regards enchantés*,
est banal et prétentieux). »

Voilà le monstre que produit, en s'appliquant à
écrire comme les maîtres, une jeune personne d'esprit supérieur (1). Combien sont meilleures les lignes
qui suivent dans la même lettre ! Elle n'y fait plus du
style et note tout bonnement une impression :

« Il était huit heures et demie du soir ; après une forte
application, je goûtais à ma fenêtre le repos et le frais ;
je croyais m'apercevoir, pour la première fois, de la
beauté de l'exposition. »

Cette fois, en trois lignes, nous n'avons qu'une
seule épithète, et qui est nécessaire sans être pittoresque.

---

(1) Mlle Phlipon (Mme Roland), lettre à Sophie Cannet, du
16 juillet 1776.

17.

2° *Style Empire : XVIII*ᵉ *siècle durci de gréco-romain :*

« Soldats, lorsque le peuple français plaça sur ma tête *la couronne impériale*, je me confiai à vous pour la maintenir toujours dans *ce haut état de gloire* (le *haut état de gloire* d'une couronne?) qui, seul, pouvait lui donner du prix à mes yeux; mais, dans le même moment, nos ennemis pensaient à la *détruire* et à l'*avilir* (les images ne sortent pas)! Et cette couronne de fer, conquise par le sang de tant de Français, ils voulaient m'obliger *à la placer sur la tête de nos plus cruels ennemis* (1). » (Comment placer *une* couronne sur *plusieurs* têtes d'ennemis?)

« ... Votre général, appelé au trône par le choix du peuple et élevé sur vos *pavois* (*trône* passe, parce qu'à force d'être usé il ne fait plus image : *pavois* est un poncif prétentieux)...

« ... Les vétérans des armées de Sambre-et-Meuse, du Rhin, d'Italie, d'Egypte, de l'Ouest, de la Grande Armée sont tous humiliés; leurs *honorables cicatrices* sont *flétries* (2). » (*Honorables* est plat, et *cicatrices flétries* est ridicule.)

Napoléon, qui a de la vigueur, du nerf, du relief, un mouvement dramatique, déclame volontiers en homme sensible qui s'est nourri de Rousseau. Mais il tient surtout de son temps la passion de l'image. Il dit tout figurément et trouve bien rarement une image neuve. Il fait, sans scrupule, *déchirer le sein de la patrie*. Il étale des oripeaux classiques : *phalanges* républicaines, *vainqueurs de Tarquin, descendants de Brutus*, etc.; et aussi : *guerriers, lauriers*, etc. Il abuse du cliché :

« Vous rentrerez alors dans vos foyers, et vos concitoyens diront, en vous montrant :

---

(1) Austerlitz, 12 frimaire an XIV.
(2) Golfe Juan, 1ᵉʳ mars 1815.

« — Il était de l'armée d'Italie !

« Il vous suffira de dire : « J'étais à la bataille d'Austerlitz », pour que l'on réponde :

« — Voilà un brave.

« Vous pourrez dire avec orgueil :

« — Et, moi aussi, je faisais partie de cette Grande Armée, etc. »

3° *Style romantique troubadour, école de Chateaubriand* :

« *Le char de la nuit roulait silencieux sur les plaines du ciel* (périphrase classique ; adjectif pour l'adverbe ; tour poétique ; harmonie ronflante). La neige tombait à gros flocons, et les *vents soufflaient avec violence* entre les *vieilles arcades* du couvent d'Underlach (deux poncifs : l'un ossianesque, les *vents déchaînés* ; l'autre qui vient de Byron et de Chateaubriand, les *arceaux gothiques*). Le baron d'Herstall, possesseur de l'abbaye, vieillard *courbé sous le poids des ans* (qualificatif général du vieillard, banal), allume sa lampe au foyer presque éteint de la tour qu'il habite, et lentement *se dirige* (plus noble que *va*) vers la chapelle *où, chaque soir, il adresse sa prière à l'Éternel*. » (*Il fait sa prière* serait trop simple. L'*Éternel* est grandiose et biblique : la période s'arrondit et sonne mieux ainsi.)

« Prosterné au pied des *saints autels* (cliché) : Grand Dieu ! s'écrie Herstall, etc... *Il dit* (ton épique noble) ; les *cris de l'oiseau funèbre* (périphrase noble, pour le *chat-huant*) et les *mugissements de l'hiver* (*l'hiver* à la place du *vent d'hiver* : c'est « une beauté hardie » en 1820) interrompaient seuls le silence de la nuit. Herstall se lève ; entouré des *tombes de l'abbaye, pâle, immobile*, sa lampe à la main, ses joues *creuses sillonnées* par les larmes, il semble *l'esprit des douleurs debout sur la couche des morts*. » (Tableau mélodramatique, coupé de clichés tristes et fades : des tombes vaguement éclairées, une figure pâle, immobile et pleurante ; pour finir, une personnification prétentieuse qui est un pastiche de Chateaubriand.)

Ainsi écrivait, en 1821, M. le vicomte d'Arlincourt, à l'émerveillement du bon public ; et son roman du *Solitaire*, au début duquel j'emprunte ces lignes, était, en moins de deux ans, traduit en anglais, en allemand, en italien, en hollandais, en espagnol et en russe, et donnait lieu à quatorze adaptations dramatiques.

4° *Style romantique catholique :*

« Demain, vous vous lèverez ; il y aura dans l'air une douceur, un parfum de printemps ; les arbres seront mollement *émus* (?) par le *pressentiment* (banale personnification des arbres) d'une belle journée ; vous ouvrirez votre fenêtre, et *un* amour jaillira *de tous vos sens* pour *aller au-devant* de la nature (galimatias) et s'y enivrer (*c'est l'amour jaillissant* qui s'enivrera) d'air, de lumière et de chaleur. Près de vous, sur la pierre extérieure, une fleur *vous regardera*, une fleur que vous aurez vue naître dans le froid de l'hiver, et que vous aurez exposée aux premiers rayons d'un *plus doux* soleil (*plus doux* que... ?) ; *vous lui rendrez son regard* (fade sentimentalité), vous la rapprocherez de vous, et, tout inanimée qu'elle est, et *impropre à l'amour* (précision ridicule), vous *lui ferez*, de vous à elle et d'elle à vous, *je ne sais quel commerce* (jargon) où le cœur ne sera pas étranger...

« ... En ces temps-là, par quelque jour d'automne, quand la solitude devient plus dure au vieillard, à cause *des mélancolies du ciel*, vous descendrez *pesamment* (épithète descriptive banale) dans la rue, et, regardant çà et là, vous chercherez s'il n'y a point quelque *pauvre* animal abandonné comme vous qui ait besoin d'un *bon* maître (épithètes sentimentales). Si la Providence vous l'envoie, vous le recueillerez *doucement* dans les *pans de votre*

habit (cliché descriptif sentimental ; fausseté convenue,
on ne met pas un chien quelconque dans le *pan de son
habit ;* avec l'habit de 1850, ce devrait être incommode) ;
et, le portant à votre *foyer* (métonymie noble, pour *maison* ou *logement*), vous lui ferez sa place comme à votre
dernier ami, le dernier qui *boira dans votre tasse,* et à qui
vous *donnerez de votre pain* (symboles usés). Et si vous
êtes pauvre, souffrant à la fois de l'âge et du besoin (attendrissement conditionnel), il se formera entre la bête
et vous une amitié d'autant plus forte et plus *sacrée* (*forte*
était bon, *sacrée* n'y ajoute aucun sens) ; vous vous re-
trancherez de *votre vie* (métonymie sentimentale ; *votre
vie = vos aliments*) pour entretenir la sienne, et lui, vous
réchauffant *de sa jeunesse* (nouvelle hypothèse pour faire
une antithèse ; et hypothèse arbitraire : car il y a une
chance sur deux au moins pour que le chien ne soit pas
jeune, comme pour qu'il ne soit pas de taille à être mis
dans les pans d'un habit) et de sa reconnaissance, jusqu'au jour où, *tout étant achevé* (expression grave et
adoucie pour signifier la *mort*), vos restes s'en iront ac-
compagnés de deux seules créatures, *le prêtre et le chien,
le prêtre pour vous bénir encore une fois au nom de Dieu,
le chien pour vous pleurer au nom de la nature* (1). » (Fusion, dans ce motif de *chromo,* de la sensiblerie du dix-
huitième siècle et du catholicisme littéraire de **Chateau-**
briand.)

Lacordaire, ici, a fait la même faute que les orateurs religieux qui, au XVIIIe siècle, pour attirer le
public, empruntaient l'éloquence académique, ou le
bel esprit des salons, ou la phraséologie des philosophes. Il a vêtu sa pensée catholique à la mode du
jour, offrant aux gens du monde un pittoresque douceâtre, de fades peintures spiritualisées, sans une note

---

(1) Lacordaire. *Conférences de Notre-Dame de Paris.* LXIV (1850).

un peu chaude de réalité, l'équivalent oratoire, en un mot, de l'imagerie de Saint-Sulpice.

5° *Style garde national, art Louis-Philippe :*

« S'il y a une époque où il fut naturel que la France oubliât cette idée de liberté, ce fut en 1800, après les *terribles épreuves* (substantif vague et noble, adjectif banal) de notre première Révolution. Elle avait devant elle un homme *merveilleux* (banal), qui portait sur toutes choses sa main *réparatrice* (prétentieux); *elle se donna à lui,* elle s'absorba en lui et, un moment, sembla ne plus *penser* (voilà donc la France personnifiée; c'est une allégorie); elle regardait, et, certes, le spectacle en valait la peine (plat). Mais bientôt, messieurs, la France *commença à penser* (répétitions sans rythmes; la phrase n'en chante pas plus; rappelez-vous Voltaire), quand elle vit une partie de nos armées précipitée dans le *gouffre brûlant* de l'Espagne, une autre dans le *gouffre glacé* de la Russie (le *gouffre* est une métaphore usée, même à la Chambre, même à cette date : *brûlant et glacé* font une fade antithèse; et *brûlant* n'est pas juste de toute l'Espagne, où l'armée de Napoléon a connu les ouragans de neige, dans les sierras). Alors, elle *pensa* tristement, profondément; elle regretta ces libertés dont elle avait fait un trop facile abandon, et, le 31 décembre 1813, elle éleva *sa voix* pour demander la paix. *Sa voix ne fut pas écoutée* (artifice dans la reprise de *sa voix*) et, quelques mois après, l'ennemi victorieux était dans Paris. La France *tomba sanglante aux pieds* des Bourbons (image banale) (1). »

« De toutes les *productions* (mot lourd, d'une abstraction inexpressive), la plus *pure,* la plus *chaste* (épithètes qui jurent avec le substantif), la plus *sévère,* la plus

---

(1) Thiers, discours du 11 janvier 1864 sur les libertés nécessaires. (La date n'importe pas : c'est le style Louis-Philippe.)

haute et la plus *humble* à la fois (*humble* est hyperbolique, pour assurer l'antithèse), c'est l'histoire. Cette *muse* fière (poncif suranné), clairvoyante et moderne, a besoin surtout d'être *vêtue sans apprêt.* Il lui faut de l'art sans doute, et, s'il y en a trop, si on le découvre, toute dignité, toute vérité disparaît ; car cette *simple et noble créature* (périphrase noble) a voulu vous tromper, et, dès lors, toute confiance en elle est perdue... L'histoire ne dit pas : *Je suis la fiction;* elle dit : *Je suis la vérité* (prosopopée) (1). »

Est-ce là la *glace sans tain* que nous promettait Thiers ? S'il nous l'avait donnée dans son style, on n'y trouverait rien à mordre. Nul n'est obligé de faire œuvre d'artiste. Que M. Thiers parle simplement, fluidement, sans couleur et sans emphase, qu'il ne me fasse songer qu'aux choses qu'il dit, je l'écouterai avec plaisir. Je lui passe une cocarde, mais un casque, non pas. Cette involontaire parodie de la cavale de Barbier, ce style allégorique et *pompier* m'écœurent.

6° *Style académique sévère, faux XVIIe siècle, école d'Ingres* (2) :

« La *grandeur était*, en quelque sorte, *dans l'air* (une *grandeur* dans *l'air*, galimatias) dès le commencement du XVIIe siècle. La politique du gouvernement était *grande*, et de *grands* hommes naissaient en foule pour l'accomplir dans les conseils et sur les champs de bataille (répétition qui cherche l'effet : un pauvre effet. La pensée

---

(1) *Histoire du Consulat et de l'Empire,* avertissement du tome **XII.**

(2) Je ne considère Ingres que du point de vue de l'invention littéraire. Je ne touche pas au dessinateur : quiconque aura vu les dessins du musée de Montauban rendra à l'artiste l'honneur qui lui est dû.

est douteuse : les *grands* hommes qui *naissaient* entre 1620
et 1630 avaient bien des chances, parvenus à l'âge de l'action, de ne plus trouver le gouvernement dont la *grande*
politique s'était manifestée au jour de leur naissance :
les serviteurs de la politique de Richelieu, heureusement
pour elle, étaient nés avant qu'il fût ministre. Voyez les
trois grands hommes nommés plus loin). *Une sève puissante parcourait la société française* (il paraît que cette
société est un arbre. L'image reste terne et vague, à mi-
chemin entre l'abstrait et le concret. Ce n'est pas de
l'art *flou*, c'est de l'art faible). Partout de *grands* desseins, dans les arts, dans les lettres, dans les sciences, dans
la philosophie. Descartes (né en 1596), Poussin (né en
1594), Corneille (né en 1606), *s'avançaient vers leur gloire
future* (pompeux et pâteux), *pleins de pensers hardis*
(flasque et plat) *sous le regard de Richelieu* (1). » (Motif
de peinture officielle ; solennel et froid ; bon pour décorer
une mairie ou un parloir de lycée, ou pour expédier dans
un musée de sous-préfecture.)

Continuerai-je ? Je crois que ces échantillons suffisent. Je pourrais vous donner des spécimens du faux
art de la seconde moitié du xixᵉ siècle : faux naturalisme, faux Zola, faux Goncourt, faux Renan, toutes
sortes de *poncifs* et de *tocs*, dont beaucoup ne sont que
d'hier et sont déjà vieillots. On nous fabrique, au Ma-
rais, de la littérature, de l'Anatole France ou de
l'Henri de Régnier journellement, à la grosse. Je ne
veux pas faire de polémique ici, et je ne citerai pas les
vivants qui ont fait ou font encore de la simili-prose
d'art. Il en est d'illustres : il en est qui y ont gagné
beaucoup d'argent. On en trouve à l'Académie, et
même hors de l'Académie. Parfois, un critique —
M. Jules Lemaître jadis, aujourd'hui M. Ernest

---

(1) Victor Cousin : la *Jeunesse de Mme de Longueville*.

Charles — s'amuse à montrer que le faux est du faux, et la camelote de la camelote. On pourra se renseigner auprès d'eux. Ou bien, ce qui vaudrait encore mieux, nos lecteurs pourront, dans leurs lectures, s'exercer à discerner des vrais artistes les industriels qui fabriquent de l'*imitation*.

Faisons surtout notre profit de ces exemples. Aimons la prose d'art et n'en faisons jamais. Je parle pour les bonnes gens, comme moi, qui n'ont pas le droit de se croire le don, et ne sont pas appelés à en faire la grande affaire de leur vie. Professeurs, critiques, orateurs parlementaires, voire chefs d'Etat, nous pouvons dire tout ce que nous avons à dire, complètement, simplement, exactement. Tenons-nous-en là. Un romancier même n'est pas obligé d'être un artiste de la prose, et Balzac eût mieux fait de ne pas le tenter : il eût bien écrit, s'il se fût fait un style conforme à son observation, s'il n'eût pas cherché des effets d'art où il a misérablement échoué. C'est le mal de la littérature française à l'heure présente. Trop de gens parlent ou écrivent en artistes, et ne sont pas nés pour cela, n'ont même pas travaillé pour cela, je dis travaillé comme on ne peut le faire que quand on sait ce qu'on veut et qu'on sent qu'on le peut. On met partout des effets d'art : il y en a dans l'article de première page de notre journal, dans le discours du ministre ou du *leader* de l'opposition ; il y en a dans les *magazines* qui se répandent, et qui répandent le mal avec eux, d'un bout à l'autre de la France. Un instituteur, à la fin d'une lettre énergique et précise, pique une note d'art par le mot *avatar*, qu'il ne comprend pas : et il l'emploierait sans contresens que sa phrase n'en vaudrait pas mieux. C'est déplorable. Le mauvais style altère les esprits, gâte la simplicité et la droiture du sens naturel. Il est malsain de vivre dans le faux, ne s'agît-il que du faux art.

Plus donc on admirera Rabelais ou Rousseau, Chateaubriand ou Flaubert, plus on sentira les finesses ou la splendeur de leur forme : plus on devra se sentir dégoûté à l'idée d'enfler encore la masse de la prose vulgaire qui prétend à l'art sans y atteindre. L'amour et l'intelligence des chefs-d'œuvre doivent nous donner la haine de la vulgarité et la ferme intention de n'en point créer. Egaler, par le style seulement, Mme Roland, Napoléon, le vicomte d'Arlincourt, Lacordaire, Thiers ou Cousin, n'est point souhaitable : et combien nous faudra-t-il peiner, braves bourgeois ou travailleurs que nous sommes, pour nous porter au niveau de ces personnages distingués qui ont fait de l'art inférieur ! Regardons, nous, pour notre usage, du côté des bonnes proses limpides, où les mots ne servent qu'à la pensée : c'est là que nous trouverons un travail qui ne nous dépasse pas.

Jouissons tant que nous pourrons, toujours plus, si nous pouvons, des créations de ces rares qui ont pu créer. Ils nous affineront par le commerce que nous aurons avec eux, ils multiplieront nos plaisirs à mesure que nous pénétrerons mieux leur technique. Ils nous élèveront au-dessus des émotions banales par lesquelles tant de lecteurs dégradent les chefs-d'œuvre dont ils tirent ce que les faits ou les feuilletons de leur journal à un sou suffiraient à leur donner, la palpitation des péripéties d'une histoire, la surprise des accidents.

Et peut-être qu'un jour, après que nous nous serons uniquement appliqués pour notre compte à bien penser et à parler juste, peut-être un jour que, grâce à eux, après notre mort, quelqu'un, feuilletant nos paperasses, écrits professionnels, correspondances d'affaires ou d'amitié, y remarquera un accent, un effet, où, à notre insu, malgré nous, nous aurons, en quelque endroit, trouvé le style, où notre prose pratique, pendant un moment, aura pris le grain d'une prose d'art.

Il faut s'arranger pour être, aux yeux des gens qui nous jugeront, — amis ou inconnus, — celui qui aurait pu, plutôt que celui qui n'a pas pu.

TABLE DES MATIERES

EN VENTE A LA MÊME LIBRAIRIE

La Route du Bonheur, par YVONNE SARCEY. Un fort
volume in-18 jésus, broché **3 50**
    Relié toile . . . . **4** »

L'Art des Vers, par AUGUSTE DORCHAIN. Un fort volume
in-18 jésus, broché **3 50**

La Joie du Capitaine Ribot, par PALACIO VALDES.
Roman traduit de l'espagnol, par Mme CAMILLE DU-VAL-
ASSELIN. Un fort volume in-18 jésus, broché **3 50**

Quarante ans de Théâtre, par FRANCISQUE SARCEY.
Les huit volumes, brochés **27 50**
    Reliés, reliure d'amateur, demi-chagrin vert ou
    rouge ébarbé, tête dorée . . . . **36** »

Florise Bonheur, *roman*, par ADOLPHE BRISSON. Cent
dessins par GÉO DUPUIS. Un fort volume in-18 jésus,
broché **3 50**

Les Prophètes, par ADOLPHE BRISSON. Un fort volume
in-18 jésus, broché **3 50**

L'Envers de la Gloire, par ADOLPHE BRISSON. Un
fort volume in-18 jésus, broché **3 50**

Salutaire Orgueil, par Mlle YVONNE PROST. Un fort
volume in-18 jésus, broché **3 50**

Paris. — Typ. PHILIPPE RENOUARD, 19, rue des Saints-Pères. — 48208.